あしたへ歩く

子持ち理系女子の葛藤のあゆみ

竹内 喜久子
TAKEUCHI Kikuko

文芸社

はじめに

私は小学校の頃、病弱で学校はよく休んでいた。運動も苦手で運動会のかけっこはいつも〝ビリ〟だった。次の走者グループの先頭に追い抜かれるほどの〝超ビリ〟だった。小さい集落では、小学校の運動会はお祭り騒ぎの行事で、大人という大人は自分の子どもや孫がいてもいなくても、お重箱に詰めたご馳走を持って学校にやって来る。〝ビリ〟の私は、このような大人たちから毎年別格の応援をもらった。保護者席では立ち上がって、手ぬぐいを振り振りの応援、中には私の手を引かんばかりに一緒に走ってくれる大人もいた。ありがたい応援にこたえて、私もありったけのエネルギーを絞り出し、呼吸が止まりそうになりながらもゴールにたどり着いた。完走したのだ。担任の先生はじめ、みんな大きな拍手で迎えてくれた。誰も嘲笑う人はいなかった。〝ビリ〟でも差別されず、生き生きと生きられるコミュニティーが、そこにはあった。

その〝ビリ〟が、やがて研究者の予備軍になり、子どもまで授かった。

「お母さん、学校へ行きーっ！　べったた（大阪弁でビリのこと）になるよ」

夜8時ともなると、7歳頃の長男が、よく言い出す私への言葉であった。夕方6時頃、私は仕事を一時中断して研究室を出ると、保育園にいる次男を連れて帰り、大急ぎで夕食を終える。落ち着かない私を察してか、長男は「本を読んでぇ」とねだることもなく、さらに仕事に行ってこいと言うのであった。いつ帰るとも知れない企業戦士の父親の帰りを待ち、弟の面倒を見ながら、二人で床についていた。

「ごめんね。ごめんね。ありがとう。お母さん頑張ってくるからね」

と、心の中で呟きながら、大学までの3キロの夜道を一心にペダルをこいだ。

その頃、仕事を持っていた多くの女性は、子どもを持つと同時に仕事を離さなければならなかった。「子どもを育てながら、男性と同じ業績を上げるなど無謀な夢かな」と思いながら、私は仕事も、子育ても諦めることができなかった。

長男は私の研究室で過ごすことがよくあった。私が時間に追いまくられて、「神さま、私に一日72時間ください」と、四六時中、声なく叫んでいるのを、子ども心に肌で感じとっていたのだ。研究室のエネルギーに満ち満ちたお兄ちゃんたちとの競争に、母を〝ビリ〟にさせたくないと応援する我が子に感謝しながら、日付が変わる頃、帰路のペダルを踏む。

「理系女性研究者は、子どもを持つと、研究に割ける時間が大幅に少なくなる。子どもを持っても研究を続けるには　どうすればいいか？」

「競争社会では、子持ちは不利になるので、子どもを持つことを諦めざるをえない。少子化社会になる原因の1つでは？」

　こんな疑問を抱えながら、研究者生活をスタートしてほぼ半世紀が過ぎた。日本の女性研究者の数もかなり増加し、研究者全体の16％を占める（2017年、総務省統計局）。しかし、アメリカ、ヨーロッパ諸国（28～46％）に比べたらかなり低い。男性にも育児休暇がとれるような時代になったが、厚生労働省によると、2019年度の男性の育休取得率は7・48％にとどまる。今の子持ちの女性研究者でも、仕事の一時ペースダウンの道を歩かざるをえない人もかなりいる。2016年に女性活躍推進法が施行され、保育所の数は増えた。なのに、子育て時代は、育児休業や時短労働などでペースダウンしている女性研究者をたくさん見かける。ペースダウンでは成果が出るのは遅い。すると、次の職を見つけるのが難しくなる。これは正に私が通ってきた道である。

「この壁を越えるには　どれほど高いモチベーションやポテンシャルが必要なんだろうか？」

「働く環境のどんな改善が必要なんだろう？」

　その答えを見つけるためにも、私が二足のわらじを履いて通った子育てと研究を巡る個人的な日常風景を、文字に替えて残しておきたい。壁は厚くて高い。きっとこれからも一気にこの壁は飛び越えられないし、叩き壊すこともできない気がする。それぞれが仲間と共に少しなりとも削り続けることで、壁の一部は越えられる高さになれると思う。

コロナ禍で遅れていた私の最終の学術論文がこの2月（2021年）、やっとアメリカの出版社から公に出た。いよいよ押し入れに眠らせていた段ボールを開ける時が来た。そこには、2人の息子の染みだらけになった保育所連絡ノートや学校との連絡メモが残してある。

子育てと仕事の2つの道を同時に歩くなんて、どんなに難しかったことか。子育て道を歩いたり、仕事道を歩いたりしながら、2つの石ころ道を手探り、足探りで歩いた。仕事道はやり繰りや、後から挽回ができるかもしれないが、子育て道の幼児期、児童期の息子たちとの時間は取り戻せない。彼らと向き合える時間が、全く足りなかった。過ぎた時間は悔やんでもどうにもならない。重苦しい罪悪感は取れないままになっている。

葛藤に振り回されながらも、家族みんなで助け合い、励まし合いながら、仕事も、子育てもやり繰りして生きた豊かな人生であったことを書き残すことで、彼らへの詫び状と励ましへの感謝状にできたら、この罪悪感から解放されると信じたい。

さらに、この本が子どもを持っても研究を続けたいと考えている女性たちに、困難を抱えながらも、「よし　やってみよう」と一歩でも、いや半歩でも踏み出す勇気を与えられるものになれたらと願っている。

目次

あしたへ歩く

子持ち理系女子の葛藤のあゆみ

第1章　保育所づくり

1　「変わった子」が出会った世界

「変わった子が授かったもんだ」と祖父はよく言っていたという。小さい頃、私は病弱で、学校はあまり行けなかったもので、祖母が話してくれる民話を聞き、押し入れに積み上げてあった、叔父が学生時代に読み耽った意味のわからない小説を眺めながら育った。

しかし、〝変わった子〟とはそんなことからきたのではなく、毛虫や青虫、カタツムリ、ミミズという身近な生き物が、病弱な私の遊び友だちであったことによるようだ。祖父は私の小さい生き物と遊ぶ光景が嬉しくて、大工さんにこれらの住処まで作らせた。中の様子がよく見えるようなガラス張りの木箱であった。そっちの木箱、こっちの木箱を眺めての楽しい日々であった。生命の不思議に魅せられながら、好奇心の「どうしてなの？」が年ごとに勢いを増し、我が道につながった。

〝変わった子〟が何にも縛られず自分を主張できたのは、家庭教育、学校教育共に男女に差別のない籠の中だけだった。籠の外に放り出されて見せつけられたものは「なぜ子どもまで持って働くんだ」の世界であった。「男だって子どもを持って働いているじゃないの」の当たり前の答えは相手にされなかった。

教員採用試験結果が男性より上位であっても、不可解な物差しにより男性の次の順番になってしまう。5年間の期限付き非正規雇用で就職した研究所で、妊娠を理由に1年半で解雇されたりもした。頼まれて就いたポストであり、不当解雇と闘うこともできただろう。しかし、私には時間がなかった。子どもが生まれる前に研究データをまとめることを先決とし、生まれる直前まで働き続けるのが精いっぱいであった。男性並みに働いたが、「出産」によってもはや研究者として不要物にされ、一人わきまえるしかなかった。

女性でありながら、男性社会にどっぷりつかって、男性と同じ物差しでものを見て、男性と同じ価値判断をする文化を身につけていたはずなのに、〝産む性〟であるがために、社会的にも文化的にも、男性社会を継承していくための隷属的な性であることを思い知らされた。

春一番であろうか。枯れ草を舞い上げながら通り過ぎる。芽吹いた木々の若芽が新しい春を告げていた。

2　ファストステップ

大正生まれの母も叔母も、子どもを持っても職を持つことができた。それは常に母親に替わる身内や、それに近い人たちに子育てをまかせるという、まさに男性と同じ境遇に恵まれていたからであった。昭和、平成生まれの女性たちでもそのような人たちもいた。昭和30年以降の日本の経済構造の変化、女子教育の普及とともに、多くの女性たちは社会の労働の担い手として家庭から社会へ進出して、子育てしながら仕事も続ける道を歩み出した。しかし、職種によっては、職か子どものどちらかを諦めなければならないという現実もあった。

私も「子どもを持っても仕事を持ち続けたい」と思っていたひとりで、その時代に、大学院、研究生（ポスドク、博士課程修了し、博士号をもっている研究生）として大学に籍をおいていた。大学は紛争で荒れ放題、学内はバリケード封鎖されて、理系実験系の私は研究をストップせざるをえなかった。子どもを持ちながらの長い博士課程になった。

当時、大阪大学の教官系の女性は全体のわずか1・6％、博士課程の女子学生は5・6％（1968年　大阪大学一覧）で、理学部生物学科の6講座（1講座15～25人）で教官系の女性は助手クラスの5～6人、女子院生は10人くらいのまさしく男社会、そして私が育った講座には15~17人の院生中、女子学生は私1人という環境であった。女子トイレがないのにたいそう苦労したが、男子学生を育てるための大学に女性が入り込んできた流れであったのだ。

生物学科の女性教官のうち、二人は子持ちであったが、例の境遇に恵まれた女性たちであった。そこで私が自分で子育てしながら研究もするなど誰も信ずるはずがなかった。「研究する気があるのか?」とか、「子育てしながら研究なんて何考えてんのや!」とかの痛烈な打撃を浴びながら、また一方では、「大丈夫ですか」とか、「頑張りや」などのありがたい励ましや応援をもらった。

両立とはどれほどたいへんかも計り知れず、「try」の気持ちでスタートしたものの、実際、子どもが生まれてみると、育児は予想以上に時間的制約が大きかった。研究、家事、子育て、あらゆることが中途半端になってしまう感じであった。研究においても子育てにおいても、罪悪感に悩まされるに違いない。「1日が48時間あっても無理だよ」の周りからの説得に、「やっぱり諦めなければならないのかなあ、無謀な夢なのかなあ」と、心が揺れ、ため息の日もあった。

しかし、計り知れない厳しい現実が予想されても、「研究は続ける」という意志はどうしても揺るがなかった。子どもの頃の暮らしの中で抱きしめていた、〝生命の不思議〟への疑問が解き明かされる時期を待っていた。研究者としての基礎的訓練を経て、学問的に解き明かしていける力をやっと手にし、意欲に燃え、脂ののったときが大学院修了時である。このエネルギーがあったからこそ手本のない不安のなかで手探り、足探りをしながらでも、自分の道のファストステップを踏み出すことができた。

とりあえず2つのことを決めた。1つは、研究生の立場で研究を継続すること。博士課程修了後には3つほどの助手の就職口があったが、すべて辞退した。研究者は新しい発見で、すぐれたものが要求される競争の世界に生きなければならない。教官職は、自分の研究だけではなく、学生指導、ときには講義、そして研究室のもろもろの雑事があり、時間的にも体力的にも子持ちの私には全うできないと思ったからである。多くの生物が生命存続のために起こす行動と同じように、環境が適さない時は、生命を存続できる最少のエネルギーで厳しさをくぐり抜け、時期到来を待つ決心をした。たくさんの婦人研究者から非難を浴びた。とりわけ婦人研究者の就職難の時代であっただけに、婦人研究者運動の広がりに邪魔をしているようになった。

2つ目は、子どもを預かってもらえるところの確保であった。「子どもは子どもの中で育ててこそ、元気な子どもに育つ」という思いから、地域の保育所への入所を希望したが、大学近郊の三つの市で、それは叶えられなかった。何度交渉に参上しても、「子どもは母親が育てるのが一番」という役所の返答で追い返された。地域には認可、無認可保育所はあったとはいえ、常勤職の母親の子どもでさえ入所はかなり難しいほど絶対数が少なく、私のような無職の研究生など論外であった。とりわけ産休明けの0歳児保育の受け入れは皆無に近かったので、今でこそ出産後の長い育児休暇も取れるが、当時は一カ月くらいしかなく、働く親たちを悩ませた。

そのような背景から、1968年、大阪大学の「のぞみ保育園」が共同保育所として民家で産声をあげた。教職員を中心とする「大阪大学豊中地区に保育所を作る会」の運動によって開設されたのである。院生の身ながらも、教職員が差し伸べてくれた手に、神の手にすがる思いでこの運動に加わった。すでに1965年に京都大学には、京大婦人研究者連絡会や女子院生たちが中核となり大学保育園が開設されていた。京大でみられたように、保育所づくりはかなりハードであった。子どもたちの居場所が民家に始まり、悲しい転居を繰り返しながら学内のプレハブ家屋に落ち着くまで、3年あまりの月日がかかった。

保育士さんの人件費、運営費づくりは苦闘の連続であった。子育てによる研究時間の制約の上に、さらにのしかかる保育所づくりに費やす時間に、「大学に何をしに来ているんだ」と自問しながら、時に研究の断念までも脳裏をよぎったつらい時もあった。

確かに、保育所づくり、保育所育ては苦しかったけれども、同じように研究、仕事を続けるために保育所問題で悩む「仲間たち」がいた。土色の汗と涙の運動の向こうには、必ずみんなが仕事を失わずにすむ保育所ができることを信じ、共に必死で頑張り抜いた。そして、その熱意と頑張りは自分たちを強く育て、作られた道は新しい次のステップにつながっている。
このようにして、研究と子育ての二足のわらじを履いて、自分らしい道を模索する長い旅がスタートした。

３　大阪大学「のぞみ保育園」づくり　1970〜1976年

「大阪大学豊中地区保育所（のぞみ保育園）」づくりは、１９６５年頃から婦人研究者の集まりで動き出し、１９６７年に「阪大豊中地区に保育所をつくる会」が発足した。１９６８年、一人の職員が子どもを預けられる所がなければ仕事を辞めなければならないという待ったなしの状況となったことから、大学の近くに民家を借りて共同保育がスタートした。

阪急宝塚線の蛍池駅を降りて、刀根山の旧阪大薬学部へのなだらかな坂道を上りつめた辺りにある、日当たりのいい一軒家であった。父母が休日返上で網戸を張り、棚を作り、周りの雑草を取り、保育児３人、保育士１人で始まったのが、若葉萌える初夏の５月であった。

それから、我が子を含めて保育児は増え続けるものの、大阪大学教職員組合全学協議会や保育所をつくる会が進めていた、保育所をつくるための大学当局との交渉には進展がなく、保育児と保育士たちは〝流浪の保育〟の苦難の日々を続けなければならなかった。借契約が切れ、民家を出て、やっと見つかった阪大刀根山寮集会所に引っ越したものの、ガス、トイレもなく、建物も古く、内壁汚れの洗浄までしてなんとか一息。ところが、そこも長く居られず父母の家を転々とした不自由な環境の中で、保育士３人による10人の子どもたちの保育は続いた。そして、汗まみれの苦しい運動の結果、１９７1年8月、阪大豊中キャンパスがある待兼山丘陵の麓に、プレハブの〝のぞみ保育園〟が開設した。

もちろん、このような事業は十数人の新米父母だけでできるはずがない。働く婦人の権利を守る教職員組合、「大学に保育所が必要だ」を主張する〝つくる会〟、父母の会、そして保育士集団が「保育所をつくろう」という一つの目標に向かって、唸りをあげて結集したことによる。それぞれの立場の人たちの体じゅうから汗とともに噴きあげる〝熱意〟、それが集まり、大きな流れとなって厚い壁に立ち向かったのだ。こうした人たちから、世間知らずの私自身どんなに励まされたことだろう。励まし合いこそが結集を生み、厚い壁を砕ける力になりえることを学び、感謝して、この流れと共にあった。

「あーら！　子ども用トイレがあるー！」

施設が完成し設備も整い、ひとまずほっとしたものの、苦闘は居場所だけではなかった。大学当局からの援助が乏しく、慢性的資金難に苦しんだ。全国の多くの大学で保育所に人件費援助があるのに、当局への要求は通らず、保育士さんの給料は父母たちが支払う保育料と年2回のバザー、ビアパーティー、日常的な購買活動、メーデーのおにぎり販売、カンパなどにより稼ぎ出さなければならなかった。そんなことで保育料は高く、非常勤職員、大学院生、研究生には入所したくても、叶わないものだった。

人件費獲得のために、大学当局と教職員組合とのいくたびもの交渉、基礎工学部長、理学部長との交渉、父母らと豊中市、池田市との交渉、父母一人ひとりによる大学総長、事務長への手紙作戦、早朝、校門前でのビラ配り、そして支援バザー。バザーでは保護者の役割があり、私の分担は夫と徹夜で80人分のカツカレー、ある時はサンドイッチづくり。学生食堂を借りてのビアパーティーでは焼き鳥の用意、メーデーでは各人30から50個のおにぎりをつくり、会場となる公園まで売りに走る。日常的な購買活動では、毎日曜日の問屋へ品物の仕入れと売店の整理。まさに、「大学に何をするために来ているのや」を横に置き、〝つくる運動〟に体重を掛けなければならなかった。その当時の活動の状況が息子たちの保育所連絡ノートに残してある（後述）。

のぞみ保育園の優れているところは父母や〝つくる会〟が主になって運営しているので、父母と保育士さんとの結びつきがしっかりしていることである。みんなで話し合いながら、望ましい保育園を目指していた。

保育園の前庭は大阪大学刀根山寮のある小高い山になっている。カブトムシ、セミ、アリ、カタツムリ……四季折々に現れる仲間たちがいる。季節によって変わる木々、木の実、草花、小鳥のさえずりなどの豊かな自然があり、子どもたちには、その山道の散歩が日課になっていた。いつも甲高い喜びの声があり、時には、理学部4階の私の研究室から、向かい側の待兼山の山道を歩くかわいい連隊を眺めたものだ。

このような恵まれた環境で、子どもたちは元気な、自分のことは自分でできる子に育っていった。言うまでもなく、これは優れた保育士さんたちにも恵まれたところが大きい。余裕のない未熟な親たちに家族のように寄り添い、親たちをも育ててくれたように思う。親たちが安心して仕事ができる保育所だった。

しかし、開設から25年を経て、もう、為す術はないと言うほど努力しても、保育士さんの人件費補助は得られず、世間は公立保育所入所が困難でない時代に移っていた。やむを得ず、1993年8月、のぞみ保育園は惜しまれながら幕を閉じた。25年間、主に大阪大学豊中地区の教職員や研究生、大学院生の産休明けの赤ちゃんから3歳までの280人余りの子どもたちを育て、送り出した。どれほどの女性が仕事を失わずにすんだことだろう。どれほどの女性に、少しなりとも歩きやすい道を残すことができたであろうか。

4　公立保育所　1974〜1980年での活動

息子たちが育った市立保育所は阪急電鉄宝塚線の沿線の駅を降りて、商店街を梅田方向に7分ほど歩いた所にあり、小学校、幼稚園と隣り合っていた。1972年（昭和47年）に開所したが、2007年（平成19年）に幼保一元化施設になった。息子たちが育った保育所時代には、0歳から就学前の6歳までの90名近い子どもたちが生活していた。

それぞれの年齢の生活に根ざした保育目標に向けて、保育内容、保育方法、具体的な保育計画により、子どもたちの発達が保障されるように実践されていた。丈夫な体づくり、食事、排泄などを含めた基本的な生活習慣づくり、集団での遊びから人間関係、ことば、表現などのさまざまな学びが実践され、これらは親と保育士との面談や連絡ノートによる個別的な実践を通して行われた。親と保育士とで管理運営を含めた保育を共同で実践し合ったのぞみ保育園と違って、管理運営、保育行政は専従の保育士さんによる保育体制で行われ、親たちは保護者会でもってそれにリンクした。保護者会の主な活動は保育運動連絡会のメンバーとして市との交渉、保育所行事（運動会、ハイキング、クリスマス会、納涼保育）への参加、文集「小さな芽」編集発行などであった。

長男は3歳6カ月、次男は2歳6カ月で入所できた。2人の保育所6年間の連絡ノートは20冊にもなる。身体の成長に伴う活動も、言葉を覚えることで築かれる仲間との関係も、遊びを通してめざましい発達をする時期である。私自身は2人の息子たちが阪大ののぞみ保育園を卒園し、直接的には縁が切れることになったが、のぞみ保育園の保育所資金の購買活動は続けていた。だが、日曜日ごとの物品の仕入れを後任にバトンタッチしたことで、これまでより研究活動に体重をかけることができた時期である。ここで、当時、保育所保護者会の文集「小さな芽」に載せた「仕事も、子育ても」の葛藤の一面を添えておきたい。

〈働く女性たちのあゆみ　1978年3月〉

戦前、女性が職を持つことは全く特別のことであった。それが今は主婦が働きに出ることも、それほど珍しいことではなくなった。働きに出る女性が多くなった。雇用労働者の3分の1にも当たる。その6割以上が既婚者である。だが、大半は結婚前の娘時代は職場で、そして子育て時代は家にいて、子どもに手がかからなくなった時はパートでと、自分の一生の仕事を中断し、一続きのものとして働き続けていく女性は極めて少数に過ぎなかった。

女性が大量に職場に出てくるようになって20年余りになる。「お勤めは結婚までの腰かけ」という女性の中からも、「結婚しても仕事を続けたい」という者が出てきた。それは戦前のような特別な女性たちではなく、ごく普通の女性たちである。そのエネルギーは働き続けるための最低限の条件として保育所をつくり、女性の自立の母体となった。身近な婦人研究者においても、男性との競争の中で生きる専門職であるがために、その多くは研究への道を捨てた。一方、研究への道を選択した者でも、結婚すること、あるいは子どもを産むことなどを切り捨てねばならなかった。

しかし、この女性たちの歴史にも一般の働く女性たちと同じく、第三の道を求めるものが現れた。すなわち、母性も主張し、仕事も捨てないという女性たちが。こうして歩き出した女性たちの社会参加の物珍しさも過ぎて、職場での男女の不平等から「女性は一人の人間として認められていない」ことに気づいた。働く女性が増えているのに、職場での女性の地位はいっこうに向上せず、むしろ男女格差がますます拡がっていくのが現状である。それは社会制度の問題もあろうが、何よりも〝家庭、育児は女の責任〟となっているような社会通念が、女性労働が男性労働の補助的労働とする性別分業のイデオロギーを生み出し、支えているからである。

今の日本経済は女性の補助的労働力を抜きにして語ることができないほどになっている。それほどの力が、なぜ社会を揺り動かすことができないのであろうか。確かに女性の社会参加の歴史の浅さもあろう。しかし、女性自身の自覚の足りなさ、意識の低さが社会通念の支配を容認し、あるいは加担して男女平等の実現を妨げていやしないだろうか。きびしさに目覚めた今こそ、女性一人ひとりが真剣に生きる道を考える時である。荒れ果てた自分の庭を耕して精神的自立の種子を蒔こう。そして、風雨に負けぬたくましいものにまで育てよう。厳しさの中で育てられた精神的自立こそ、あしたを拓く女性たちのバネではあるまいか（保育所保護者会第５号文集から）。

〈保育行政の貧困に思う　1979年3月〉

雨の日曜日であった。買い物に出かけ、昼は外食になってしまった。通りがかりの店に入ろうとした時、店の軒下に、生後5、6カ月ぐらいの赤ちゃんを乗せた乳母車が置いてあった。乳母車にはビニールがきちんと掛けてあり、赤ちゃんはすやすやと眠っていた。店には赤ちゃんと関係のありそうな客は見当たらなかった。時折エプロンで手を拭きながら外に出る皿洗いの女性が、その母親らしいことは間もなくわかった。

とにかく、食べ物は喉を通し、痛む心を抑えてその場を去った。保育所の数は年々増加し続けている。しかし、このような現状は保育所の数の増加もさることながら、質の充実への声なき叫びである。

いまだ、0歳児保育、病児保育、夜間保育、日曜・祝日保育、学童保育の対策は手つかずのままであり、働き続けたい女性たちの自立を妨げる大きな原因になっている。生後間もない赤ちゃんを預かってくれる公立保育所はほとんどなく、そんな子どもを抱えながら働き続ける女性の苦労は10年前と少しも変わっていない。

子どもの病気も働く母親には悩みの一つである。「熱があるのに無断で子どもを預けて行ってしまう」と言う保育士さんの苦情を聞いたことがあるが、その母親の気持ちも痛いほどよくわかる。学校には保健師（養護教諭）さんがいるように、保育所にも保健師さんが常駐していてほしいと願うのは母親だけではなく、保育現場の保育士さんたちもであろう。腸重積のような、発見がおくれて命を失うような恐ろしい病気だってある。これらの早期発見もすべては保育士さんにまかされている現状だ。年に何回かの予防注射ぐらいは母親が休みをとらずに済むようにしてほしいと、何年間叫び続けてきたか知れない。それさえ、いまだ実現できずにいるのに、お医者さんと看護師さんがいて病児保育をしてくれる保育所が市に一つあったなら……と願うのは愚か者のたわごとであろうか。

働く母親が増え続けているのに、保育所がかくも軽視され、放置されたままになっているのは言うまでもない。原因はどこにあるのだろうか。

その第1は、利潤に直結しない保育所の建設や運営に国家予算をつぎ込むことはないからである。国家の補助が少ないために、保育所建設・運営は地方自治体にとって過重な財政負担となるため、そこでも同じ論理が繰り返されている。

第2は〝子どもが小さい時はやはり母親が一番〟といった母親至上主義を振りかざし、保育所を〝必要悪〟としてのやむを得ざる存在として位置づけているところにある。すなわち、保育所は救貧対策の〝預かり場〟であって、乳幼児の〝教育の場〟〝生活の場〟としての公的責任を逃れ、それを家庭責任として押し付けているのである。貧困なる保育行政が基調をなしているがゆえに、切実なる保育要求にも何ら耳を傾けないのは極めて当然のことだと言わなければならない。

私が住んでいる市において、母親一人が働きに出ることにより、年間平均60万円もの財政を食いつぶすという。しかし、婦人労働を補助的労働力ととらえられながらも我が国産業の3分の1を支えているのみならず、それが果たしている社会的役割はこの金額に優るとも劣るまい。

今や保育所は〝働かなければ生きていけない女性たち〟だけでなく、〝人間の扱いを受けて生きたい、自分で自分の生き方を決めたい女性たち〟にも不可欠のものとして求められている。一方、子どもたちにとってもその使命は単なる預かり機関だけでなく、教育の場、生活の場、そして全面発達の場として求められているのである。

さらに、それは職を持つ母親だけではなく、市民のすべての子どもたちに開かれた場としての役割を果たせるようになることを願ってやまない（保育所保護者会第6号文集から）。

〈子育て10年　1980年3月〉

この春、次男が保育所を卒業し、ピカピカの一年生になる。生後間もないふにゃふにゃの赤子を、喜びと不安のおくるみに包み、向かい風に叩かれながら歩き出して10年。めまぐるしく時間を追いかけているうちに、もう追いつけないヤンチャ時代の息子たちになっていた。夢中で駆け抜けた10年が終わろうとしている。

子どもを持っても研究は捨てたくない。多くの人々は首をかしげた。「子どもを持ったりして研究する気があるのかね」という言葉を何度も浴びた。私の研究分野や近辺を見ても、身近に頼る人もなく子どもを抱えて研究している女性などいない。仕事を持つことは当たり前のことなのに、研究分野によっては不可能に近いのが現実であった。研究のために妊娠・出産という生命活動までも諦めることもできず、かといって母親というものは自分のすべてを犠牲にして子どもにつくすことを喜びに……などという〝神聖なる母性〟を信ずることはできなかった。

大学院を出て間もなく、研究への断ち難い執念は、迷いながらもこの道から離れさせなかった。しかし、行く道には大きな壁が立ちはだかっていた。

市では大学院生や研究生は勤労婦人に当たらないということで、息子の保育所入所は受け入れてもらえなかった。日本の科学の発展は無給研究者でどれほど支えられているか知れない。私自身、死因のトップを占める心臓血管系の文部省特定研究に携わっている。この分野の基礎研究は未開発のままであればこそ、これまでのキャリアをいくばくなりとも社会に還元したいからであった。息子はまさに〝保育に欠ける子〟（両親とも働いていて、日中世話をしてくれる人がいない子ども）であったのに「あんたの研究は自動車学校に習いに行っているのと同じだ」と主張する市役所の窓口で、それを論破するのに4年近くもかかった。長男は市で無給勤労婦人の保育所入所児第一号のようであった。1つの風穴を開けたのだった。

ところが、入所1年を過ぎようとした翌年3月、市福祉事務所から、息子の保育所退所通知が来た。母親の勤務報告書の無給が問題だった。待機児が大勢いるので、給料なしでも生活できる人は他の保育所を頼んでほしいということだった。行政の言い分もわかるが、私の言い分も主張し続けた。

当時は研究職のアルバイトなどなかった。2人の子どもを持って一人前の仕事（研究と教育）は自分には無理である。研究だけするとなると無給になった。なんとかして公立保育所に入れてほしかったのは、共同保育の多くは3歳以上の子どもは入れなく、また、保育料が高いからである。なぜ無給なのに働くのかをわかってもらうには、途方もない時間と役所参りが必要だった。解明されていない、治療法もない病気は山ほどある。誰かが解決するであろうが、その何億分の一なりとも私が近づけたいと思えばのことであった。日本は産業資源が乏しいが、頭脳資源は豊富であった。外国の人たちに「日本に行ったならばこの病気は治療できる」と言ってもらえる医療立国となる夢が、私の motive force であった。その後、勤務報告書は非常勤講師（有給勤労婦人）をすることによって問題がなくなった。

それまで長男は隣の市の民家、阪大の学生寮そして阪大職員集会所（のぞみ保育園）と転々としながらの共同保育所生活を送った。それから6年間、2人の息子は市立保育所で育った。親子ともどもいくたびかの苦難を越えて巣立って行けたのも、保育士さんたちの豊かな人間性に負うものと言わねばならない。みんなで行う朝の体操をしたがらない息子

を2カ月も見守り、初めて手足を動かした日の保育士さんからの連絡ノートを読んで感動した

〝教育は待つことだ〟とはこういうことなんだ、しかし二足のわらじを履いては不可能ではないか、とつくづく思った。いつもせかせかと時間に追いかけられ、身も心もくたくたになって働く母親には、時間的ゆとり、心のゆとりなど無いに等しい。しわ寄せは、もろに息子たちに我慢を強いた。綿密な計画を練りに練っての実験のスタートでも、同僚との譲り合いの機器使用にズレが起こると、実験は夜中にずれ込む。息子たちの夕食を何時間も待たせざるをえなかった。

当時、時間外の学外電話使用は守衛室だけに限られていて、そこからお腹を空かしている息子たちに詫びをいれた。

「お母さん、ご飯食べたよ」

「おかずは何を食べたの？」

「ご飯だけ食べた。リク（次男）ちゃんは2杯も食べたよ」

受話器の向こうから元気な声だった。今も耳元から離れない。

「悪いかあちゃんや、泣けてくるわ」と涙しながら説教してくれた優しい守衛さんの顔も一緒に浮かぶ。2歳と5歳の子が4日も続けて母のいない夜を過ごした時、2人は手をつないで眠ったと語ってくれた。「お母さん、べったになるから、夜、学校に行っていいよ」

と、イライラしている母を気づかったり、「お母さん、今夜牛乳とパンにしようよ」と、疲れで足を引きずりながら台所に立つ母をいたわったりの長男であった。2歳の次男も、夜、私が研究室に出かけるとき、「ママ　ガッコ　メエッ（学校行ってはダメ）」と怒るときもあるが、「ママ　ガッコ　バイバイ」と送り出してもくれた。

時間を見つけては研究室に走り、家にあっては向かい合っているのは息子たちではなく、実験ノートであった。それでも、たとえ背中しか見えない親であっても、親のそばが彼らには何にも優る安心、そしてくつろぎのよりどころであったに違いない。母親が研究室で過ごす夜間、土、日曜日は、息子たちはほとんど父親と過ごした。夫も製薬会社研究所での猛烈仕事人間といえども、息子たちの喜びには勝てなかった。野球、水泳、山歩き、サイクリングのド素人指導でも息子たちは大喜びだった。夜は絵本を読んでもらい、眠りにはいるらしく、いつも2、3冊の絵本が枕元に置いてあった。絵本を見ながら育つというのが我が家の唯一の就学前教育だった。

ところが、親がいつも家にいる家庭ではないので、〝自分のことは自分で〟という大事な自立の精神が知らぬ間に培われていた。4、5歳にもなると、親のやっていることで、自分ができることは自らやっていた。保育所から帰るとお手拭きを交換し、昼食で使った箸を洗い、布巾で拭き、翌日の鞄の準備をしていた。小学1年生になったらご飯炊きもしていたので、友だちのお母さんは感心して、「私も仕事を持たないと、子どもを過保護、過干渉でダメにしてしまう」と言っていたことがある。それに、我が家は炊飯器が自動の電気釜ではなく、ガス炊きであったことが一層判断力を養ったのかもしれない。

　予期せぬ驚きがいくつもあった。近くに買い物に出かけ突然の雨に大急ぎで帰ると、留守番をしていた息子が洗たく物を取り込んでいたのだ。4歳の判断力にびっくりしたことであった。気が付けば、日常生活で身につけていたのだった。実験が徹夜になり、早朝帰宅した日のこと。ばったんコロリと眠ってしまった。「お母さん、8時だよ、起きて！」と言う長男の声に飛び起きると、驚き、驚きだった。7時にいつものように父親を駅まで見送り、走って帰って3歳の弟を起こして、パジャマから着替えさせて、自分と弟の登園準備OKで、私が起きるのを待っていたとのことだった。実にみごとな自主的な判断力と行動力、それを裏打ちする人を思いやる、人の幸せを喜ぶ優しい心が育っていたのだった。

　長男は弟の世話をよくしてくれた。小学校1年生になって、3歳の次男の保育所のお迎えをしたいと言い出した。保育園の所長さんは「原則は大人ということになっていますが、安全という点で親が了解しているなら」ということで、毎日学校から帰ると弟の早めのお迎えをしてくれていた。学校から帰ってひとりでいるよりも、弟と遊びたいということもあったかもしれないが、お迎えの時間で、自分自身がとても哀しい思いをしたことが心の底によどんでいたのではと思う。保育所の一日が終わるとき、お残りさんで最後の一人はいつもうちの長男であったようだ。お迎えの玄関で、無言で涙ぽろりの日もあれば、嬉し涙で飛びつく日もあった。保育士さんからの連絡ノートに「お迎えもう少し早くできませんか？　お友だちがひとりふたりと親御さんと帰っていくのを、窓から眺めているのが寂しそうです」と気づかっているのに、迎えに来る父親を待ちながら、「パパはメガネをかけて、背が高くて優しいいんだよ」と嬉々と父を語る長男に、いたわられているのは保育士さんであったことが書いてあった。遠方で比較的長期の学会のとき、息子たちは川崎市の私の姉に預けられた。私の幼少時からの助け舟である。保育所のお迎えが遅いことで、姉は息子たちが「かわいそうだ」といつも嘆き、「なんてひどいママだ」と怒ると、「ママはお仕事をみんな終わらせてくるから遅いんだよ」とけなげに親をかばったという。ひどい母親だが、この我慢が息子の目いっぱいの親への愛情ではと受け止めていた。いとおしさがこみ上げてくる。

だが、息子たちもいつまでも「我慢の子」でいることはできなかった。我慢には限界があった。手を焼かせることも多々あった。しかし、10年の間、我慢は揺れながらも、2人の成長に大きく寄与しているように思えるのである。そして私の研究を大きく励ましてくれたのも彼らの「我慢」であった。この期間、筆頭著者としての学術論文を4報、心臓血管系の基礎研究報告書（文部省科学研究）2報の業績も、彼らの我慢の支えがあってできたものである。研究者としても、親としても半人前で、明日は真価が問われる身であることを心して、再び、子連れ二足のわらじの旅を続けるつもりである（保育所保護者会第7

号文集、一部改変）。

5　学童保育づくり　1977〜1983年

市立保育園の息子が通う年長組の保護者に、小学校入学にあたり、留守家庭子どもの放課後をみんなの手で〝楽しい生活の場〟にしようと、学童保育づくりの呼びかけをした。

学童保育への道（1979年）

「この子が小学校へいくようになったらどうしよう」

子どもが年長組になると母親の誰もが悩み迷います。「ただいまあー」と帰っても誰もいない。嬉しいはずの入学なのに寂しさに泣かされる。そんな我が子を思うと、働き続けたいと思いながら仕事を辞めざるをえない母親も少なくない。

私の住む市ではこのような留守家庭の子どもの放課後を預かる〝なかよし会〟というのが各校区にあり、ボランティアの指導員が世話をしてくださる。歩き出したばかりで、まだ子どもたちの〝生活の場〟にはなっていない。しかし働く親にとっては、それがあるだけでもありがたい。

「一人でテレビを見ながらお母さんが帰るのを待つ」など、子どもの歪んだ姿であるし、

「近所で適当に遊んでいる」子も仲間が塾に行ったりすると、鍵をぶらさげて町をうろつきまわらなければならない。子どもたちを取り巻く地域の環境といえば、道路が唯一の遊び場であって、そこには交通災害、誘拐がある。身体を思う存分動かして遊べないから、不健康な遊びに興味を持つなど、地域環境の悪化に、働く母親にとって心配は尽きないからだ。

とはいえ、〝なかよし会〟も公民館の部屋を借用しているところもあり、子どもたちの生活にふさわしい場所になっていない。仲間との遊びが好きで、活動的な子ほどその息苦しさに足が遠のいてしまう。また開所されている時間も期間も、保育所よりはるかに短く、母親が安心して働けるまでに至っていない。「こんな〝なかよし会〟なら……」「やっぱり心配で……」「かわいそうだから……」と仕事を辞めるというかたちで、母親が個人的に問題を解決してしまっては、いつまでたっても母親が働きやすい世の中、子どもたちが生き生きと育つ社会など実現するはずがない。

一方、「あるのだから利用する」気持ちだけでいたり、「忙しいからしかたがない」と子どもの受けているつらさに目をつむってしまっていたりでは、歩き出したばかりの〝なかよし会〟はいつまでも成長など期待できない。

今、我々親がしなければならないことは、母親が働くことで背負う子どもたちのつらさを、できるだけ少なくしてやることではあるまいか。みんなで知恵を出し合い、力を合わせて、安全な遊び場、身体を十分動かせる遊び場、仲間の集まる場、そして安らぎの場を子どもたちに用意してあげようではありませんか。〝なかよし会〟の子どもたちの放課後の生活を生き生きさせることは、地域の子どもたちをしあわせにする運動の一単位、いや中核になるほどの大きな役割を果たすことを信じてやまない。

ポストの数までいかないまでも、保育所は年々増え続け、成長し続けている。それは昭和30年の〝涙と訴えの大会〟と言われた第一回母親大会を出発点に、母親が働くための最低の保障としての苦闘の保育所づくり運動があったからだ。乳飲み子を抱えているために仕事がもらえず、思いあまって子どもを虐待してしまった日雇いの母親、子どもを犬のように柱に結わえつけ、にぎり飯を与えて野良へ出ていく母親。そのような母親の訴えが保育所を生み、自治体に働きかけながら、母親が働ける道を切り開いたのだ。

さらに、その巨大エネルギーは「女性は子どもを持っても働くのは当然だ」という主張を社会的に示してきた。そして今、我々は先輩たちの苦闘によって切り開かれた道を歩いているのだから、我々もこの貴重な道を受け継いで、後から続く人たちのために、少しでも歩きやすい道にしていく使命があるのではないだろうか。

子どもたちの〝生活の場〟となる学童保育への道は険しく、遠い。しかし、一緒に歩く仲間がいれば道は広くなり、近づいてくる（保育所　年長組保護者会へ）。

11月になると、翌春小学校入学児童の健康診断が始まる。保育園年長組の親たちにとって、そろそろ大海へ小舟を押し出すような心境になってくる頃である。共働きの親にとって働き続けたいと思いながらも、子どもの放課後のことで、「いっそ仕事を辞めようか」「パートに切りかえようか」と悩み迷う、いわゆる、「小1の壁」に突き当たる。

小学校に行きだした子どもたちが、両親のいない放課後生活を安全で健全に過ごせるようにと1966年（昭和41年）に留守家庭児童会が全国に発足した。その時期に、私の住む市に、同じ役割をする〝なかよし会〟が誕生した。それから10年あまり、職を持つ母親が増え続けているのに、国の学童保育制度は確立の兆しさえ見えない状況だった。学童保育に対する国の制度が確立していないため、施策づくりの中心は各地方自治体にまかされていた。

1971年、文部省が留守家庭児童対策事業を廃止し、留守家庭児童だけでなく、誰でも入れる校庭開放事業に切りかえた。〝なかよし会〟も、その一環として切りかえ存続することになったが、学童保育として運営されるものではなかった。行政の基本的な考えは青少年健全育成事業の一つとして施行しているので、〝なかよし会〟は学校の目的外使用にあたるので学外に居場所を移したい。子どもの放課後は家庭で見るのが望ましい。だから、〝なかよし会〟は家庭のような雰囲気さえあればいいので、場所は鞄を置く程度で固定の部屋はいらないということであった。そのため〝なかよし会〟は親たちが主体的に育てなければならなかった。

１９７５年、市内保育運動連絡会が結成された。保育部会と学童部会の２つの部会からなり、市内各保育所、各小学校（11小学校区）〝なかよし会〟の保護者を中心としたメンバーで運営された。11小学校の〝なかよし会〟の開設場所はさまざまで、固定教室を使用できるのは2校のみで、他の小学校は図工室、給食準備室、養護室、体育館更衣室などを転々とし、指導員の方々も子どもたちも我慢の日々であった。小学校入学当時（１９７７年）の長男には、とてもつらい思いをさせた。保育園でのびのびと育った子がこうも変わるものか思うほどだった。入学した学校には〝なかよし会〟などなかったので、教育委員会、校長先生、教頭先生、担任の先生にお願い回りをして、結局、11時下校後、たったひとりの子を担任の先生が預かることになった。小さな指を折りながら入学を楽しみに待っていた長男の小学校生活は、涙で暮れる日々だった。

それから6年、〝なかよし会〟づくりに関わることになった。1年ほどで住居が変わって、2人の息子は小学校の〝なかよし会〟に5年間お世話になったが（１９７８〜１９８３年）、居場所は公民館という共同利用の場所であった。地元の人たちがさまざまな行事に使う場所であるので、利害の対立が多々あり、スペースの上でも無理な状況であった。

10畳ほど広さの会議室に学童20〜30人、放課後5時まで静かにじっとしている、という生物学的にも限界を超えた状況の中で、子どもたちは生活していた。研究で飼育しているネズミでも、ゲージに1～2匹入れた場合と20匹入れられた場合では、性格も体力も大きく違ってくるのは言うまでもない。また、公民館の高価な置物を壊したとか、消火器を倒して安全栓が抜け、内容物が噴出したとか苦情が絶えなかった。遊びが好きで活動的な子どもほど、その息苦しさのため〝なかよし会〟から離れていった。

〝なかよし会〟が子どもたちの生活の場、全面発達の場としてではなく、救貧対策の〝預かり場〟として位置づけられていたとしても、この姿は人道的に許せるものではない。市との交渉、校長先生との話し合いでは、「また来たんか！」という渋面と、貧困財政を理由にした断りが数えきれないほど繰り返された。しかしなんとしても居場所を確保しなければと交渉に交渉をかさね、１９７９年、新たな施設が提供された。

借用できた次の居場所は、小学校体育館のステージ裏のコンクリートブロック壁で覆われた薄暗い物置場で、掃除用具と同居であった。まさに〝鞄置き場〟であった。机2個、椅子6個が置かれ、子どもたちは交代で宿題や読書をした。指導員さんたちは腰をおろすこともできない。でも、体を十分に動かせる体育館が目の前にあり、仲間と遊べる安全な場であり、子どもたちは元気を取り戻した。

ところが、体育館も兼ねた講堂でもあったので、体育授業、クラブ活動、学校行事に使用されることが多く、遠慮しながらの生活で、時には〝なかよし会〟は休みにならざるをえないこともあった。冬季は暖房もなく実施できなかった。やってくる子どもたちは6、7人になってしまった。そこで子どもたちが背負っているこの辛さを少しでも軽くしたく、市社会教育課や校長先生と交渉を繰り返した。社会教育課は〝なかよし会〟を必要悪で、やむを得ない存在として位置づけている行政が基調をなしていたので、働く母親たちのこのような叫びなど、何ら耳を傾けないのは当たり前のことだった。

一方、校長先生は「体育館の物置場は学童の鞄置き場であって、宿題をしたりする場所ではない。それは家庭に帰ってするように」とのことであった。「でも、宿題をしたり、読書したりする子もいるはずだし、宿題も量的に家庭だけでは消化できない子もいる」と返したら、先生は「量が多いなら少なくしてもらいましょう」と言い、裸電球が1つぶら下がっている物置場はそのままであった。その後、宿題の量の多過ぎる学級の担任には校長先生から注意があったという。なんとむなしく、切ないことであったか。子どもたちが学校から帰ってからの〝生活の場〟など知ったことではないという教師像を思い、身の震えが止まらなかった。

ここで、また、居場所探しに奔走した。市社会教育課は課長と交渉どころか、窓口に秘書さんが現れて追い払われるまでになってしまった。当時30人もいた市会議員さんには居場所の実態を知ってもらおうと視察をお願いしたが、見えたのはたった1人であった。確かに、第2次ベビーブーム世代で、学校も教室不足で泣いていたときであった（息子の小学校生徒数1394人、1979年)。何をしても徒労に終わるだけと思いながらも諦めきれず、息子の個人懇談のとき、担任の先生に愚痴をこぼしたりまでした。

1980年、実態を見られた学内の先生たちの大きな協力もあり、さんざんの苦闘によようやく手が差し伸べられ、校内に〝なかよし会〟の専用教室が開設された。33枚もの畳が敷いてあるのには嬉しい驚きだった。〝なかよし会〟にふさわしい居場所がやっとできた!という思いで、八百万の神々にお礼の頭を下げた。子どもたちは宿題をしたり読書したり、校庭では同じクラスの子たちと遊び、子どもたちの生き生きが戻ったのだ。新1年生13人を加え、30人の〝なかよし会〟っ子でのスタートだった。


いくたびか明日なしと座り込む　なかよしの子らの笑い　われを動かす

一方、居場所ができたとはいえ借家であるため、常時、市の各小学校の〝なかよし会〟の親たちが集まって保育運動連絡会の学童保育部会として、市と交渉しながら維持しなければならなかった。たとえば、〝なかよし会〟開所年間日数、長期休暇中(夏、冬、春休み)の開所場所など、その都度その都度、市と春闘のような年中行事交渉で成立させていった。要求しなかったらもちろん開所されない。

「あんな〝なかよし会〟ですし、小学生なのだから自分の知恵と工夫でなんとかなる」と子どもを放置している親たちに、「望ましい〝なかよし会〟づくりの仲間に」との勧誘の行脚を始めた。「職を持っていれば時間的制約が厳しく、そんなにしんどい運動はできないので、個人的に問題解決するしかない」と言う親たちに、私は訴えた。

「突き詰めれば、あんな〝なかよし会〟にしているのも私たち働く親たちなのです。それでは親が安心して働き、子どもが生き生きと生活する場など実現するはずがない。今、こんな〝なかよし会〟でも利用できるのは、先輩たちが自治体に働きかけながら切り開いてきたからなのです。利用する気持ちだけでいたら、運動する人にその負担がかかり、いつまでもたいへんさは続きます。現在の社会環境は子どもたちがすこやかに育つことを妨げる状態があまりにも多く、そこへの放置は子育ての責任として問われなければならない」

放課後、誰もいない家にひとりで帰る小さな子どもたちの不安と寂しさを思うとき、私は耐えられなかった。そして、なんとかして自分たちの手で、一緒に汗を流しながら歩く仲間をつくり、子どもたちに生き生きとした生活の場を用意してあげようと呼びかけをして回った。

しかし、阪大共同保育所時代の親たちの結束のようにはいかず、５年もかかって１９８１年、ようやく息子の小学校に〝なかよし会〟父母会が結成された。そのとき、我が家の長男はとうに〝なかよし会〟は卒業。次男は〝なかよし会〟は鞄の置き場所であった。校庭で同じクラスの仲間と遊ぶだけではなく、校内からもはみ出して、クラスの仲間と大軍団をつくり、遊びを謳歌することができた。

ある時の午後5時、下校時間なのに大軍団の鞄だけあって姿はなく、指導員さんや学内にいた先生たちが血相をかえて探し回ると、近くの箕面川から嬉々満面の一個連隊が帰って来た話は、望ましい〝なかよし会〟に新たな悩みをつくってしまった。さて、私は怒るべきか？

かくして、〝なかよし会〟は校内に根をおろして、大地から水を吸い上げはじめ、それを育てる仲間もできたところで、次の走者である父母会にバトンを渡して、1983年3月に私は息子と共に〝なかよし会〟を卒業した。

第２章　育ちゆく日々「保育所連絡ノート」から

１　長男の保育所生活

ママ　こんにちは！

１９７０年10月15日、出産予定日（11月13日）の１カ月前、実験台の片付け、サンプルの整理をして、そろそろ赤子を迎える準備にかかろうと産休に入った翌日の夕方、お腹の様子がおかしいので、母に電話した。母は助産婦で、自分が診ている出産予定の妊婦を他所に頼んで、娘のお産を手伝う予定を組んでいた。初産だし、まだ早過ぎるのでゆっくり過ごすようにとの電話にうなずいたものの、やっぱりおかしい。そうこうしているうちに、痛みと張りは規則的な時間でやってきた。これって陣痛というものじゃないの？　そして、だんだん痛みが強くなり、時間間隔も狭まり、朝まで待てない、危ないという状況で、タクシーを探し、真夜中の２時、市民病院に入った。

ひどいつわりが妊娠中続いていたが、母からお腹の子どもにひびくから頑張って食べるようにと注意され、涙しながら口にいれるが、吐いてしまうことがたびたびあった。この時も、病院の守衛室前で昨夜食べたものを吐いてしまった。診察の結果、すぐ陣痛室に。分娩室からだいぶ離れた廊下にいた夫が大きい第一声を聞いたのは朝5時ごろという。介助した助産婦さんは「元気なオボッチャンですよ、おめでとうございます。産婦さんはおとなしく、頑張り屋だね」と一言。赤子が小さいので痛みも分娩時間も少なかったのかもしれない。そう言えば、入院中、産婦の取り乱した叫び声を何度か聞いた。過ぎたるはけろりと優しいママになっているのだが。身を裂かれる痛み、痛みの中で、一番が陣痛というから、さもありなんと人ごとのような安産であった。

間もなく、真っ白なタオルに包まれて初対面。しわしわの赤い顔したお猿さんだった。「ママ、こんにちは！　ちょっと早く出ちゃった」と。20人の新生児室の赤ちゃんの中で一番小さかった（体重2900グラム）。でも、よく飲み、よく出し、生きる力があふれていた。母があわてて牡鹿（現、石巻市）からやってきて、丁寧で、手慣れた赤ちゃん扱いがはじまった。準備不足の新生児用品も手縫い、手編みでつくり、ヘルスメーター、ポットなども買い揃えてくれた。間もなくやってくる寒さのために、ケープ、帽子、靴下、ちゃんちゃんこは水色の毛糸で編んであった。毎朝の産湯では、柔らかいガーゼで優しく撫でながら、皺しわの小さな身体を洗い流していた。生後1か月、皺もだいぶ消え、身体もしっかりしてきたと言って、母は、また、あわてて牡鹿へ帰っていった。喜びと安心を抱きしめながらも、不器用な娘を案じつつ。そして頭の先は牡鹿の出産予定日の妊婦を心配して。

息子は母の手厚いお世話のおかげで、もうチビ猿ではなくなっていた。１か月乳児検診で同期の20人を追い越して、なんと体重４６００グラムに。そして、親戚一族から、元気な子に育つようにと麻の着物やお餅まで、たくさんのお祝いが送られてきた。

みなさん　よろしく（大阪大学共同保育所入所）

１９７０年12月８日、もうすぐ生後２か月、体重も６２５０グラムにもなり、抱っこもしやすくなったところで、民家の阪大共同保育所に入所。よく飲み、よく眠る子なのに、入所初日、とても泣いたとのこと。自宅との気配の違いを感じたのでしょうか？　匂いで感じるのでしょうか?。

日に日に、どんどん大きくなり、保育所では〝大ちゃん〟と呼ばれるくらい図体はでっかくなった。よく熱を出し、大粒の涙を流し、大きい声で泣くので、そのたびに病院に走った。だが、高熱といっても、いつも大事にはならずにすんだ。「活発な代謝でバランスがうまくいってないのかな?」とか、「知恵熱とかいう賢なる熱や」とか自己流の解釈をしながらも、無知の母は病院に走るしかなかった。

大ちゃんをおんぶして、大きい着替えの包みと自分の鞄を抱えて、阪急宝塚線石橋駅から蛍池駅に出て、そこから刀根山の保育所までの道を登る。夕暮れ、小さな両手でしっかりとしがみつき、満面笑みの息子を抱き、一抱えの汚れ物とともに同じ道を家路に。息子の首がすわった、寝返りした、歯が2枚顔を出した、などの生命力と、無心に親を慕う姿に、日々の脛のむくみや身体の疲れも度外視され、下手な、我流の育児でも、親心はきっと赤ん坊には伝わって育っているんだ。その思いが私を勇気づけ、励まし、一歩一歩、一人前の母親へと育ててくれているんだ。

親子もろとも流浪の民……ずーっと向こうを目指して元気だす

1971年6月（生後8カ月）、阪大の刀根山学生寮を借りた保育所に移り、3週間が過ぎた。風邪で下痢。でも、とても元気。這い這いは、後進専門で動き回る。お座りしてしばらく遊びもするようになった。

1、2年は子育てに重心がかかるのはしかたがないと覚悟しながらも、研究室セミナーの文献紹介で、勉強不足をたたかれ、悔しさに涙する。でも、子持ちでも評価基準は同僚と一緒。甘い評価はしない教授にむしろ感謝。

息子は11カ月にはいると歩き出したが、急ぐときは這い這いに頼っていた。1歳になったら、もういたずらは天下一品。椅子にのぼり、食事も自分で手で食べると主張。あるとき、煮つけやミンチボールを床に落として遊んでいた。怒られて泣いたが、それがいつの間にか歌になっていた。みそ汁と牛乳をうんうん唸って飲みながら、そのまんま眠っていた。何なんだこれは？　この遊びから何を学んだの？

1972年3月（1年5カ月）、テレビのピンポンパン体操が好きで、一緒に屈伸運動をして喜ぶ。足が大きく、サイズ15センチの雨靴を買ってやったら、喜んではいたまま家中を歩いていた。ペンがお気に入りで、母親の大切なレポートまで落書きに襲われた。

応募していた通勤可能の某大学での4月からの勤務が決まっていたのに、突然、不採用の連絡があった。愛校精神の欠如という理由。実験設備がないので、面接で「研究を続けたいから、実験は古巣でしたい」とお願いしたことが、不採用の判断になったようだ。「研究などしている暇があるなら、学生の面倒を」なんだ。ミスマッチ！

保育園行くのいやだー

1973年4月（2年6カ月）、今朝の保育所の息子（長男）はちょっと寂しそうだった。家では明るく、ごっこ遊びに明け暮れているのに。3歳になる仲良しシュンちゃんとリョウちゃんが公立保育所に移ったからね。同年の息子も〝保育に欠ける子〟であったが、「あんたの研究は、自動車学校に習いに行ってるのと同じや」と、市役所から払いのけられていた。それに加えて、夜8時ごろまで二重保育をしてもらっていた保育士さんも転勤されてしまった。

息子はオオカミは嫌いであったが、『三匹のこぶた』の本が好きで、よく読まされた。「モーモーたんだよー」と自分の毛布をかぶり、親が怖がるふりをするのを喜んだり、プラスチック製のピストルでドアの陰から狙ったり、父親の愛車、マークⅡのミニカーで座敷中ドライブしたり、不器用な母親でも間に合わせで相手にし、楽しんだりの日常であったので、何ら気にしていなかったが、保育所がいやになってしまったようであった。保育所の近くになると、私の後ろに隠れ、服にしがみついて下を向いて歩く。「研究室に連れていこうか、でも、ごめんね」。罪悪感が身体中走る。背中で息子を感じながら、研究室へ走る。

ママ、がい（具合）悪いの？

1973年4月初め、第2子妊娠につき、突然非常勤勤務の研究所から解雇の通達。5年契約のところ1年過ぎたときであった。「なんとかして来てほしいと言うんだから、行ってやりなさいよ」と教授に説得されてついたポストである。教授には何度か頼みに来ていたらしい。非常勤といえども、毎日常勤同様の勤務をしていたが、まだ成果は出ていない。研究所の上司の先生もいろいろ交渉に走ってくれた。なんとか10月まで勤務を延期。

それまでに研究結果をまとめなければならないと、朝、長男をのぞみ保育園に預け、電車を乗り継ぎ通い詰めた。

つわりのしんどさは上の子のときと同じ。歩いている途中、貧血をおこし、道端に座りこんでしまうこともあった。お腹の子を思うと、悔し涙に栓をして床に就く。だが、２歳の長男の励ましには栓は全開してしまう。「ママ、ガイワリノ（具合悪いの）？　ポンポン痛いの？」と私の額に手をあて、自分の額と比べて検温の真似をする。大人のすることをよく見ているんだね。「すぐ治るからね」の返事ににっこり。

また、研究所の上司の先生には親身のお世話と励ましをいただいた。大きいお腹を抱えて摂氏4度の冷房室で作業するので、上下の防寒着も用意していただいたが、今も、思い出して苦笑する。大きいお腹で、せっかくの防寒ズボンは股から上がらなかったのだ。しかし、役に立たなかったズボンが、ほんとうにありがたかった。ズボンは先生の温かい人間性を包みこんでいたのだった。このような温かさを自分も返せる存在になれたらと、防寒ズボンはいつも私を励ましてくれている。

時間の余裕がなく、ありあわせの昼食をしていると、「これ、お腹の赤子のや」とおいしいものの差し入れもいただいた。「満期無事出産だよ」との先生の健康管理のもとで、お腹の子はたくましく育った。

そして臨月、入院予約が遅れて入院できる病院がなく、姉のいる川崎市の小さな産院になんとかベッドを確保した。実験結果の整理を済ませ、郵送したその夜、「もういいかい?」と赤子は予定日より10日も早く出てきた。「まーだだよ」は聞こえなかったようだ。

10月、長男(3歳)の「のぞみ保育園」退所につき、保育士さんたちへのお礼のお便り。次男のお産で滞在していた川崎市から投函した。

「暑さ、寒さも彼岸までと申しますように、しのぎやすくなったこのごろでございます。長男は生まれて四十数日目から2年10カ月という長い間、お世話にあずかり、本当にありがとうございました。一方、私自身、これだけの研究ができたのも、保育士先生方のお陰と唯、唯、感謝に堪えません。この御恩は、いつかの日、お返しできるものと信じ、あしたに向かいたいと思います。ほんとうに、ほんとうにありがとうございました。」

長男ののぞみ保育園時代は連絡ノートはなく、日々の子どもの状況は、保育士さんと親との会話で行われていた。そこで残されている長男の「のぞみ保育園」時代の私の記載は、ここで終わる。

ボク、ピンポンパン学校へ入れたんだよ!

１９７４年４月２日、長男３歳６カ月。「ピンポンパンの学校（市立保育所）に行きたい」という夢が叶えられて、大満足の日であった。市では大学の研究生は勤労婦人に当たらないということで受け入れてもらえず、前の保育所では赤ちゃんの中に３歳児の息子が一人という環境で、我慢の生活だった。どんなに優れた保育所でも、仲間に勝るものはない年齢になっていたのだった。

長男が市立保育所入所した日、周りは誰も知らない人ばかりで、不安の塊になり、椅子に腰かけていても私の指を握ったままだった。でも、憧れの保育園だったもので、案ずるほどでもなく、日を追って仲間に溶けこんでいった。

入所早々、長男は午前中で帰るので、しばらく研究を息子のスケジュールに合わせた。次男がいないと寂しがり、「ママ、リクちゃんママにだっこしてほしいと泣いているよ」と、次男のいる「のぞみ保育園」へ迎えに行こうとせがんだ。次男は長男のお迎えにニッコリの笑顔と手足をばたつかせて喜び返した。

ところが、入所して３日目のこと、長男が「ピンポンパン学校行くのはいやだ」と言い出した。新３歳児組のみんなができる体操が、できないのがつらかったようだ。私が勤労婦人と認められなかったことで、息子の入所が同年齢の子どもたちより遅れたことが原因なのだ。この組の子どもたちは１、２年前に入所しているので、毎日の体操にはよく慣れていた。保育士さんからは「体操は、まだ、みんなと一緒にしてくれませんが、みんなと話もよくしています。体操も、そのうちしてくれると思っています。あせらず待ちます」と、なんとも有難いアドバイスと、息子を信じてくれるお心であったことか。そして入所2カ月過ぎ、保育士さんより「朝のピンポンパン体操嬉しそうにしていました」の連絡があった。「よく頑張ったね」と息子の頭を撫でながら、この家庭環境を乗り越えてくれたことに感謝した。

息子にとっての〝夢の学校〟といえども、入所した当時は、不安で私の手をずーっと握っていて、朝、離れるのに時間がかかったが、夏頃には、お友だちと「おはよう」の挨拶を掛けあいながら喜んで走り去る姿になっていた。ところが、夕方のお迎えには、やはり家庭の問題を残していた。

「お友だちと暴れ回って遊んでいますが、お帰り時間になると、お友だちがだんだんいなくなり、寂しそうに窓からお迎えを待っています。父さん、母さんとの一緒の時間が足りないのではないでしょうか」と保育士さんからの助言が連絡ノートにあった。そう言えば、お残り最後の一人になり、母親の姿を目にしたら、不機嫌で保育士さんに「さようなら」もせず、手をつないだ途端、目から涙がポロリ。寂しさをこらえていたのだった。

〝ごめん！　どうしよう？〟

一人前の研究者への焦りが、子どもに、また我慢を強いてしまう。

この保育園は地域の商店街の子どもが多いので、夕方のお迎えが比較的早く、息子はお残りさんの常連になっていた。夕方がどんなにいやだったか知れない。父親のお迎えを何より喜ぶのだが、土曜日以外はなかなか叶えてもらえなかった。ほとんど母親が保育所終わり時間ぎりぎりに、次男の保育所と長男の保育所を回り、２人を連れて帰宅。夕食を済ませて、父親の帰宅後、保育バトンを渡して、私は再び研究室への日常パターンになっていた。研究室には〝夜８時再登場の女〟の名もあったとか。

夫も研究職の身であるが、時間かまわず仕事ができる同僚を羨望しながらも、夜間、土、日曜日はもっぱら息子たちと過ごす役割を受け持っていた。夫の仕事の遅れを心配しながら、「仕事ができる明日は、すぐに来る、ごめん」と息子たちを預けて研究室へ走っていた。怪獣ごっこ、野球、水泳、山歩き（五月山、箕面の山など）など、この頃の父親との楽しい遊びが、のちに、息子たちのスポーツ好きの土台をつくったように思える。

楽しいウチ遊び

10月、長男４歳、１つ上のクラスに入り（もも組からうめ組）、「仲間も変わり、テンポがマッチしたのか、クラスになじみ、一段といい子になりました」と保育士さんからの便り。みんなとよく遊んでいるというのが私には何よりの喜びであった。

家庭では、次男もやっと歩けるようになり、遊びの仲間入りをして、騒ぎの相乗効果を生み出している。押し入れからマットレスを引きずり出し、三角状に立て掛けテントを作り、自分たちの大事なものを運び込み、まるでアリンコの習性。言葉がまだ話せない次男と何らかの会話。父親を怪獣に仕立てて、二人で攻撃。つい、つられて応援に入っている自分を笑う。

次男も、そろそろ警戒しなければの好奇心旺盛の時期に入っている。ブロックで作り上げた作品が荒らされることがある。長男は父親と作ったモータープール、ガソリンスタンド、たくさんの自動車、航空機基地などは弟の手の届かない場所に避難させ、弟が寝た後、ゆっくりとその世界を楽しんでいた。賢いね、いたずらされずにすむものね。そんなもんで、弟が飲み残しの牛乳を手でまき散らして遊んでいるので叱りつけると、兄は顔を真っ赤にして、「ママ、リクチャンを怒るな!! リクチャンは、まだ小さいんだよ」と、重たい弟をだっこして、自分の食べかけていたパンを半分にして、怒られた弟をなだめていた。優しい兄ちゃん!

朝夕通る道端の雑草が秋色に変わりはじめ、賑やかになった虫の声が息子たちの興味をひく。

「虫はどこからやって来たの?」
「おうちはどこにあるの?」
「寒くなったら　どこへいくの?」
もう　答えがたいへん!

素晴らしかったピーター役

１９７５年2月7日　長男４歳４カ月。突然、保育園年度末発表会のオペレッタ「ピーターと狼」のピーター役をトモくんにやってもらいます、との連絡をもらい、「ちょっと、誰かとの間違いではないですか？」と問い合わせすると、「間違いなし」と。さあ、このシャイな子に大役では……と戸惑う。父親は「できる！」と励ます。しばらくして、「やる気満々で、練習を見ていてもピーター役、ぴったりでした」と保育士さんから報告が来る。

いよいよ本番、父親は休みをとった。私も心待ちにして予定にいれていた。ところが、当日突然、研究材料のウシの動脈採取の連絡を受け、作業員の方々の仕事の邪魔になるところを、ご好意で協力してもらっているので、当然、氷箱を背負って電車に乗る。オペレッタが無事にすむことを祈りながら。

翌日、保育士さんから喜びの便りをいただいた。

「ピーター役、お母さんにも一目見ていただきたかったです。本当にすばらしかったです。トモくんをピーター役に指名してから、彼にこれまでなかったところが見えてきました。まず、積極性です。ピーター役の動作を『こうするの？』と指導を乞いながら自ら懸命に工夫していました。それと、お友だちや保育士さんと親しみが深くなりました。決して自分から話しかけることなどなかった子が、どんどんみんなに入っていくようになりました。

他の保育士さんからも『トモくん、うめ組になってから、とっても成長したね』と。自分のクラスの子どもたちを褒めてもらうと、とても嬉しいです。4月からは大きいクラスでまた、頑張ってほしいです」

安堵と感謝がドバッと。子どもには、性格もあるし、発達の度合いもあるので、その機会を見て子どもの手を引っぱる保育士さんはすごいメガネを持っているんだ。禅語に「啐啄同時」という言葉がある。「啐」は鶏の卵が孵化するとき、殻の中でヒナが突く音、「啄」は親どりが殻を外からつき破ることで、導く者は成長する者が求めている機会を逃さず指導することを意味する。おかげで、このピーター役が「ぼくにもできたんだ」という自信をつけてくれたように思う。

ゴキブリはボクの仲間

6月19日、長男4歳8カ月、長男は生き物への親しみが旺盛で、今日もつっこんでくる。ゴキブリホイホイの中に1匹引っ掛かっていたのを見て、「可哀想だから放してやって」と怒る。「悪い虫で、私たちの食べ物を食べるし、汚いものも運んでくるんだよ」との説明に、「ちゃんとゴキブリの食べ物あげたら、人間のものは食べないよ」と。生命あるものへの深い愛情そのものだ。4歳の子への説明に戸惑う。でも、この原理が後のゴキブリ駆除に使われるとは驚きである。

海の水はしょっぱいんだね

７月31日　長男４歳９カ月、次男１歳９カ月、保育園にやってくるお友だちも少なくなった。夏休みかな？　父親は休みがないので、３人で母親の郷里へ。

東京駅で姉の迎えを受け、川崎に一泊し、翌日仙台へ。北上川の花火を見ながらバスで北上川を横切り、牡鹿半島のママの実家に到着した。

朝、波の音、カモメの声に息子たちは驚く。日が昇ると土地の子たちは海に入る。小さい子がすいすい泳ぐもので、長男は「ぼくも、ぼくも」と言ったが、やっぱり波がこわい。お祖父ちゃんが付き添ってくれたが、やっぱりこわい。いつものように頑張らず、あきらめる訳があった。「やりたい」ことがあったのだ。〝鯨つり〟である。ミミズで鯨を釣るんだと。

近くに捕鯨船が入る港があり、ちょうど「牡鹿鯨まつり」の時期であった。沖に動かない鯨（鯨の形につくりあげた物体）がシオを噴き上げている。その大きさに驚いた長男は、ミミズのえさで釣り上げるなんてものでないことだと納得。キャッチャーボートで捕鯨砲を撃って捕獲するところを見せてやろうと思ったが、彼は頑固に「いやだ」と言う。可哀想だの一点張り。そうだねえ。

ゴキブリも鯨も、殺すことをとても嫌がった。当たり前になっている（やむを得ない）私は彼を納得させるだけの知識がなく、実際、自分自身も嫌なことなのに。

お祖父ちゃん、お祖母ちゃんがおいしいご馳走揃えても、〝カレー〟がいいと言う。とても喜んだものはトウモロコシで、「黄色いまめちょうだい」と7本も食べたとか。4日後、仙台の大きな七夕祭りを仰ぎ、帰路についた。「海の水はしょっぱいんだね」と何度も言う。不思議なんだ。息子には新しい出来事だったんだ。

今だよ！　生きた教育は

9月2日　長男4歳11カ月、「お宅ではどうしていますか？」と、この年齢になると同年齢の子を持つ親御さんから聞かれることが多くなる。就学前教育に対する保育園と幼稚園との教育の違いの心配からであろう。就学前教育はどちらも学習の基礎をつくる〝後伸びする力〟を育てることを目標としているのであるが、幼稚園は小学校前段階学習として教育的要素をかなり含む。一方、保育園は集団生活の遊びの中で、その力を育む。しかし、受験のための早期教育をしている幼稚園もあるし、幼稚園のような学習を取り入れている保育園もある。

ところで、我が家はとなると、意識して読み書きなど教えていないが、息子たちにせがまれて絵本はよく読んでやっている。遊びの中で、文字、数字に興味、関心を育てることがいいのではと思っている。話し言葉の発達、視覚の発達、などの前提条件が必要ではないかと。

長男が保育園で絵を描いたと言って見せてくれた。夏のお祖母ちゃんの家の風景だった。真っ赤な夕日が大きな太平洋に沈む風景で、空には入道雲があり、海岸には、記憶に鮮明に残っているものが全部描かれていた。祖父母の家、トラック、乗用車、そして自分が楽しんだビニール製プールまで。小さな幸せを大事に抱いて帰ったんだね。驚いた。これまで、彼の絵といったら、丸とか三角であったように思うのだが。こんな表現ができるとは、ドーンと成長やね。いろいろ自分の身体と心で感じたことが、一番いい教育ではとつくづく思った。

５歳の声とともに、文字や数字に興味を持ち、本を読んでやると、「文字を一つひとつ指差しして読んでほしい」と言う。カレンダーの数字、テレビに出てくる時刻の数字を教えてとせがむ。「これこそ生きた教育だよ、今だよ」と息子に教えられた。なのに、私は真剣でなかった。もうじき、外国の研究者が来室して、研究内容で話し合いをしなければならず、語学で悩まされる毎晩だったのだ。二足のわらじのつらさはこんなところにも顔を出す。

長男の心を映し出す言葉は絵であった。精神的発達を促した

12月４日、長男５歳、次男２歳。長男は家族の面倒をよく見てくれる。父親が体調悪く、休みをとった。昼どき、父親と一緒などめったにないことなので、大活躍だった。

横になっている父親に自分の布団（母の手縫いのヒヨコのアップリケがある）を掛け、父親の好むテレビ番組のチャンネルにしてやり、心優しい懸命の看病だった。夕食後、「お母さん、お片付けしてやる」と言って食器片付けをするし、弟のトイレお伴までする。

弟は便秘体質で、食べ物も注意しているつもりだが、苦しむことがよくある。トイレのドアの前で「リク、頑張れよな」と激励。

「うーん」

「いっぱいするんだぞお」

「うーん、タッツ（弟はいっぱいのことを2つと言う）」

「もっといっぱいだぞお」

兄は数えている。「1、2、3……20、よし20だぞお」。

「うーん」

弟の後始末をしてあげ、汗びっしょりの頭を撫でている。すっきりしたところでお店やさんごっこをして遊ぶ。

長男は立派な左利きなので、ハサミで苦労した。保育園でのイライラのひとつはこれにもある。デパートから専門店から探し回ったところで、大人用の左利き用ハサミしかなかった。それでも、それを使ってから、我が家の座敷によくお店が出る。大根、お芋、りんご、バナナの絵を書いては切り抜き、それにお金も作り、売ったり買ったりと楽しいお店やごっこ。お友だちから教えてもらったのだろうか？　文字も数字もいけてる！　驚きである。我が家の先生いらずの家庭内学習であった。

でも、このような「親孝行をしに生まれてきたような子」に見えるのはA面で、B面にある「しんどい子」でもあった。まず、よく扁桃腺炎を起こし、驚くほどの高熱を出す。一週間に一度のときもあった。成長とともに良くなると言い、5歳になって頻度は少なくなってはいるがまだ起こす。

そしてまた、保育士さんからの指摘であったが、保育園で同期の子がやれることができない。まるっきりできないこともあるが、やる気がないこともある。保育園からは気が弱いという評価をもらってくる。「これらの根源は親にあるのか？」と考え込む。扁桃腺炎は体質的なもの、幼児期の諸器官の未発達など生理的な要因が関係していると解釈して、お医者さんの指示に従った。いつも対症療法で終わるが、解熱剤で熱がひけたからと、ゆとり無く研究室に走る。これがアカンかったとだいぶ後になってから気がついた。

保育士さんが心配してくださっていた同期の子と同じことができないというのは、「恥ずかしがりやで、みんなの前に立って話ができない」という行為で指摘されているのだが、親や環境が大きく関わっているのではないかと思う。親の関係で、3歳半まで同期の子のいる保育園に入れず、彼らと接する機会が少なく、コミュニケーション能力の発達が遅れていたのかもしれない。集団の中で育つ能力である。

しかし長男の場合、自信がないから、「うまくできるだろうか」と不安になり、みんなの前で話ができないのではないか？　精神的下支えとなる何らかの自信と場慣れができたら良くなるのでは、と考えた。息子は絵とか粘土細工の細かいところにこだわると、保育士さんは話す。みんなが粘土でりんごとか蛇とかを作っているのに、めんどうな象や怪獣を丁寧に、時間をかけて作り上げる。それも没頭しているらしい。家庭では、私のタイプライター用紙はよく息子の落書きの襲撃にあっている。論文を打ち上げた用紙の裏までやられていることがある。絵が仮面ライダーだけではなく、物語になっていることもある。何枚も何枚も続く。

みんなの前で話ができないで悩んでる子に、〝絵が上手だから気にすることない〟と言うことでは、問題は解決しない。勉強ができない子が悩んでいるのに、〝かけっこができるんだから気にするな〟と言うのと同じことだ。お絵描き稽古で、まず息子の心の痛みにこたえ、それを精神的下支えとすることを試みてみることにした。稽古の話に息子は跳ね上がって喜んだ。「よし、絵の専門の先生を探そう」。私は息子が新しい自分を作ることを期待した。

しばらくして、絵の塾に通うことになった。お稽古日が待ちきれないほど喜んで通い続けている。「力強い絵ですよ」とか「生き生きしてる絵ですよ」とかの評をもらってくることが多い。身体の奥にがっちり貯め込んでいる〝我慢〟を、力強く紙に吐き出している。

「このリンゴ、絵から転げ出てくるよ」（リンゴの絵）。息子は優しい喜びの顔になる。絵は彼の心を映し出す、寡黙な彼の言葉であったのだ。そうして、息子は絵が得意になり、自信につながった。その自信に支えられて、徐々にみんなと普通に関われるようになり、恥ずかしがらず話ができるようになった。

だいぶ経ってから、保育士さんから「最近、話を聞く態度ができてきたようです。これまで、『今日、何月何日?』と聞いても『わかりません』ばかりでしたが、このごろは『ハイ』と手をあげてますよ。自由時間はいつ見ても、ほとんど友だちと外を走り回って遊んでいます。発表会の劇の練習も以前でしたら『いやだ、いやだ』が多かったのに、今日は多いセリフを大きな声で言ってました」というお便りをいただき、「ぼくにもできる」の成長を喜んだ。

忙しさにかまけて、長男の心の痛みに気づかずに、後になって罪悪感に悩まされたことがこんなことにもあった。「ブランコも嫌がってしまいません」と言う保育士さんからの連絡に首をかしげた。どうして?　身体を動かすことがあれほど好きなのに?　ある夕方、保育園の帰り、弟がブランコしたいと言うので、園のそばのブランコで教えていると、兄はじーっと見ている。そして兄もはじめた。（あれっ!）

「お母さん、ぼくにも立ちこぎ教えて」

ああ、そうだったのか、と思いながら「さあ、向こうに行ったら足で強く踏ん張るんだよ」と。最初の2、3回はうまくできなかったが、みごとにできた。「できたね！上手にできたじゃない！」と言うと顔をグジャグジャにして喜んだ。帰宅した父に抱きついて「できたこと」を話していた。

立ちこぎができなかったことが、心に重くのしかかっていたのだ。みんながができるところで、自分の無様を見せたくなく、かといって、教えてもらうのもいやで、親には素直に教えてと頼む。これは親の考えが深く関わっているのかもしれない。

我が家では、初めは自分で工夫して試すことをさせている。長男の自転車練習は転げてもすりむいても、ときに手ほどきをもらいながら、こげるようになった。しかしブランコは身近にないので試みができない。仲間や保育士さんに「教えて」と頼めるコミュニケーションができていなかった。自分をさらけ出すことができなかったのだ。母に「教えて」と頼めたことで、お友だちに知られぬうちに立ちこぎができるようになった。

そういえば、いつもだったら、「べったになるから行って」と、夜、私が研究に出ることを我慢してくれているのに、あるとき「お母さん、お仕事行くのはいやだあー」と大泣きすることがあった。保育園で悔しいことがあって落ち着けなかったのだ。そんなときに限って、その夜の実験を中止すると、仕事が一カ月の遅れになる。「いい子してね」と振り切って夜道を走った。器械の音以外すっかり静まりかえった研究室に、息子の泣き声が聞こえる。そうだ、あの大泣きは立ちこぎができなくて惨めな思いをして帰ってきたときなのかもしれない。

その後、保育園から、喜んでブランコをやっているという連絡をもらった。日頃の忙しさで、長男への関わりの少なさが、言葉をはじめいろいろな表現に発達の遅れを見せていたのだ。集団生活の中で保育士さんからの指摘や、子どもの叫びで親が気がつき、足を止め、長男に、目も身も心も向けて生活することで、一歩みんなに追い着いたように思えた。保育士さんのお力をいただき、歩き、足を止め、それを何度か繰り返して、保育園卒園前にはすっかりみんなに追いついた。

こうして、「いい子」のＡ面と「親を煩わす子」のＢ面を繰り返す発達過程を踏みながら、自信を持ち、自我を育て、精神的成長をみることができたのではないだろうか。だいぶ時を経て、新聞で同じような記事を見て、心の騒めきは納得に変わった。精神科医、きたやまおさむ先生のエッセイであった。「私達は人生で、表舞台と楽屋裏を使い分けていて、表に出ているのが演技で、素顔は楽屋にあり、心の表と裏があって当然」と言う。隠されていた自分を楽屋裏で出すのだ。「そうだったんだ」。さらに、長男はＢ面では、未熟な親を育て、親の人間性をもさらに豊かなものへと育ててくれた。長男は私の大先生だったのだ。

ウエルカム　シュンくん、ハヤトくん

１９７６年１月８日、のぞみ保育園で一緒だった同年のシュンくんと弟のハヤトくんが最近遊びによくやって来る。今日は、また、その兄弟を預かることになった。なぜか彼らとはいざこざを起こさない。大歓迎である。外遊びで、トモは寒がり屋なのに、自分の手袋をシュンくんに１本、ハヤトくんに１本貸している。昼食時、スパゲッティランチにしたが、満腹までに至らず、大急ぎでおにぎりを作ったら、自分も欲しいのに、２人に「食べてえ、食べてえ」とすすめていた。兄弟を全身と全心の喜びでもてなし、それが自身の喜びにもなっている長男がとてもほほえましく感じた。シュンくんの家でもこれに優る喜びをもらっていたんだね。そう言えば、次男のバッテングのお相手はシュンくんちのおばちゃんとおじちゃんと言っていた。よく打てるボールを投げてもらっていたんだ。いつも大満足で帰ってきたものね。

以前、保育士さんからの連絡にこんなことがあった。

「今日、ほんとうに感動しました。おやつのとき、シュンくんが焼きそばをひっくり返してしまい、『自分のことは自分で』という保育園のルールから、シュンくんが雑巾で後始末するのを見守っていましたが、遅くなるので、私は『先にいただきますをしましょうか』とみんなに声をかけると、『いや！　シュンくんを待つ』とトモくん。『はあー』とびっくりしました。大人の私（保育士さん）でさえ、待とうとしなかった。とっても優しい

心には反省させられました」と。長男には人に喜びをあげる心優しさと、人への思いやりがあるんだね。それがほんとうに強い子なんだよ。

毎年、夏の終わり、小さな庭が一面、白いタマスダレの花で賑わい、シュンくん兄弟を思い起こさせる。彼らが持ってきてくれた小さな株が、すっかり我が庭の主になり、「おばちゃん、頑張っているの？」と話しかけてくれる。楽しそうに戯れている4人の声が走り去る。

蟬とともにあった夏

1976年7月、朝5時、夜明けを待って父親を起こし、蟬取り網を持って出かける長男の日々が始まった。いっぱい捕まえてくるが、うんと喜んでいる様子ではない。ところが、保育園帰りの夕方、自宅のすぐそばで、長男がずーっと探していたものが偶然見つかった。脱皮間近の蟬だ。「これだよ、これ！」。興奮して自宅に持ち帰った長男は、喜び顔に真剣顔が交じっていた。暗い所で脱皮は始まるので、部屋の灯りは懐中電灯にした。ドラマが始まった。背中が裂けて、薄みどり色をした虫が、弱弱しい足で殻を蹴りながら抜け出てくる。2時間もかかったであろうか？　長男は夕食もとらず、息を殺し、目を凝らして見続けていた。そして、虫かごに入れられた蟬は長男の枕元で一晩過ごした。

翌朝5時、息子はもう起きて見ている。蟬は茶色の勇ましいクマゼミに変わっていた。

ウワー　すごい！

その後、朝7時、父親を駅まで見送り、弟を連れて蟬取りの日が続く。ある朝、2時間も帰らないのでイライラしていると、どこかのお兄ちゃんやお姉ちゃんと一緒に蟬取りして楽しかったと二つの満足顔で戻ってきた。登園時間など頭にない。私の頭は湯気が立ち上りそうだが怒らない、我慢！　おかげで、保育士さんに遅刻のお詫び。

蟬の脱皮をもう一度見たい。夜、私が研究に出かけている間、父親と蟬の子探しにいったが、来る日も、来る日も徒労に終わっていたようだ。自分一人のときは、抜け殻のある場所で待ち伏せをしたりもした（賢いね）。残念、アカンかった。蟬の本を見たいというので、幼児向けの『ファーブル昆虫記』を買ってやった。繰り返し繰り返し眺めて、また、夕方、抜け殻の場所で蟬の子を待つ。やっぱりアカンかったらしい。気持ちの慰めなのか、成虫だけ捕まえて来る朝もあった。それが虫かごの中で歌い出す。元気いい！　朝、「えさをあげると言うのに、なぜ鳴くのだ」という怒り声が聞こえるのでのぞいてみると、かごの蟬を連れ出し、庭の木にすがりつかせ、汁を吸わせようとしていた。ところがジージーと騒ぐので怒っていたのだ。

うだるような毎日の暑さにも無気力など全く無関係に、朝からおにぎり4つもたいらげ、夕方、母親を振り向きもせず保育園からすっ飛んで帰り、蟬取り網を持って走る。おかげで、家の中では蟬たちが真夜中であれ電灯の下でジージー騒ぐ。朝から夜中まで、蟬取り熱でうるさく走り回るのに、癇癪を起こしたりもしたが、この元気さには感謝しかないね。研究室では、誰となく、いろいろな生きものを私の実験台に置いていってくれる。スズムシ、ホタル、カブトムシ（幼虫も）、セミ、チョウの幼虫、カエルまで。ときにはチョコレートのおまけまで付けてある。研究室の皆さんは、電車、バスを乗り継いで遠い自宅からこれらの生きものを持って来てくれるのだ。他の研究室の人たちまでも。ただただありがたくいただいているが、そこには多様な好意が感じられる。幼年時代の郷愁やら、長男の喜びへの幸福感、保育所づくりへの応援など。その都度、息子の喜び顔は「ありがとう」を全身で返していた。

８月23日、また、ドラマがあった。庭の木に、羽も破れもう死にそうなクマゼミが動きもしないでじーっと止まっていた。やっぱりそうだ。たまごを産み付けていたのだ。息子たちは興奮！　おしりから針のようなものを出し、木に刺し込み、木の皮を切り、その中にたくさんのたまごを産み付けている。移動しながら木に引っ掻き傷をつくっては、また産み付けた。そばで３人が騒いでも逃げようとしない。１匹が３００～４００個ものたまごを産むというが、翌日、朝５時には、まだじーっとしがみついていた。何者も恐れず、それがすむまで木にしがみついているのだ。そして子どもたちが遊びから帰った昼、親蟬はもういなかった。

子孫を残す時の蟬のメスの強さを驚きと感動で見ることができた。やがて、秋には幼虫になり、ここから出て、土の中へもぐる。6、7年経て地上に。新しい楽しみがまた一つ。長男は早速感動を絵にしていた。羽、触角、足、たまご、そして引っ掻き傷までしっかりと、鳴き声も書き入れてる。いい夏だったね。

ありがとう、保育園（長男）

1977年3月、めまぐるしく時を追いかけているうちに、長男はもう卒園だ。小さいしわしわのピンク色の生命が、身長126センチ、体重26キログラムの大きい元気色の子になった。外枠は頑丈そうだけど、中身は弱く、高熱でよく苦しんだ。保育園の裸体操がそれを吹っ飛ばしてくれた。自宅の甘さではできないことだった。親の「ビリ」体質と〝子どもまかせ〟が何事も出遅れ気味の子にしてしまい、保育士先生たちの〝教育は待つこと〟に沿った、この子に合った導きがあって、体力だけではなく、人間的にも優しい強い子になった。

いよいよ新しい船出である。これまで、引き船、添え船ありの航海だった。これからは自分で舵をとる航海が多くなる。数々のお教えを糧に、きっと力をこめて舵をとると思う。不安も希望もいっぱい抱き込んで。春のやわらかな陽光を吸い込んだ海面が、まぶしいほどきらきら光っている。のたりのたりのいい凪だ。

私も保育園あって、親になり、研究者になれた。ありがとうございました。

２　次男の保育所生活

阪大「のぞみ保育園」は、次男の時代には「保育所連絡ノート」があり、いつも丁寧な連絡をいただいた。親もそれに応えて、次男の場合、かなりの記録を残していた。

ママ、こんにちは！

１９７３年10月４日、川崎市の姉のところで10月13日出生予定日を控え、研究論文や種々の書類の残務整理をし、投函して安堵の胸をなで下した。ところが、明日からゆっくり出産準備にかかろうとお風呂に入っていたら、お腹に痛みを。「ほんものかなあ？　などと言っている暇はないよ。犬のような安産型だから」とは母から注意されていた。何も持たず、とにかくタクシーを頼み、病院に入る。20分ほど痛い痛いと踏ん張ったら、「オギャー」と一声。太く鈍かったので、「男の子だな」と察した。「おめでとうございます！あなたは頑張り屋さんね。こんなに簡単に産めるなんてしあわせね」と、最近の妊産婦の頑張りの無さを嘆きながら、助産婦さんは安産の喜びを共にしてくれた。産湯できれいになって初対面したのは10月５日、朝の３時を回っていた（３時２分　生まれる）。「とても立派なお坊ちゃんですよ」と。真っ白なタオルに包まれた初対面の子は、どう見ても女の子でない。鼻筋がとおった凛々しい赤子だった。「また男の子か？」「今、11人の赤ちゃんがいますが、男の子は2人だけですよ。みなさん　男の子がほしいと羨ましがってますよ」と助産婦さん。

「そうだ、罰が当たる！　ママの事務整理すむのを待って出てきたんだものね。ありがとう」

ところで、用意していた名前は女の子だけだった。父親は届出を急ぐ出生届に、当時、流行していたシトシトピッチャンの「大五郎」か、さもなければ「次郎」だと電話で言ってきた。そこで、助産婦さんに注意されながらも、布団に隠れて姓名運の2冊の本を調べ、「竹内」に適する名の中からいろいろ選び出した。父親は「大地のように心の広い人間になれ」と「リク」に決定し、すでに提出していた名を改めて再提出。

石油戦争で、生きるのがたいへん

11月8日、川崎から自宅に戻る。この頃、世の中は社会情勢が悪化していた。いわゆる石油戦争というものだ。町のネオンは消え、暖房もできなくなり、デパートも時間制限、テレビも早々に終了。店からトイレットペーパー、洗剤、砂糖、粉、油が消え、「消費は美徳」が「節約が美徳」の時代に変わった。灯油がなく、子どもたちを暖めるのに苦労した。私の母乳まで止まってしまった。粉ミルクも買えない、リクにはお粥の粒粒の無い流動食を飲ませた。泣かずにたいらげる。何てありがたい子！

12月8日、次男の耳におできができた。よくできるのだが、やっぱり栄養のせいかな？あまりにつらそうなので、市民病院で診察。

「今日、おできは切って捨てたので、リクちゃん（次男の呼び名）もう泣かなくていいよ」

分厚いおくるみにどっぷり包まれた、小さな顔はすやすや。長男は電車に乗るのが楽しいので、喜んでお伴し、病院の帰りはソフトクリームのお駄賃をもらって最高のしあわせ。冬将軍もしあわせ親子を笑顔で見送ってくれた。

公園の兄ちゃんやさしかった

1974年1月15日（次男3カ月）、長男の4月の保育園入所まで、しばらく遊び仲間とはなれた日常が続くことをほっとけなかった。なんとかしてクタクタなるまで遊ばせてやりたい。この時期の子は仲間との遊びのなかで鍛えられながら育っていくのではないだろうか。大切にせなあかんと公園出張がはじまった。大当たりの日も、小当たり日もあった。

超大当たりの日、優しい兄妹（5、6歳頃）にめぐり会えた。兄ちゃんのリードで、長男は大声を張り上げ、兄ちゃんのやることなすこと、何でも真似て頑張った。みんな汗だく、クタクタ。安い駄菓子とみかんでもおいしいおいしいと、最高のおやつ。また、会うことを約束してバイバイした。

次男が背中で暴れだした。「そうだ、お腹空いてるのよね」。長男は相当疲れたらしく、私の腕にぶら下がりぶら下がりして、家にたどり着いた。「ママ、リクちゃんにミルクだよ」と弟を気遣い、公園で出会った優しい兄妹の話を繰り返した。あんな兄ちゃんになりたいね。遊びの喜びと充実感は〝心ゆたかな子ども〟へ育つ土台につながる。素晴らしい出会いだったね。

自育優等生　親孝行な子

1月31日、次男の手足の動きがはげしくなり、バネ仕掛けの人形みたいだとみんなが笑った。枕カバーやタオルを頭に被ってしまい、それを払おうと騒ぐ。なんとか自力で取り払い喜ぶ、足の布団蹴りは親泣かせ。手の発達も上々、指を吸う、小さな手をおもちゃに声を張り上げ遊ぶ、ミルク瓶を両手でつかんで飲めた。よだれ分泌も上々、よだれかけは乾いてる暇がない。お外も大好きで、母の背で揺られながら、兄ちゃんとの散歩は大喜び。3月28日（5カ月）、寝返りをはじめた、自力で一度できたら何度も繰り返している。学習しているんだ。嬉しいんだ。味覚の発達もよし、おじや、お菓子、イチゴ、みかんジュースと、ミルクにそっぽをむきながら、勝手に離乳食に入っている。親孝行の子だ。

こんにちは！　トモくんの弟です。よろしく（のぞみ保育園入園）

4月1日（6カ月）、大阪大学のぞみ保育園に入園。兄ちゃんもここで育った。兄ちゃんは入って3日ほど泣いていたそうだが、この子は泣きもせず、「ゲラちゃん」と呼ばれるほどゲラゲラ笑うそうだ。鈍いのか、賢いのか？　何にしても環境に違和感がなく、すんなりが親にはありがたい。

自育優等生には優秀な兄ちゃん先生がいた

4月29日、一家で箕面の山登り。長男は大喜びだが、次男も兄とふざけ合いが嬉しくて、大声ではしゃぐ。みんなでの食事ではお座りも上手くでき、チーズ、トースト、卵焼き、イチゴとみんなと一緒の食べ物。大丈夫かなとよく見ると、下顎に二枚の歯が顔を出しはじめている。食べるためには道具も急がないとね。

5月21日（次男7カ月）、初めて内科にお世話になる。急性咽喉気管支炎だという。薬一発で回復。父親が休みを取って世話してくれた。ハイハイもうまくなり、廊下、お部屋中這いまわり、おもちゃを見つけて遊ぶ。兄のおもちゃに触っては兄を騒がせている。何か話しかけているのか、甲高い声で騒ぐ。同じ声でこたえると、にこにこの笑顔でかえす。

保育所頑張れ！　理学部生物学科のみなさんの応援を受けて

11月4日、保育所はおやすみの日である。明日の理学部生物学科の運動会に保育所購買の納品するお菓子の袋詰め作業のために、朝早くから家族で保育所にでかけた。そばで、息子ふたりは（1歳と4歳）はおもちゃで遊んでくれた。

翌日、天気に恵まれ、運動会では、学科一同日常を忘れて笑いこけた。昨日袋詰めした購買のお菓子は完売で、思わぬ利益になった（2500円）。マラソンの賞品は保育所販売のビールとなり、ギフト券はピンク色の紙に漫画を描き、保育所の宣伝ビラと共に白封筒入りで用意。好評だった。500円ほどの利益だったが、保育所のものを買ってあげようというみなさんの優しい心に、ただただ感謝。子どもたちは、頑張る父母、保育士をよそに、喜び遊ぶ。

「170万円必要なのに、そんなことしても意味がない」と言う人もいた。しかし、買ってもらうだけの意味で活動しているのではない。「女性も仕事したいんだ。そのためには、保育所が必要なんだ」と訴えているのだ。理学部では、ほとんどの研究室が保育所の購買活動を支援してくれた。この支援がありがたく、保育所で扱っていない品物の依頼があれば、利益ゼロでも小売店で買い求めて届けたこともある。さらなる多くの大学人のこの運動への参加を期待して。

家では、良くも悪くも母親。小さな時間なりとも、息子たちとの団らんもと思えば、眠るひまもない。研究室セミナーの当番になっているので、寝ころんで翌日報告する文献を読んでいると、長男は「本を読んで」と、枕を並べる。付き合う、いい子ねえ。まもなく小さな寝息。さーて、私の時間。気が付けば、朝の４時。牛乳屋さんの音。

11月６日、朝６時、マラソン賞品のビールを理学部へ届けた。忙しくて、一人前に仕事ができないのがつらい。唯一の支えは２人の子どもが元気で保育所で過ごしていることだ。総長に保育士の人件費補助お願いの手紙を出す。東北大の保育所の人件費補助のパンフレットも同封して。

ママ、頑張れ！　研究室の皆さんに支えられて

１９７５年９月７日（日曜日）、（次男１歳11カ月）。今日もビアパーティーを前に、つまみやラーメンの仕入れの仕事がある。研究が行き詰まっている今、保育所の仕事が最優先で、つい、夫にあたってしまう。「月３万円くらいの利益に、こんなに苦労しなければならないのなら、塾か専門学校の時間講師をして、その講師料を保育所に出した方が効率がいい。仕入れ仕事なんかやめたらどうだ」と夫の提案。なにしろ、夫、子どもを巻き添えにして、毎週日曜日の問屋通いなもので、返す言葉がない。でも、でも、返した、「効

率で働くのではない。保育所運動の一環である」と。夫だって日曜日の朝ぐらい、ゆっくり新聞を見たいのは知っている。とにかく、8時、車で問屋へ走ってもらった。

途中、お休みの日こそ、パパに遊んでもらいたい息子たちの気持ちをいくらかでも汲んでやりたくて、車を止めて千里の野原で遊ぶ。紅茶と菓子のおやつの後、2人は野を駆け回り、ボールの投げ合いをして喜んだ。クタクタの2人を連れて保育所へ。朝、大急ぎでつくったおにぎりの昼食をすませて、品物の値札付け、整理をして、大学の大口得意先にラーメンやコーヒーの配達、ビールの空きビン回収に回る。お休みの日はエレベーターもお休みなので、ビールの運搬はきつい。今日はついていた。たまたま出会った業者の人が手伝ってくれた。帰路についたのは午後2時半。次男は車の中ですでに爆睡。

毎日毎日、保育所のことで頭がいっぱいだ。でも、いつかの日、この努力で、このようなことで頭を痛めなくてもいい保育所ができると思えば、今、エネルギーはここに注ぎ、しばらく研究者浪人で我慢と言い聞かせ、夕食もそこそこに、疲れやら、悔しさやら、悲しさやらでぐったりの身を横たえた。そばで長男はもう、すやすや。次男も大好きなおもちゃのバスを抱いて、うとうと。今夜は2人とも、本を読んでとは言わなかった。


しかし、期限付きの研究課題もあり、長男が赤ちゃんのとき、保育所がお休みの日は息子を背にくくりつけ、あるときは研究室のお兄さんたちに息子の子守を頼み、実験台に立った。３歳にもなると、実験が遅れた日の夕方、息子は保育所から研究室に連れて戻る。私の実験着をぎっちりつかみ、どこまでもご一緒する。「オジチャンにもらった」。教授がご褒美にくれたアイスクリームを、顔をクチャクチャにして喜びなめる。〝学問の聖域に子連れ〟は、やむにやまれぬことであったが、応援はいたるところで、いろいろなかたちでいただいた。助教授の先生からはお嬢さんたちのお下がりをいただき、可愛いピンクの服を着た鼻たらし小僧はみんなの笑いの的になった。よく食べ、よくたれる息子たちで、山のような着替えと自分の実験データと重たい子を背負って大学までの３キロメートルの往復を、助手の先生からいただいたバギーがどれほど助けてくれたか知れない。

バザーやビアパーティーでは研究室の兄ちゃんたちに見事な看板を書いてもらったり、先生を先頭に研究室連隊でやってきて盛り上げてもらったり、温かい応援は数えきれない。

自我の芽生え

６月26日。次男（１歳８カ月）の反抗期だろうか？　夕べもすねて、コップのお茶をテーブルの上にわざと撒けて親をこまらせた。紺色のズボンをはかせたら、台所で仕事している私にピンクのズボンを持ってきて「これがいい」と怒っていた。先生にお手紙を書いていると、自分も書くと言って書いていた（ざあーざあーと線を引く）。

ウンチ物語

（母親から保育士さんへ）６月23日。次男（１歳10カ月）の連絡ノートは便秘体質の排便のたいへんさでうずまって、「ウンチ物語」になっている。先生たちにもご迷惑をおかけしていると思う。

夕方、保育園から帰った次男は、お腹が苦しいらしく、ゴロゴロ横になり、愛用のおもちゃのバスと遊んでいるが、やっぱり出したい苦しさで、フーンフーンと唸りながら、いつものチビなりの頑張りスタイルの逆立ちをしている。親も一緒に苦しい。食べ物が問題なので、世間が唱える玄米に頼るかと何度も思い、何度も見送っている。親の余裕のない怠慢さもあるが、なんとか頑張ると出るからなのだ。次男を可愛がっていた義兄（姉の夫）は、いつもイチジク浣腸を持ち歩いていたという。とうとう出してくれと泣き出した。長男が「お母さん、仕事やめて、出してやりなよ」と怒鳴る。「そうだね」と炊事をやめ、次男のお腹をうずまきに撫でさすってやった。

しばらくしても出ない。とうとう大粒の涙。私もこれ以上頑張らせるのは耐えられず、お尻ををけんめいに刺激して、次男の踏ん張りを誘った。うーんうーんとかけ声をかけて。次男も私も汗びっしょり。ついに出ました。ああ苦しかったね！　お尻はお湯で洗って、パウダーでたたき総仕上げして、すっきり。嬉しくて、お尻丸出しでお部屋を走り回る。長男も私も一緒に回る。苦しさ飛んで行った、お腹空っぽ、チキンライスと鶏のからあげを手づかみで食べる、食べる。大好きなミルクもいっぱい飲んで、大満足だね。

（母親から保育士さんへ）６月24日。今朝もまた、ウンチをいっぱい出しました。母の手を借りず、一人ですませてから、始末してちょうだいと言ってくる。苦しまずに出た。「よかったね、このように毎日上手に出そうね」とお尻を撫でてやると、手を叩いて喜んでいた。よく食べ、よく出ると親も嬉しい。

（保育士さんから）６月25日。「今日はウンちゃんが出て気持ちがいいのか、ごはんをきれいに食べました。みんながオシッコにいくと、リクちゃんトイレに一緒してました。身体測定の日でした。どうしても体重計にのってくれませんでした」

正義の味方月光仮面？　世話焼きさん？

（保育士さんから）10月９日、２歳０カ月。三輪車で広場まで散歩に出かけました。途中３度、車に出会いました。その都度、リクちゃん（次男）は上手に草むらによけて、ジーッとして車が通りすぎるのを待っていました。他の子たちに「メッ、メッ」（だめの意味）と注意しながら。靴は自分で履くようにしてますが、上手く履けず、玄関でダダこねていましたが、頑張っていました。「上手に履けたね」と言うとニッコリ。

正義の味方、リクちゃん、弱い者の味方をしてくれています。遊びながら、どこから見ているのかなぁーと感心するぐらい、遠くからでも応援にかけつけます。月光仮面と呼ばれていました。小さい子がオシッコをもらすと、「チェンチェ（先生）」と教えてくれます。世話焼きさんです。

（母親から保育士さんへ）リクは家でも正義の味方？　兄がブロックの片付けをしないで、父親に叱られていると、「パパ、メッ」と父親に仮面ライダーキックしています。

保育所支援バザーと班会議　二足のわらじはつらい

12月6日、次男2歳2カ月。バザー台風がいよいよ厳しくなり、我が家は荒れ放題。気持ちだけは荒れたくないと思いながら、次男は母親の正常でない状態を肌で感じ取り、膝に乗り、放りっぱなしにされたくないことを行動で表している。食事も自分のいつもの椅子で食べず、膝に乗って食べると言う。

私は今、バザーだけではなく、一番大事な文部省特別研究班の班会議が間近に迫り、その準備がある。一人前の成果が求められ、大教授方々にディスカッションでしぼられる。子どもがいるから半人前で、というわけにはいかない。死因のトップを占める心臓病の研究としての〝特定〟に指定されている。これを私の研究室では一人で関わっているので、死にもの狂いの苦しさ。そんなことで、次男のひっつきが強まるばかりだが、長男は「お母さん、やせたみたい。ぼくが大きくなったら、リク（弟）とお買い物もするし、ごはんもつくってお母さんに勉強させてやるよ」と、くたくたの母をいたわる。ありがとう！

ライディーンのズック靴

（母親から）１９７６年２月11日、次男２歳４カ月。ほんとうに久しぶりに母親と一緒の日曜日でした。兄が風邪気味なので、いつもの購買品の仕入れはおやすみ。父親は出勤。昨日の夕方、長男が通っている保育所で、園児が履いてる靴を見て、欲しそうに「アレアレ」と言っていました。そして今朝、玄関にある兄のマジンガーＺの絵柄の靴をこっそり履いていました。「お母さん！　リクちゃん、靴が欲しいんだよ」と兄が。「そうだったの」。漫画にある勇者がプリントされている靴が、欲しくて欲しくてしかたがなかったのでした。「もう、そんな年齢になったのかなあ」と追われる母。

そこで、二人のお昼寝時、早速買いに行って戻ると、ほんの少しドアを開けて待っていたのは次男でした。兄はすでに眠っているのに、次男は兄の脇に枕を並べて眠ろうとしていましたが、眠くなくてひとりで遊んでいたらしいです。みかんを食べて、その皮が枕元に。「ニイ、ネンネ（兄ちゃん、ねんね）」と、つまらなかったことを告げました。次男が欲しかったライディーンのズック靴を見せたら、胸に抱きしめて喜んでいました。早速、畳だけではなく、お布団の上まで履いて歩いていました。嬉しくてお手伝いまでしてくれます。ウインナーを盛り付けた皿を運ぼうと手伝って床にポロン。さっと拾って自分の服で拭いて、皿に戻していました。苦笑。こんなこともできるんだ！　とてもいい子の1日でした。

（保育士さんから）2月12日、リクちゃん散歩が大好き。「よーいドン」と言うと、ひとりサッサカサッサカ走ってゆき、保育士が「リクちゃん、ストップ」と声をかけないと止まってくれません。少々の冷たい風などへっちゃらで、とても元気です。ワンちゃんはあまり好きじゃないみたいです。学生会館の前に2匹いたのですが、大きな石ころを拾ってきて、「アッチイケ」と投げていました。

納豆野郎

（母親から）3月23日、次男2歳5カ月。どこでどうなったのか、次男は納豆が大好きです。日曜日は朝、昼ごはんも、そして夜ごはんも納豆です。昨夜はたまたまお赤飯でした。それでも納豆と卵を自分でテーブルに用意していました。そして実行。

私の研究室に納豆やおからの好きな酒飲み兄さんがいました。彼に次男の納豆好きを話したら、

「大成しないよ、リクちゃん」

「どうして?」

「おれと好みが同じだもの、飲んで終わりさ」

ですって。

うららかな春の阪大散歩

（保育士さんから）3月27日。お散歩にでかけました。春のようなお天気で、とても気持ちがよかったです。幼児クラスはお休みが多く、今日は5人でした。刀根山寮→待兼山会館の前を通って、鯉の池→小さい丘→基礎工学部前→法学部前→生協前→待兼山会館のコースを、てくてくとよく歩きました。途中、鯉を眺めたり、小高い丘を駆け上ったり、どぶ池で食用ガエルを見たり楽しい散歩でした。リクちゃんは「コイ、コイ」と言って、鯉を見てきたことを給食の先生に伝えていました。

（母親から）『ねこのごんごん』の本が好きです。その中でも、池の生きものの場面がとてもお気に入りです。鯉がいます。金魚もいます。そのページをめくると、きまって「チエンチェ（先生）」の言葉が出ます。先生と散歩で鯉を見たことを告げてくれています。鯉を見た楽しさを本の場面で何度も思い起こし味わっているのでしょうか。

言葉の遅れで、先生方にもだいぶご迷惑をおかけしました。全くもって親の責任です。顔を見て、話しかけることを怠ったためだと思います。いつも自分の目先の仕事のことを優先し、子どもには〝申し訳ない親〟です。父親が比較的早帰りのときは、バトンタッチで私は研究室に出ます。夕べは「ママ　ガッコ　バイバイ」と送ってくれました。午前様で帰宅。朝、笑顔で「ハヨー（おはよう）」してくれました。眠る前はきまって「ママニ　イコウ」と父親を困らせるのに、昨晩はそれなしで、いい子で眠ったそうです。

でも、このようなことは稀で、いつも「ママ　ガッコ　メッ（研究室へ行くな）」と怒った顔で訴えるのです。でも、母親には母親の仕事があり、一歩でも一人前に近づきたいと思えば、「いつかわかってくれる、きっと」と、「いつかではダメなんだ、子育ての今が大事なんだ」との葛藤を抱えながらも、我が道をひたすら歩いて行ってしまいます。

ありがとう！　のぞみ保育園のみなさん

（母親から）３月31日、次男２歳５カ月。今日でのぞみ保育園も卒業です。長い間ありがとうございました。自然に恵まれ、それを存分に満喫できるカリキュラムがあり、広い遊び場がある。雑草とも、虫さん、カエルさんたちとも「さようなら」です。ありがとうございました。とてもしんどかったのですが、私自身、たくさんの人たちと出会い、ぶつかり合い、助け合い　たくさんのことを学びました。必死で頑張ったことで成長できたと思っています。

（保育士さんから）この連絡ノートを書くのも　今日で最後になってしまいました。リクちゃんはのぞみ保育園で２年以上も過ごしたのですね。

リクちゃんは次男坊の甘えん坊のところもありますが、反面、お友だちを大切にし、とても心の優しい子だと思いました。素直です。これから入る公立の保育所では、リクちゃんの大好きなお兄ちゃん（長男）と一緒ですね。きっと、毎日楽しい日でありますように。購買部のお仕事ご苦労さまでした。感謝の一言につきます。

また、のぞみ保育園へリクちゃんと、是非来てください。さようなら。

兄ちゃんと一緒の公立保育所入所

１９７６年４月、春の陽をたっぷり吸い込んだ花いっぱいの４月、２歳６カ月の次男が市立保育所に入所した。昨日まで、近くの阪大のぞみ保育園で生活していたので、集団生活にはそこそこ慣れている。しかし、環境の違いに、喜びにあふれた表情に緊張をちらつかせた出発だった。１歳児のたんぽぽ組の上のクラスのれんげ組で、ミコちゃん、ゲンくんと一緒だった。その上のクラスにすみれ、もも、さくら、さつき組があり、５歳６カ月の長男は年長組のさつき組であった。兄弟同じ保育所であることが息子たちにも、親にも何よりありがたいことであった。朝の親との別れは嫌がりもせず、振り向きもせず、れんげ組の部屋に走り行く。長男では親子もろとも、毎朝、悲しい思いをしたもので、「なんと親孝行な子」と喜んだ。

ところが、親の姿が消えた後、泣いて、部屋にも入らず、保育士さんを困らせたことが何度かあったという。言葉は遅く、頭で話す子で、行動が先にでる。「泣いていても、切りかえが速く、積み木やブロック遊びを一人でやっています。食事、おやつとも残さず食べ、ミコちゃん、ゲンちゃんにも何やら言葉かけている姿がありますが、遊んでる様子まではいってません」と、保育士さんからの入所1週目の連絡にあった。よく頑張っているよ。

この頃、次男は保育所を「学校」と言っていた。入所10日そこそこなのに「ワル」をしたので、「リクちゃん、悪い子はガッコには行けないので、ガッコ行かないね」と言うと、「イヤ、ガッコイク」と怒る。仲間との遊びから、家庭でのおもちゃ遊びに優る楽しいものを感じとっているんだ。緊張も不安も悔しさも、時に泣いて流し、大好きな絵本、ブロック、レコード音楽で気分を切りかえ、ゲンちゃんともふざけ合いができるようになった。食事、おやつは「きれいに食べました」と親をほっとさせる保育士さんからの連絡に、次男は納得したら耐える、そんな力をもっているんだと親孝行の滑り出しに喜びこみ上げる。

そんなことで、研究にすこし体重をかけ、夕食後の研究室での仕事が常態化した。夜と土曜日の午後、日曜日は父親と兄との生活になる。夜半、帰宅した時には、いつも２、３冊の絵本を枕元に深い眠りにはいっていた。めずらしく夜、自宅にいると、どっと、あまったれの２歳のチビになる。おんぶしたり、だっこしたり、パジャマも自分で着られるのに、「ママに」と着せてもらっては喜び、膝の上で絵本読んでもらっては喜んで眠りにはいる。

身長は91センチ、頭がそれほど大きいとは見えないが、何が入っているのか重い。足の筋肉が弱く、動くときのバランスがうまくとれず、保育園でも家でもけがはほとんど頭。保育園では頭の傷は縫うほどのものだったが、本人は体験程度におさめたのか気にしていない。自宅でも兄とのふざけ合いで、縁側の大きいガラス戸に突撃して頭に傷。幸いカーテンが大事を救ってくれた。これは体験学習にならず、３度も同じことを繰り返した。でも、仮面ライダーごっこはやめられない。

月光仮面の出動多くなる

７月、入所して３カ月が過ぎた。次男の成長ぶりにはすさまじいものがあった。赤ちゃんから幼児へと。特に言葉の発達が目立ち、兄との口げんかもできるようになった。保育園では、二語文言葉から目的語の加わったことばが多くなったと、成長ぶりを喜んでもらった。一つ上のすみれ組の子どもたちとも遊ぶようになり、衝突も泣くことも多くなったが、懸命に「リクちゃん大きいもん」と自分を励まし、泣きを終了するという。

ところが、戦いやぶれて泣きやまないとき、保育士さんが「リクちゃん大きいから、泣いちゃだめよ」と言うと、「リクちゃん小さい」と返すという。「大きい」と「一番」が大好きな背伸びするちびっ子だったが、自分で自分の感情をコントロールし、解決することを繰り返しながら、心の強さを育む土台づくりがはじまった。

前ののぞみ保育園では、正義の味方「月光仮面」と呼ばれていたように、いさかいで、「悪い」と思う者を戒める「おせっかい屋」のところが次男は旺盛だった。前池公園で小学生の兄ちゃんたちの取っ組み合いのけんかに出会ったとき、馬乗りになっている強い相手のところへいって、「メエッメエッ（ダメの意味）」と真っ赤な顔でどなっていた。さすがに相手が自分より強そうに見えたか手を出せず、しばらく真っ赤が続いていた。

仲間のけんかの止めに入ることが、保育士さんからの連絡ノートにもしばしば出る。女の子がいじめられていれば手を取って連れ帰ったり、みんなで交通安全教室の人形劇を観ているとき、騒ぐ仲間に「うるさい」と注意したり、〝月光仮面〟は相変わらず忙しい。園での2歳児の食事、昼寝の生活習慣も自立していて、世話要らずとの保育士さんの評価。

このような判断ができる頭でも、弱点がある。手足の運動がなかなかみんなについていけない。みんなで一緒の体操も、いつもぼーっと突っ立っている姿があった。「いつできるかなぁ」と見守っていたら、7月突然やる気いっぱいの、楽しそうな体操の姿になっていた。楽しく頑張っている次男とお友だち、そして支えてくださっている保育士さんたちに感謝した夏7月であった。雨上がりの道路に、小枝でかたつむりと雨を描き、でんでんむしのうたを大声でうたいながら、3人はゆらりゆらりと家路につく。

兄ちゃんにひっついて社会進出

うだるような暑さの8月、次男の生き生き元気は続く。好奇心の塊が、朝起きてから夜寝るまで全身で見て、聞いて、考えて、動いている。蝉取り、ブロック遊び、絵本読み、兄にくっついての行動である。兄とのブロックの取り合いも激しくなり、兄は警戒して、大きな空き菓子箱に自分のものを確保、大好きなおもちゃ（UFOロボ、マジンガーZ、ゴレンジャー、パックリ、清掃車など）も一緒に。外に出るときはテレビの上に、夜、床に就くときは枕元に。親は「片付けなさい！」を張り上げずにすむようになった。

兄の自転車の後ろの荷台に乗せてもらい、上機嫌の外遊び。兄の友だち仲間にも、お邪魔虫と言われても喜んでついていく。背丈120センチくらいの兄ちゃんたちの中に93センチのチビが公園のジャングルジムでも、ボール遊びでも、かけっこまでも一人前に加わっている。「位置について」の合図に兄たちのように地面に指を立て、一線に並び、スタート。町内の一角を回り、ころんでも一番後ろを懸命に走っている。大の野菜嫌いも、野菜を食べたら大きくなると言うと、「兄ちゃんのように大きくなりたい」と、嫌いなキュウリを大好きな納豆にからめていっぱい食べて頑張っている。

「ありがと」が嬉しいお手伝い

食事前、家族4人の箸を並べるお手伝いをする。台所に現れ、ありがたいお手伝いもよくしてくれる。手を怪我している母親のお手伝いをするんだと、こぼしてしまったキャベツを捨てるのかなと思っていたら、洗面所に持っていって洗い、自分の洗面タオルで拭いて皿の上に。「食べ物は大切に」かな。「ありがとう」だね。アリの行列が台所に現れたとかで、霧吹きで水攻撃をしていた。床の水びたしも布巾でなでて始末している。大満足の笑み。「ありがと」より驚きがある。霧吹き器のネジも回せたんだ。布巾もしぼれたんだ。

お手伝いは介護になることもある。私は同じ姿勢での実験操作でよく肩の痛みで苦しむことがあった。耐えながらの台所仕事のかっこ悪さを見て判断するのであろうか、「ママしんどい？　ねんねちて」と肩をたたかず、そーともんでくれる。枕と毛布まで運んでくる。ありがたさに苦笑。「リクちゃん　大きくなったよ」。

親孝行の次男にも心配事があった。アレルギー性疾患の気配である。時々、咳と身体全体への湿疹、お医者さんが他の病気と間違うほどのときがある。小児性のものは成長につれて治るというお医者さんの説明を頼りに、気にしないことにした。

先生のお家いや

１９７６年10月、３歳になって、これまでになかったいやなことが次男の内面を脅かしている。朝、「先生のお家、いや」と保育園にいくのを嫌がり、「ママと一緒に（研究室に）行く」とぐずる日が10日も続いている。

「先生が、『リクちゃん遊ぼ』と言ってるよ」

「ちゃう、しえんしえ（先生）おこるもん」

毎朝毎朝、同じ会話があり、彼が納得するまで時間をとれず、可哀想と痛む心を鬼にして、最後は腕ずくになる。泣かせながら。「北風と太陽」の北風になる。保育園を嫌がる「何か」があるんだろうが、保育士さんは「近頃、少し不安定のように感じます。一日中ではないので、それが救いです。どうしたらよいか考えるのですが、よい案が浮かびません。お家では、できるだけ保育園での一日の様子など聞かれたりして、園での楽しさを思い起こさせるようにしてください。焦らず、ゆっくりと見守っていきたいと思います」と。

夕方、お迎えの母と会えたときの安堵の喜び。ぎゅーっと握り離れまいとする小さな手。天使のように優しく元気な子が、「何」で心を閉じてしまっているのだろう。「何」を見抜けない親もつらい。苦しめている「何か」を一つひとつ探し、取り除けたら解決するかもしれない。「リクちゃん、お家にいる」と、長男も母も出かけて家にいなくても自分は家に居ると必死で言うことは、家族の愛情の渇きでもなさそうだ。単に、園から逃れたいだけではないか？　園のしつけや決まりは以前から評価をもらっているので、それでもなさそう。遊びにくるお友だちとはいつもと変わらない楽しさを見せる。そんなことで、心当たりが得られず、保育園へ行くことがどんなに苦しいか、受け入れることから考えていこうと、少々暗い気持ちで突入した「魔の3歳期」である。

登園拒否はダメ母親へのメッセージだった

11月、「魔の3歳期」は、情緒の発達が著しい時期とみて、次男は、まずは順調に来ていると思うが、これまでのように放任も気になった。昆虫は柔らかい蛹でいる時に、脱皮してから使うさまざまなセンサーを準備し、外界に出る。外界は昨日も今日も同じ環境で、変わっていない。対応していこうとしている自分が変わるんだ。

ヒトも同じように、赤ちゃんから3歳になると、まず、行動範囲が広がり、生活内容が豊かになった。言葉で自分の気持ちを表現できるようになった。それが社会的行動の発達につながり、友だちとの競争、けんかも頻繁になっているが、すぐ仲良く遊べる。けんかをしたり、仲直りしたり、集団で生きる力をつくっていく過程なのではと思う。

善悪の判断もはっきりしてきて、負けん気の強い次男は「ごめんなさい」を言わなければならない悪事はしない傾向が表れてきた。親の都合で、朝の保育園に遅刻すると、友だちとのけんかも多く、泣いたり、機嫌もよくなかったりすると、保育士さんからアドバイスをもらった。「遅刻して、ごめんなさい」をしたくなかったんだ。人前で叱られたり、恥をかいたりすることを非常に嫌うような情緒が現われだした。小さい身体で泣きながら、遅刻は悪いことで、してはいけないことを親に教えていたのだ。苦しめている「何か」は遅刻だったんだ。そうだったんだ。登園拒否は親へのメッセージだったんだ。

遅刻は親も悪いことと認識している。仕事からの朝帰りでちょっとのうたた寝での失敗が大事になっていたのだ。二足のわらじのつらさがここにも。

そこで、毎日の夜の研究室出勤を水曜日と土曜日だけにして、次男が親の膝という安全地帯で過ごせる時間を多くすることにした。親とのお話も多くなり、登園拒否も収まって12月になる。月曜日の園では、「日曜日の楽しかったことを目を輝かせて話せるほどになった。日々、『リクちゃん、大きくなったもん』を連発」と、保育士さんからの連絡ノートから知る。自分でカセットテープを調節し、歌を楽しむ。時節柄「ジングルベル」「ホワイトクリスマス」などのクリスマスソングもあるが、圧倒的に「宇宙戦艦ヤマト」である。枕元にそなえる子守唄になっている。

子どもが登園拒否を起こしたことで、成長していく子どもの心を理解するようになり、私自身が以前とは違った自分になっていることに気づいた。藁をもつかみたいほどつらかったが、感謝である。

母親から父親との遊びの世界へバトンが渡る

1977年2月、次男の心が少し落ち着いたようなので、私は遅れに遅れた仕事に取り掛かった。「子どもの調子が悪い」は、教授は重々知っている。「仕事をまとめることができるのか」も心配であったに違いない。一人前に任せてもらっているテーマを年度末までにどうにかして結論を出さなければならない。次男の様子を見ながら、また、夜、実験台に立った。次男は父親の車に乗り、母の膝上で、兄に負けない大声で「おうま」「山口さんちのツトム君」など歌いながら、夜の研究室まで送ってくれた。「バイバイ」と何度も手を振り、夜の闇に見えなくなったところで、私は実験モードにはいる。

そんなことで、息子たちは、夜、土、日曜日は父親と過ごすことが多かった。次男は夜、父親の帰宅の靴音を耳にすると、玄関で待ち、ドアオープンと同時に飛びつく。そしてごはんを食べる前にだっこ。保育園でも父親の似顔絵を描き、お気に入りで「これ、リクちゃんのパパ」と飾っているという。連絡ノートにも、大きいメガネをかけた父親の顔をドーンと2ページにわたって書いている。父親の話はよく出てきて、「リクちゃんのパパね……」と目を輝かせて保育士さんに語るという。「お父さんがリクちゃんに、大きな影響を与えているように感じます」と保育士さん。父親も疲れていても、次男には勝てない。遊んでもらえないと、サンタクロースの歌で、「大きな袋、いい子にあげよ」を「大きな袋、お父さんにあげない」と替え歌にして大声で歌い出す。苦笑しながらも相手する。かけっこ、公園あそび、スケート、三輪車、ボール投げ、夜はレスリング、ブロックでいろんな世界づくりなどで満たされると、父親のあぐらに入り、本を読んでもらって眠りにつく。時に、父親がコクンしてしまうと、自分で読みだすことがあり、驚かされることがあるが、字が読めることではなく、読んであげるのを覚えて、まねていることであった。

「魔の３歳期」にも十人十色の表出があるのだろうが、次男だけではなく、長男も、この時期は母親から父親へと多く関わりを求めるようになった。家庭的な事情もあるが、母親の世界は物足りなく、もっとダイナミックな世界を求める頃ではないかと思う。「反抗期」と呼ばれもする時期で、次男はそのような一面をのぞかせてくれた。おねしょして「リクちゃん、失敗しちゃったね、もう、おふとんにしないね」の声掛けに、「おふとんにする、おべんじょでしない」と返してくる。また、時と場合で使い分け、「リクちゃん、赤ちゃんだもん」と親に言い訳したり、「リクちゃん、大きいもん」と、自慢したりする。

２月の夕暮れ、保育園のお迎えで握った私の右手を「お母さんの手が冷たいよ」と、小さい二つの手ではさみ、マッサージをして暖めてくれた。「もう一つの手は、兄ちゃんもするんだよ」。二人で痛いほどのマッサージ。心まで温かくなって家路を急いだ。そのような大きいリクちゃんだが、母親が自宅で原稿書きなどしていると、「お母さん、学校は行かないの？」と何度も聞く。「今日はお家」の返事にニッコリ。何冊もの絵本を運んできて、「赤ちゃんだもん」になって安全基地で穏やかな顔のリクちゃんになる。時に母を蹴り、反抗し、時に煩わせて、しがみつきながら、情緒、自我の育つ3歳は過ぎていく。原稿は一歩も進まないが、安全基地をこんなに喜ぶ次男を見て、また葛藤に襲われる。

「本読んでちょうだい」は、子どもが安らぎを求めているんだ

１９７７年6月、我が家の息子たちの一日は、おやすみ前の「本読んでちょうだい」で終わる。松谷みよこ著『いない いない ばあ』の絵本（0～1歳）との出会いから、習慣となって定着している。多くは父親が叶えてあげていた。安全基地で一日の緊張や不安を取り除き、楽しかったことや、上手くいったことなど語り合いながら、あしたの活力のための栄養を補っていたに違いない。

ところが、とんでもない早朝などに、「本読んでちょうだい」とやってくることがある。自宅で夜通し原稿書きをし、ぼーっとしているときに。「ちょっと、リクちゃん。勘弁して」と言いたい。でも、いつも後悔する。特にこの年齢は、本は眺めているのではなく、感動までしているんだ。それに、夕べは、母親からの栄養が十分でなかったのかもしれない。抱えてきた本は、夕べ読んであげた『こすずめのぼうけん』であった。膝に抱いて読んだ。冒険していたこすずめが、夕暮れにくたくたに疲れ、途方にくれているところに、子どもを探していた母すずめと出合えた場面で、次男はいつものように息をのみ込む。そして、母すずめの背中におんぶされて巣に帰るページが大好きで、じーっと見ている。こ

の感動をたっぷり味わうと私の膝を離れるのだ。『くったのんだわらった』の本もよく登場する。夕食後、父親が「お腹いっぱい」とのびていると、「パパは　くったのんだわらった　だ」と笑う。『いたずらきかんしゃちゅうちゅう』では「ちゅうちゅう」のところを大声あげて一緒に読む。長男も本が大好きだった。この時期に次男がよく出してきた『ぐりとぐら』『きかんしゃやえもん』『おおきなおおきなおいも』『こねこのぴっち』『ねこのごんごん』『おおかみと七ひきのこやぎ』『ジャックとまめのき』などは兄からうけついでいるものである。長男は『ちいさいおうち』の本がお気に入りであった。小道具入れの手さげ袋に「ちいさいおうち」のアップリケをしてあげたら、手さげ袋は長い間、彼と小学校生活を共にした。本の内容がおもしろいと感じるようになり、日常生活と重ねる楽しさも知り、本は生活になくてはならないものになっていった。

時間の制約から「ほうっておいても子は育つ」的な日常であったが、絵本は親自身も子どもと一緒に楽しみ、大切なコミュニケーションの道具であった。

いちごのいーちゃん

１９７７年9月、秋晴れの日曜日、表の道路での子どもたちの騒ぎの中に、ひときわ大きい次男の声があった。「ケムタはいちごのいーちゃんのところへいくんだぜ」と。大きい毛虫が道を大急ぎで横切ろうとしているところらしい。いつもの遊び仲間とそれを見守りながら、『いちごとけむし』のお話をしてあげていたようだ。

そういえば、3カ月も前、徹夜あがりで研究室から帰宅した朝、次男はいつもより早く目を覚ましていたらしく、玄関を開ける音で飛び出してきて、私の膝に乗る。『いちごとけむし』の本と大事にしている自分の枕を抱いて。昨夜、父親に『いちごとけむし』の本を読んでもらって眠ったとのこと。「まだ赤くない、ちょっと緑のがいーちゃんだよ」。

赤く熟したいちごたちは、お百姓のおじちゃんが町へ持っていき、売ってしまう。次男は本の中の毛虫のケムタになっていて、いちごのいーちゃんもおじちゃんにつれていかれるのを心配しているようだ。そして、「おじちゃんが食べちゃったので、ケムタが泣いている」と話してくれた。本文はケムタがいーちゃんの頭の上の茎を噛み切り、いっしょに逃げるのであるが、彼はどうしておじちゃんが食べたことに創り替えたのか？　保育園ではよく毛虫と遊んでいるらしいが、自宅でも食卓の上に連れてくる。「いちごのいーちゃんが寂しくて泣いているから、帰してやりなさい」と言っても動かない。それ以来の3カ月間、何度も「読んでちょうだい」と言ってこの本は登場した。そして、この日、道路でのケムタとの再会。いーちゃんと会える喜びをみんなに話していたのでした。次男の心の優しさを、こんなところで見ることができた。

幼児期では、子どもは親の背中からさまざまなことを見習う。親が虫を嫌うと、子どもも虫に嫌悪や恐怖を持つことが多い。私も小さい頃、虫が好きで、あおむしとはだいぶ遊んだが、毛虫は毛に対するアレルギーで、避けていた。しかし、次男のような物語的なすばらしい楽しみ方はしたことがない。サイエンスの世界で終わっていた。息子たちは、虫は言うまでもなく、蛙、小鳥、ザリガニ、ミミズなどのいろいろな小動物とはずいぶん生活した。情緒はこの幼児期に発達し、子どもの性格を作っていく上の基礎になると言う。〝生き物〟への愛情のような肯定的情緒が育ってほしいと思う。

リツ君

9月23日の秋分の日で、お彼岸なので二色おはぎを作った。今度は大丈夫かな？　と思いながら作ったのだが、やっぱりであった。次男のおはぎは、納豆ごはんに変身していた。先日、季節がら栗ごはんを作ったとき、栗は全部のけて納豆ごはんにしていた。今日もやっぱりであった。

納豆ごはんはこの日も次男の大仕事のエネルギー源だった。休日であるが、父親は出勤で、次男はいつものように兄と一緒に近所の子どもたちと遊んでいた。小学校4年生を頭に、1年生の兄とその友だちらと異年齢のなかよし仲間で、近くの空き地を基地に遊ぶ。仲間の一人で、3歳の次男と同い年のリツ君が、突然大泣きしてやってきた。みんなと遊んでいたら家族が出かけてしまったらしい。あまりにも大声で泣くもので、近所のおばちゃんたちが「何事か?」と、そこここから出てきた。みんなでなだめても止まらない。4年生の兄ちゃんとはよく遊んでいるリツ君なのに、効き目なし。誰の言うことも役立たずで、1人帰り、2人帰りでみんないなくなってしまった。

ところが、次男がひとり、懸命に見守りなだめていた。とうとう泣きやんだリツ君を我が家に連れてきた。しばらくして、次男の喜んだ声、「ママ、リツ君笑ったよ」と。そしてリツ君の大好物のポテトチップスをほおばりながら、テレビを見たり本を見たり、あれこれ親御さんがいなくて寂しい友だちの気持ちを慰めている次男の優しさを見て、ほのぼのとしたものを感じた。

リツ君は近くに住む仲良し友だちで、保育園児ではない。同い年で、滅多にけんかしない。リツ君は朝起きるとやって来る。そして、次男が保育園から帰るとまたやって来る。ブロックで基地作り、エイトブロックでロボット作り、怪獣ごっこ、三輪車での散歩、いつも意気投合。買い物のおやつは必ずリツ君の分も忘れない。次男が保育園お休みの日は食事も一緒のことが度々。テレビ番組のテーマソングを2人で声高らかに歌う。楽しそうに疲れることを知らない。次男にはこれまでにない種類の友だちである。

近くに、古家屋が壊され、空地になっているところがあり、子どもたちの遊び場になっている。土や石ころをおもちゃにして遊ぶやら、かけっこ、ボール遊びなど自分たちでひとつの社会環境を作っている。家庭とは言うまでもなく、保育園とも少し異なった環境での生活経験である。タテの関係を通して見習い、ぶつかり合い、修正しながら、相手の行動や気持ちを理解し、自分自身の役割を学ぶ場である。公園ともまた違う。近代化はそのような場を奪ってしまい、残念でならない。

アホ母さん

１９７７年12月、３歳後半から４歳頃の次男は、長男では経験したことのない、想定外のことで親を驚かせ、心配させ、喜ばせ、笑わせた。

寒い朝だった。台所仕事を終え、いつものように次男を保育所への見送りの用意をしていたら、本人がいない。また、リツ君と遊んでいるのかと聞けば、「今朝は来てない」と。トイレ、押し入れにもいない。長男がいたら鋭い嗅覚やら心眼やらで、それほど苦労せずに見つけ出すのだが、とうに学校へ行ってしまった。さて、と足元を見たら、保育園のスモック、黄色帽子、鞄がない！　どこにいるか？　とにかく保育園に向かって走った。

いた、いた、ゲンちゃんと大声でふざけあっているではないか！

「どうして一人で出かけたの？」

「お母さんがブックリするもん（びっくりする）」

母親を心配させて喜ぶ小さな悪《ワル》をしてみたのだった（知らぬ間にママをお母さんと呼

ぶ)。しかし、だいぶ経ってから父親は「あれは親とのコミュニケーションの要求なのだ」と。「ああ、そうなんだ」とアホな母。

長男は友だちから、邪魔になるから遊びに弟を連れて来るな、とよく言われているが、それでも優しい彼は弟を連れ歩いていた。土曜日の午後、私が自宅で書き物をしていたので、たまには、長男を自由にしてやりたくて、次男の相手をすることにした。ところが、本人は兄ちゃんたちと遊びたい。表での子どもたちの声に、「あ！ 兄ちゃんだ」とすっ飛んで出て行った。5分経ち、10分経ち、でも戻ってこない。兄たちの仲間に会えたのかを確かめようと、彼らが遊ぶような所を捜し回った。だが、見つからず戻り、玄関の鍵を開けたら、「ワアー」と泣いて出てきた。「どうしたの?」、「お母さんのアホ」と大泣き。

次男の大好きな枕は、涙でびっしより濡れていた。兄たちを追っていったつもりだったが出会えず、家に戻ったが、母はいない、玄関は開かない。庭に置いてある踏み台を使って、鍵のかかっていない窓から入ったらしい。

「リクちゃん、『こすずめのぼうけん』と同じだね」と言うとニッコリ。どんなに悔しく、悲しかったことか。3歳5カ月にしてこの能力に驚くばかりであった。やっぱりアホ母さんだね。

驚きの判断力に脱帽

もう一つ、幼い次男の判断力に驚き、感心したことがある。初冬、山茶花の花が咲く季節になると、あの日の記憶が帰ってくる。

毎年、我が家の庭に冬を告げてくれるのは山茶花の花である。長男は山茶花の花をピューンの花と言っていた。山茶花は元気な北風の精、風の子ピューンの花であることを、童話で読んだようだ。次男が3歳を少し過ぎたかの頃だった。我が家の庭は、初冬のやわらかい日差しをうけたピューンの花で賑わい、寒々とした寂しさを和らげていた。

日曜日は家族でスーパーに1週間分の買い出しに出かけることがあった。「北風小僧の寒太郎」の歌を歌いながら父親の運転する車で向かう。息子たちは祭りのような喜びの日であったに違いない。一品だけ自分の欲しいものを買ってもらえるので、車から降りたら、わき目も振らずその場に走る。その日も、親は必死でそのあとを追うのがいつもと変わらなかった。が、つい見失ってしまった。次男の目的にしている売り場にその姿がない。多分、そっちこっち眺めながらいつもと違う通りを来るに違いない。暫く待った。欲しがっていたのだから、きっとこの場に来る。しかし、待てど現れない。次第に心配になってくる。20分ほど6つの目だまでその付近を捜した。いない！　父親が1階から4階まで捜し回ったが、やはりその姿はない。

そこで、買い物客を頼り、「こんな子を見かけたら」の迷子放送を頼んだ。しばらく待った。何事もない。あと、どうしたらいいの！「悪神よ、次男に近づくな」と手を合わせ、身体中震えながら、警察を頼むしかないと3人は駐車場に走った。「あれっ！　リクちゃん、リクちゃんじゃ」。4人がだんごになって喜び合った。コチコチの身体も心もゆるゆると涙になって緩んだ。なんて賢い！　次男は売り場に迷い、親たちを捜したのだけど見つからず、駐車場の父親の車を捜してじっと待っていたのだった。3歳にしてこの判断に、ただただ驚き、感心し、いっぱいいっぱいほめてやった。

判断力は言葉で教えて育つものではない。自分がたくさんの中からあるものを選び、それを決める行為を繰り返し体験することによって育つんだ。次男はこのような〝生きるための重要な能力〟を主体的に育みはじめていたのだ。

だんだんリーダーへ

担任の保育士さんからのノートに「最近、リクちゃんはお話を聞く態度も良くなり、内容も答えられます。リズム遊びもふざけず、真面目です。すみれ組のリクちゃんとは違って目覚ましい成長です。また、よい意味でのリーダーです。何かして遊ぼうとなると、リクちゃんがみんなのまとめ役です。とても助かっています」と。また、主任保育士さんが偶然見かけた光景も付け加えてあった。同じクラスの子が「ぼく、リクちゃんの言うことを聞く」と言ってたのに、「おれの言うこと聞かなくてもいいねんで」と次男が話していたという。「リクちゃん、ようわかってるね」「お兄ちゃんの良い影響ですね」と、担任さんに報告したことも。お褒めの言葉が続く。「床ふき掃除で、みんな遊んでばかりのところ、一人でやりあげ、拭いたあとを見ながら、『僕が全部拭いた』と満足の顔」と。

昔のガキ大将は遊び上手でなければならなかった。次男の遊びのアイデアもみんなを楽しませるものがあるのかもしれない。また、もも組さんは、おとなしい子が多いので、リーダー役をやっているのかもしれない。

最近、相手を理解することも、少しずつ身につけてきている。「強い人は、悪い子でも叩いたりいじめたりしないで、お話しするんだよ」と教えている。以前、この子の自己中心主義を気に掛けていたことがあった。それは誤りで、そういう年齢だったのだ。兄が宿題をしているとき、邪魔せず、本を見たり、ブロック遊びをしたり、絵を書いたりして待つと言う。兄が勉強を終えると、「兄ちゃん、終わった?」と飛びつくほど喜ぶそうだ。こんなことから、この子は兄の状況を理解して、自分の兄と遊びたい気持ちをコントロールできているなあと頭を撫でてやった。

タシケテヤル

1978年、2月は保育園の生活発表会の時期である。次男のクラスの出し物は劇で、配役はそれぞれの子の希望で決めたと言う。問題はハチくんの役をやりたいのが次男のほかにもう一人いて、担任保育士さんが困っていることを連絡ノートで知らせてきた。残っているのはカンガルーくんの役。土曜日の夜、研究室出勤を中止して、劇の内容を聞きながら話し合った。「カンガルー役は難しく、みんな嫌がる役なんだよ」と保育士さんの言うとおり話した。しばらくして、「ぼくがやる！　先生をタシケテヤル（助けてやる）」と言ってくれた。そして、月曜日の朝、「ぼく、カンガルーする」と担任の保育士さんに言いに行ったと。

ところが、生まれてから37度以上の熱を出したことがないという親孝行者が39・8度の発熱。さあ、病院へ。次男は病院など行った覚えがないもので、喜んで跳び起きた。熱で病院へという初めての体験、診察の結果はインフルエンザだった。私は休みを取り、家での書き仕事に切りかえた。そばでおしゃべりしたり、本を読んでもらったりで、次男は大喜びであった。長男も遊びにも出ず、風邪の弟の面倒をよくみてくれた。

生活発表会の前1週間も休み、「大丈夫かなあ」と頭の片隅にあったが、彼の度胸を信じていた。「我が家で記憶力一番だし（セリフ覚えている）、その場の判断でなんとかやるだろう」と心配しなかった。さて、本番。過信ではなかった。力いっぱいやった。「リクちゃんは自分のやりたかった役ではなかったにもかかわらず、自分で考えた振り付けまでして、よくやってくれました。胸が熱くなりました」と担任の保育士さんからのお褒めの言葉がノートにあった。やっぱり先生の振り付けでなかったんだ。カンガルーがカンガルーにできないほどでっかく跳んでいた。先生をいっぱい助けたよ。

「タシケテヤル」はこんなところにもあった

同じクラスのアキラちゃんのお母さんから、お礼の電話があった。前池公園で、みんなで砂遊びをしての夕方、次男はいつものように兄の自転車の荷台に乗せてもらって帰ろうとすると、アキラちゃんが「犬が怖くて帰れない」と泣きそうであった。そこで「タシケテヤル」が出た。自分が兄の自転車から降りて、アキラちゃんを乗せ、自転車の後を走りながら、彼のお家まで送り届けたそうだ。アキラちゃんのお母さんは感動して、礼を言ってきたのだ。いいことしたね。

子どもは「相手の立場で考える能力」を身につけていても、「助ける」「なぐさめる」といった行動で示す能力は、みんなが実現できるとは言えない。次男の１歳頃の「おせっかい」が発達して「タシケテヤル」になっているのかな、と興味津津。

言語能力発達の遅れは親の責任

文字に非常に興味を持ちだした。「なぜ文字を覚えたいの？」「小学校に入れるもん」と言う。〝覚えたいと言うときが教えるとき〟と思えるけれど、「文字は学校で教えます」と学校の先生方が話されるように、邪道な指導ではやらないほうがいいという考えで、我慢させていた。でも、次男の文字を覚えたいという気持ちはそんなことで納得しない。遊びから帰る兄にメモを書いていた。「兄ちゃん、このパン食べていいよ」と。もちろん、誰にも読めない宇宙文字である。自分のパンを半分にして、お腹を空かせて帰る兄へ残しておいた。兄は弟のメモを解読。そしてぺろり。

1年前の今頃、ペンを持つことに興味がなく、少し心配したが、今、兄とマンガ描きに熱中し、マンガは数コマ構成の物語にまでになっているが、やっぱり本人の解説なしでは楽しめない「宇宙文字」である。

自立と依存を行き来しながらの4歳、友だちの間で自分の位置がくずれて、けんかが頻繁にあったようだった。共に成長していく集団で生きる一つの過程であり、通らなければならない道である。どうしたら楽しく歩んでいけるかを模索しながら、あるときは「頑張る！　できるもん」と言い、また、あるときは「助けて」と言う。

二晩、母は研究室、次男は母の枕を並べて一人で眠ったようだ。昨晩、久方ぶりに自宅で過ごした。実験がうまくいかず、食事も睡眠も面倒なほどの精神状態にある母とは知らず、次男は母の膝を陣取り、「お母さん、さようならキャンディーズを見よう」と言う。母の膝が寂しさも不安もみんな取り除いてくれたんだよね。目はテレビを見ていても、頭は実験。テレビで演じている内容を話しかけられても、チンプンカンプンの母の返事。これだから息子たちの「はなし言葉」の発達が悪いんだと反省。

爪はけんかの武器

４月、「もも組」も終わり、次男の担任がU先生からT先生に替わった。長男もお世話になった先生で、ダメ母さんも知ってもらっているが、今度は小ダメ母さんくらいにしたいなあとスタートした4月4日、次男のけんか第一報と派手に爪あとをつけた顔が届いた。手押し車のうばい合いが原因らしい。「もも組」では相手のことをよくわかっていたが、クラスメンバーが変わり、まだよく知らない子たちだったので、自分の主張を曲げられない重大なけんかであったようだ。

けんかの経緯についての次男の説明には「まだこれぐらいの幼い知恵なのか」とも思ったほど、そこには「タシケテヤル」の耐える強さはなかった。新しいクラスメイトとのご挨拶のようなもので、どうしたら仲良く遊べるかを、けんかを通して学ぶのであろうが。「逃げる」ことをしなかったことをほめてやればよかったのに、説教になってしまった。

翌朝、次男は布団から出てこない。昨日の、これまで経験したことのない強い相手に負けたことや、幼児性の自分本位的行動が否定されたことの悔しさで、起き上がれなかったのだ。しかたなくほっぺを〝ピタリ〟とすると「これからしません」と泣いた。５分も経っただろうか、屈辱と悔しさと傷の痛みを我慢して、さっと起き上がり、パジャマをたたみ、下着を着替えて、よごれものを洗濯場へ。すばやく支度を整えた。保育園へ行きたくなかったのに頑張った。やっぱり強いリクちゃんだ。人間としての成長にいい体験であった。その後、手の爪を切らないと言う。「どうして？」「けんかの武器」と。みんなで笑っちゃった。

長男が教えてくれた財産

小学2年の長男が弟の面倒を見てくれるので、私はだいぶ助けられた。次男は兄との遊びを通して多くを学び取っていた。夕方、保育園のお迎えもほとんど長男がやってくれた。ある日の午後、長男は頭痛で、授業がすむと急いで帰宅して、ベッドに横になっていたが、弟のお迎えの時間になり、39度もの高熱を耐えて出かけたという。私が玄関に入ると、布団の中でわっと泣き出した。つらく、耐えていたものが爆発したのだった。

「頭が痛い。でも、今日、リクがお利口してくれて、前池公園で道草しないで帰ってくれたからよかった」

と涙と苦しさをこらえながら話した。母親への連絡は「お母さんのお仕事が遅れるといけないからしなかった」と。一瞬、彼の本物の強さに驚いて、なんと声をかけたらいいのか言葉が出てこなかった。彼は友だちとのけんかでも、弟のように殴り合いなどめったになく、攻めに弱い子であった。けんかがあると、気の弱い兄を弟がかばう、しょんぼりの「負けいくさ」がいつものパターンであることのように認識していた。

長男は自制的で、控えめで、他人の立場を思う優しさが彼全体を作りあげているような子であった。やらなければならないときには強さを出すことができる優しさであったのだ。よく息子たちと読んだ、斎藤隆介著の『モチモチの木』の豆太が重なった。臆病者の豆太が大好きなじさまを助けるために勇気を出すことができた。「優しさは強さまでも作り出すんだ」。息子が教えてくれた財産である。

回り回る愛の循環

私は週に一度、非常勤講師で医療系短大の講義に出ていた。夕方帰宅すると、弟のお迎えをするはずの兄がベッドに横になっていた。怪我をしていた。弟のお迎えも怪我の病院での処置も、兄のクラスの子とそのお母さんのお世話ですんでいた。弟は大事な兄のため、大活躍をしていた。兄のベッド脇にポータブルテレビを運び、おやつを運び（母親が朝用意）、兄が飼っている金魚の水取り替えまでしたそうだった。

このように、兄弟はお互いに競争心や嫉妬心を持っているだろうが、大きなけんかはほとんどなく、あっても派手さがない。快活で、甘ったれで、負けん気が強い弟であるが、二人にはいたわり、かばい合う気持ちがゆきかっていたのである。

ところが、いまだに、あることが私の心の奥にへばりついて、時に重たさに苦しむことがある。「クラスの子って誰なの？　私は、なぜ真剣に探さなかったのだろう」という後悔だ。弟は誰のお迎えで帰ったのかも連絡ノートに書いてない。携帯電話も持っていない時代で、講義中の母親への連絡はできなくても、父親へは連絡できたはずだ。ありがたい介助にお礼を言いたかった。大きなミスに、亡き母が教えてくれた「回り回る【愛の循環】」の念仏が胸の痛みを和らげてくれた。「差し出した愛の手は回り回って必ず自分にもどってくる。御恩は直接いただいた人に返せないときは返さなくていい、どなたにでも返せるんだよ。返した御恩はぐるぐる回って差し出した人に戻っていく」と。助けてもらった息子には、人間関係の立派な教育になった。

小さな旅の恩返し

8月、保育園は静かになる。田舎の祖父母や川崎の伯父伯母が、息子たちと会える夏を心待ちにしていた。祭りがあるからと再三の電話を受ける。決心できない返事に、「あんたがそうだから、子どもたちがかわいそうなんだよ」と電話の向こうは怒りになる。「これじゃ一足わらじになっているのかな」と小さな夏休みを決心した。

実は、私はこの夏は突貫工事並みに迫っている仕事があった。9月に国際学会があり、当たり前のデータよりも少しは立ち止まって聞いてもらえるものをデザインしていた。研究室への外国人来客には、学会会場では説明しきれなかった詳細なデータでの談話もある。それで、夏休みに入る前、来る日も来る日も研究室で生きていた。やっぱりだめだ。焦れば焦るほど、おかしなデータが現れる。もうこの苦しさは半年も続いている。誰にも頼れない孤独な苦しみなのだ。針の孔ほどの光でも、と手さぐりしながら暗闇の中をもがき歩いた。眠るのも食べるのも、嫌になっている日が続いてくると、そのような母を息子たちは肌で感じ取っていた。「田舎へ行きたい」も「川崎へ行きたい」も「みんなのようにお休みしたい」も口に出さなかった。耐えているんだ。胸の奥までも痛む。いつも、このジレンマの中で「不可能」の解しかないのかと思いながら、諦めきれず、二足のわらじで歩いている。どちらも半端であるが、もう少し歩いてみるんだ。

小さな旅は、父親は休暇をとれず参加できなかった。次男は着替えをいっぱい詰めたリュックサックを背負い、兄に手を引かれ、賢い子になって新幹線で東京入り。ここからが息子たちの天国。母のにらみなど効力なし。川崎市の伯父伯母の溺愛にすっぽり包まれて、解放感満喫。地域祭りの屋台でタコ焼きとかき氷のご馳走と金魚すくい、東北仙台の七夕まつり、実家牡鹿半島海岸での海水浴や祖父指導付き魚つり、ミンミンゼミの大合唱の山寺へのお墓参り、兄を含めて４人の小学生の兄ちゃんたちの仲間に負けじと自力でコース完了。だが、一つだけ負けたものがある。祖母が孫たちが来るからと、年に一度、祭りにつくる祝い餅（しんこ餅）を一口も食べなかった。兄ちゃんたちは何個も食べて祖母を喜ばせたのに。代わりに、納豆ご飯を何杯も食べていた。

これらの遊びでそこそこ楽しさを満喫した。でも、「楽しさ作りに大人あり」で、彼ら自身の欲求でできた遊びではない。この旅で息子たちが心から楽しんだ「大人なし」の遊びは草野球であり、駄菓子屋通いであった。大阪でも狭い空地で草野球はできたが、母親が通った田舎の小学校の校庭は広く、許可なしで誰でも遊ぶことができた。そのとき集まった子どもたちが2チームに分かれ、三振なしとかセブンボールとかいう変則ルールをその場のメンバーに合わせて作り、疲れて動けなくなるまで延長し、全身で楽しんだ。14対0といった大阪勢の惨敗でも楽しかったんだ。遠くから眺めていた祖父ちゃんは、小学生の兄ちゃんたちに入れてもらって戦う4歳の次男の野球試合姿とか、ルールの理解度を、兄ちゃんたちに負けていないと手放しで褒め称えた。ここでの草野球で「子ども社会」を支える「遊び場、遊び時間、遊び仲間」が十分満たされ、「大人なし」「お金要らず」の自分たちの社会を存分に満喫することができたのではないだろうか。我慢させた息子たちへの小さな恩返しであった。

川崎のおじちゃんのところと言ったら、息子たちの一番の楽しみはなんといっても駄菓子屋通いである。社宅の近くに、子どもたちが〝小山の公園〟と呼んでいる小さい山のある公園がある。その路地裏に子ども文化のシンボルとも言われる駄菓子屋があり、いつも子どもたちが群れていた。大阪の自宅の近辺では到底見ることができない昔のまんまの店である。商品も相応の、珍しい楽しいものが彼らを惹きつけていた。おじちゃんからお小遣いをもらっては、一日に何度嬉々としてそこへ走ったであろうか。何を買って、どう遊んだのか内緒のままであったが、とても楽しかったんだよね。

10日間の夏の旅は、息子たちのありのままの姿をじっくり眺めるいい機会になった。彼らはいつもとは違ういろいろな人たちと会い、たくさんの感動をたずさえて大阪に戻った。この感動が彼らの成長の糧になると信じ、その思いが、また、私のどん詰まりになっている研究の掃除になった。さあ、リベンジだ。

傷の絶えない正論者

9月、新しいクラスになって半年にもなるのに、次男の取っ組み合いのけんかがまだ絶えないようである。私の親戚に不幸があり、息子たちは3日間父親と過ごした。新大阪に迎えに来てくれた次男の顔は「またやったなあ」の傷。自宅への車中、膝の上で、しばらく負けた悔しさでだんまりであったが、ポツリポツリと相手の〝悪〟の説明。「わかった、今度は勝んだぞお、悪いやつをやっつけようとしたんだから強かったね」「うん　負けへん」ほっとした顔になる。

次男は「自分は正しい」と思うことには誰かれ構わず自分の主張をする。夏の旅から帰ってから、草野球がますます熱を帯びて、夕方、兄とボールが見えなくなるまで投げ合いすることが多くなった。ところが、兄はルールのわからない次男を時々ごまかすことがあるようだ。夕食を知らせにいくと、次男が草原に転がって、大声でわめいていて、兄が懸命になだめていた。ここでは殴り合いにはならず、ごまかしは〝悪〟であるんだとこのような形で兄に抵抗していたのだ。保育士さんも次男には正論でやられると言っていた。真冬の裸体操の時、「なんで先生は裸にならないで、ぼくたちだけに『元気になるから裸になれ』と言うの？　先生ジルイ（ずるい）」と責めるそうだ。先生はどのように説明したのだろうか？

まる、三角、四角のお月見だんご

私の仕事のエンジンがかかり、土曜日曜なく、夜昼ない日が始まった。夕食の用意で帰宅すると、次男が「お母さん、ぼく寝たら帰ってくるんだよね」と言う。夜、研究室に出ない時は、彼らは屈託のない嬉しそうな顔を見せる。私の両側に枕を並べ、その日にあったことを、そして夢までも話してくれる。最終コースは母親の絵本読みを聞きながら眠りにつく。

日曜日のお月見の晩、私は研究室で、父親にも余裕がなく、息子たちはお団子もススキのお供えもなしのわびしい夜を送った。翌日月曜日の夜、一緒に枕を並べたとき、次男が「みんな、お月見団子おいしかったんだって」と。保育園でゆうべのお月見団子の話があったようだ。きっと悲しかったんだよね。「忙しくてできなかったんで、いつか作るね。よく我慢したね」「うん」。次男は続けた、「お母さん、研究していた方がいい。ぼく保育所で遊ぶもん」と。まるっきり真逆のことを言っているのであろうと問い返した。「いや、お母さんはお家でお菓子や団子を作ったり、リクちゃんと遊んでやったりの方がいいよね？」「ちゃう、ちゃう」と力んで跳ね返ってきた。長男はすでに寝息をたてて夢の世界に遊んでいた。そしてやって来た次の日曜日、息子たちと団子作り。いろんな形の団子、まる、三角、四角は言うまでもなく、へび、怪獣と鍋は大賑わい。お空のお月さんもまん丸から欠けた形になっていた。笑ってるお月さんよね。

小児喘息の「月光仮面」。強い子目指して頑張る

次男は根っから丈夫な子だった。４歳になってから39度ほどの高熱を出したことがあったが、それ以外はおたふく風邪のときくらいであった。ところが、夏の旅から帰って以来、37度付近の微熱、咳、くしゃみ、鼻水、食欲不振、目の充血など風邪のような症状にたびたび苦しめられていた。一度免疫専門の医師の診断を仰ぐことにした。

そこで医師から〝体格もよく、虫歯もなく健康そうだけど、それほど体質的には強い子ではない。これまで健康状態を保てたのは、日常生活の健康管理がよかったからだ〟との評価の後、恐ろしいことに「小児ぜんそく」という診断をもらった。体質は遺伝的なものかもしれない。私も小さい頃、食物アレルギーでよく病院に担ぎ込まれていたし、湿疹も年中行事のように現れていた。でも、虚弱児の私が克服したんだ。次男にもきっとできる。「１年くらいかけて治しましょう」という医師の言葉を手がかりに、覚悟を新たにした。

それから転居した。自宅から保育園まで次男の徒歩では30分から40分かかるようになった。共働きの朝は、10分でも貴重な時間。今までは自転車で連れて行くことしかなかったが、「強い子になるんだ」と、徒歩を優先した。「強い子になるんだ」と理解すると甘えなど微塵も見せず、努力するところが次男のいいところだ。先日、お医者さんに母親の健康管理がほめられたことを、子どもながら理解したらしく、母の「強い子になろう」のかけ声に同調する姿がなんとも愛おしい。

10月、次男が5歳になった。保育士さんからの連絡ノートに「リクちゃんたちのお当番の週間です。保育士が言わなくても、リクちゃんは昼食、歯磨きが終わるとさっさとカーペットを開いて、お布団を敷いてお昼寝の準備。ふざけていた友だちに『お当番の仕事ちゃんとしてから遊ぼうよ』と言ってました」という記載があった。少し成長したかな？もう、取っ組み合いのけんかは落ち着いたのかな？

最近、園でどう過ごしているのか情報が薄くなった。次男にその日の状況を聞くと、大概「頭が悪いので、忘れた」の返事がくる。家庭での状況をたずねる保育士さんにも同様の返事をすると言う。時に、このセリフがどこかに飛んで、おしゃべりするときは、話の中に〝正義の味方〟がチラついていることがよくある。「ゲンちゃんはいくら言っても『しらん』といって言うこときかない。アキラちゃんを叩いたから、ぼくがゲンちゃんをたたき返してやった」「タカタカ（鬼ごっこ）で、アキラちゃんが続けて鬼になるから、ぼくが代わって鬼になってやった」などと。やっぱり、〝月光仮面〟をしたんだ。

親を待てず飛び越えて行っちゃった

12月、この1年、次男は家族や保育園の同年代の仲間との社会から、横にも縦にも少し広い社会に歩み出した。もう、「親は物足りない」になり、面倒見のいい兄にぶら下がり、時にはわがままを通し、時には思いやり、多くを兄やその友だちとの遊びを通して子ども社会のルールや知恵を学び取っていった。

兄がお絵かきの塾から出品した絵が二科展で入選し、その表彰式が天王寺美術館近くの音楽堂で行われるとのことで、次男も一緒に参列した。壇上に上がって賞状を受け取る兄を拝むようにして見つめていた。翌日、保育士さんにも兄の絵のお話をしたとのこと。感動したんだ。そして「ぼくも絵を描こう」と言いだした。そんなことがきっかけになっているのか、兄が宿題で遊んでもらえない時は、手あたり次第、絵を描き出し、何枚かをホッチキスで綴じて冊子風にしている。1枚目は、「えにっき　えほん」、表紙のようだ。次のページにはりんごの木とチューリップと笑ったお日様の絵があり、「りんごのきがあります」と説明がしてある。2ページ目はお地蔵さんのような絵だった。雪降る日らしく、お日様はない。雪は大きいのやら、小さいのやらで弾丸が降っているようだ。兄の絵日記帳をまねたもので、ページの上半分に絵を、その下はマス目を作り、説明を入れている。特急ひかり号の絵のページには「これわでんしゃです。とっきゅうひかりごう。」と、―の部分は誤っているが、〝でんしゃ〟や〝とっきゅう〟に小さい字をつかったり、文章の終わりを「。」でしめたり。兄と共に驚きというか、不思議というかのびっくりだった。まずは、せんだってまで、「ぼくは絵のおけいこなんていかないよ。うまく描けないもん」と言っていたのに。

　もっともっとのびっくりは、文字が書けたこと。物語にもなっている。「リクちゃん、先生に文字を教えてもらっているの？」「ううーん」。頭を横に振る。いつだったか、保育士さんに「リクちゃん新聞読めるんですか？」と聞かれたことがある。毎朝、郵便受けから新聞を取り、巨人軍の勝ち負けを見ているらしい。そう言えば、夏、郷里の父が「リクは文字が読めるよ」と言っていた。電車で通った駅の名前を読んだと言う。父の「大袈裟な褒め言葉」かな？　と思っていた。放任の親を待てなかったんだ。半年ほど前、文字を覚えたいとせがまれて、小学校に入ってから習うものだと突き返していた。そんな親を待てず、飛び越えて行っちゃった。どのようにして獲得したのかは言わない。目標貫徹は次男の特技であるが、文字は縄跳びやマラソンのようにはいかないと思う。兄のサポートしか考えられないが、兄さえ驚いたのだ。まあ、脱帽である。

　一回り広い世界で、兄たちの生き方を模倣し、創造を加えながら成長していく中で、次男に変化が見られたのは文字表現である。長男の場合は、初めての子で、手さぐりの子育てが一方的であれ、会話であったように思う。だが、長男もだんまり屋で、友だち仲間で次男以上に自己表現能力は未成熟であったようだ。次男のように意識的に仲間を引っ張って行こうとせず、主従関係のない遊び方で、けんかの華やかさもなかった。この時期になって、次男の文字の獲得は彼の世界を大きく広げた。兄のような絵を描きたいのだが、「兄ちゃんみたいに描けない」という意識が先にあり、手をすくめていた。それが絵をどんどん描き、「文字」を入れていく。「リクちゃん、うんこだいぶしていないんじゃないの」「ぼくのウンチね、いま、ジャングルジムであそんでいるねん」というユーモア物語であったり、『かわせみのマルタン』の本を読んでやると、早速、たくさんのカワセミの子を引き連れたパパとママのカワセミ一家と温かな家族の住むお家のある創作絵本になっている。とても不思議なのは、創作品はみんな温かい優しさに包まれていて、攻撃的な場面がどこにもなくなっていた。それがいろいろなことに表れている。

ごみ箱から拾ってきた空き箱でドア式の宝箱をつくり、〃おみくじ〃のような紙片を入れて置き、お客である我々がドアから手を突っ込んで取り出す仕組みになっている。〃おみくじ〃には、いろいろ覚えはじめた文字が書いてあり、「あほ」「かしこ」「１０００えんあげます」「ぶた」など。たまたま、私が取り出したのが「ぶた」であった。大急ぎで「かしこ」をたくさん製造し、私に「かしこ」が出てくるまで引かせて喜ばせた。なんてこの優しさ！　時を忘れて家族みんなで楽しんだ。お店やさんごっこでも、店長次男の精魂をかたむけてやる姿に家族も負けずいいお客になってしまう。保育園に展示されている作品にも、ウサギの絵には緑の草があり、にんじんが草の根元に置いてある、「くさのしたににんじんがあるよ」「くさはかくれるのにいいよ」と文字表現（大阪弁でない）。粘土でつくったカタツムリのそばに葉のついた木を置く…など生きもの、小さいもの、弱いものに対する「生きていくための優しい心遣い」をしていた。

文字表現から見えてきた次男の優しさは、友だち関係でも、親御さんや、保育士さんから伝えられた。友だちなしでは生きられない。そこで楽しく生きるには優しさを表現する力が要求される。これまでも、友だちへの優しさは行動でしばしば見えたが、それがこの時期に文字で表すようになった。創作絵本は自身の経験や憧れや考えで作られる。絵本の中に自分がいる。その自分の姿を見つめる。毎日毎日、模倣と創造とが混在する中からありったけのエネルギーを使って新しい自分をつくっている。この飛躍的な成長をどんなに喜んだことか。

ごっこ遊びは精神的健全性を育てる

ごっこ遊びに明け暮れたさくら組（4～5歳）時代。保育園での自由遊びで育ったごっこ遊び。それに文字表現というお宝まで連れてきた。なんと親孝行の子であろう。

転居した家の近くには子どもが少ないが、いても日曜日はご家族でお出かけするので友だち関係にまで発展しない。兄だけが一緒に遊ぶ仲間になってしまった。一方、兄は学校の新しい友だちもできたが、「弟を連れてくるな」と言われて、弟を仲間に入れてもらえなかった。新座者の自己主張は自分の立場を悪くするので、優しい兄は葛藤に苛まされたことに違いない。前に住んでいた近所は「子ども社会」が自然にできる環境に恵まれていたが、残念なことに、時代とともに、どんどんこのような環境は消えていってしまう。

親はもちろん、兄でも十分満足させることはできない年齢になった次男にとって、友だちとのごっこ遊びは必要不可欠なものなのだ。いろいろな仲間との協同活動や衝突などの実際の経験によって感覚的な満足が得られるんだと思う。保育園もこれらの満足へ導く重要な役割を果たしている。純粋に自己中心的な子どもから、仲間と分かち合ったり、協調できる子どもに成長するために、ごっこ遊びが必須のものであり、これを欠除して生活年齢だけの大人になったら、その大穴はどこで埋めるのだろうと心配するこの頃である。

すなわち、ごっこ遊びは精神的な健全性を育てることで、とても重要であると思う。一つの芸術であると言えるほどです。あるところは模倣しながらも、他のところは創造、工夫で、一つの目的に向かって喜びを見出すものではないかと思う。

居残り部屋は自立と思いやりを育てる

１９７９年１月、「赤ちゃん組の二人が居残り部屋に来ると、リクちゃんが抱っこして顔をくっつけて、優しくお話ししてあげているんですよ」と保育士さんからの情報。保育園では夕方お迎えの遅い子どもたちは一つの部屋（居残り部屋）に集まるので、異年齢の子どもたちの〝タテの関係〟が自然に生まれ、子ども社会の望ましい場になる。最近、何か可愛らしいものがあると、「これダイスケにやろうか」「これトシキにあげようか」とか、自分に小さくなった衣類は「ダイスケやトシキにあげるんだ」と言う。「早く喋れるようになればいいなあ」。何を話して聞かせたかな？　二人が「可愛」くてたまらない様子。きっとダイスケもトシキも満面の笑みで次男に抱っこされていたんだよね。

保育士さんが感動したと伝えてきたことがある。自分がもらった大事なおやつを「ほしい」とせびる２人に食べさせていたと。ヨチヨチ歩きのダイスケもトシキも優しい先輩たちのやることをまねながら、自立した行動力や生活力を身につけていく場である。もちろん、次男もそのような場で育ち、行動力や生活力に加えて、仲間への思いやりや仲間が喜ぶ心優しさを身につけてきた。それを発揮できる場が「居残り部屋」にあったことは、なんと幸運なことかと思う。同期の仲間とのコミュニケーションとは違った喜びや悲しみの体験が、人生にいっそう豊かな栄養を加えるのは言うまでもない。

庭の沈丁花が芽吹いて、「春がそこまで来てるよ」とささやいている。さあ、ダイスケもトシキもおしゃべりできるようになるよ。

年長さんになった

４月、次男は年長さんになった。担任も若い保育士さんに替わった。連絡ノートには「リクちゃんの成長は目覚ましいものがあったと思っています。このごろは冗談を言って、みんなを笑わせるようになり、強情なところも少し消え、とってもユニークな子どもに成長してくれたことを喜んでいます。『オイみんな、～しよう』と呼びかけている。いい意味でみんなのリーダー的存在になってくれたらなあ～なんて思う担任です」とある。本人も意欲満々。

夕食のとき、こんな話をしてくれた。

＊先生が好きなときは？　本を２冊読んでくれるとき。

＊保育園で嬉しいときは？　男組と女組がけんかしないでタカタカをしたりするとき。

＊悔しいと思うときは？　仲間が悪いことをしたとき、注意しても言うことを聞かないとき。

ううーん　よく頑張っているね。

ごっこ遊びでは、保育園でも家庭でも野球ごっこが主流になった。保育園では担任の保育士さんも一緒。「リクちゃんが審判もするので、いささか偏ったルールになりがち。それで、私が横やりを入れると、リクちゃんプーッとふくれた」と保育士さんから伝えてきた。家庭では父親と兄を相手にキャッチボール、バッティング練習が多いが、やっぱり試合が面白いと言う。組み合わせは臨機応変。母親にはオファーはこない。喜んで研究室へ。次男は勝てば上機嫌だが、負けると試合はエンドレス。

毎日　生き生きの次男にも、この季節はアレルギーで沈んだ日々になる。雨のように落ちる鼻汁、クシャミがひどい。保育園を休むほどでもなかったが、彼の心のクシャミを思い休みにした。そこで、夜だけ研究室に出ていたので、彼が布団に入るときの母の枕は空であった。翌朝8時、夕べの実験は終わっていない。次男の体調の大丈夫を見て、説得の上、再び研究室に出て実験台に立った。終えたときは午後1時を回っていた。

帰宅して次男の部屋に駆け寄ると、「お母さん、来ないで！　あっちへ行って」と叫ぶ。「どうしたの？　遅れてごめん」と言うと、「そうじゃない、あっちへ行って」と繰り返す。何がなんだかわからず、「リクちゃん、あのね……」と強引に立ち入った。枕がびっしょり濡れていた。泣いていたのだ。泣いている顔を見せたくなかったのだった。抱き上げて「寂しかったの？」に大きくうなずいた。本を読んだり、テレビを見たりしながら、お腹をすかせて、母の帰りを今か今かと、ドアの開く音を待っていたのだった。遅れた昼食をすませ、布団で温めながらお話ししているうちに、「お母さん、何が好き？　ぼくチョコとチューインガム」。心のクシャミは消えていったようだ。日ごろの心の痛みを癒やし、寒風が通りぬける心のすき間を少しでも塞いでやろうと休みをとったのに、いっそう大きい孔を開けてしまった。

「時間を気にしないで、心ゆくまで実験をしてみたい」と、いつも体のどこかでつぶやいている。生き物を扱う実験は、設定した時間通りいかないのは日常的なことである。それは息子たちにわかろうはずがない。単に、母の研究への頑張りを懸命に応援している。次男は母親を〝タシケテヤル〟と布団の中で頑張ったのだが、頑張りきれなかった。わびしかったのだ。その姿を母に見せたくなかったのだ。しまった！　スネオくんにしてしまった。

一方、元気のいい〝タシケテヤル〟はこんな姿を見せる。同じように実験の遅れで、夕食の用意がすっかり遅れてしまったときである。いつもどおり午後8時近く帰宅した父親は、冷蔵庫に残されていたのは卵だけのようだったので、卵かけご飯にして夕食は済ませていた。そんなところに息を切らして帰宅した母を玄関で迎えた次男は、父親に向かって「ジジイ（次男の父親への愛情表現）怒るなよ」と弱気の母をかばった。穏やかでなかった父親も笑ってしまい、その場は無事にすぎた。見事な〝タシケテヤル〟であった。そして、長男の応援はいつも、「べったになるから学校へ行って」と自分の甘えを絶つものなのである。

私の研究にはこのように、「ありがたい家族の激励と我慢があるんだ」と手を合わせ、5月の緑さわやかな風を切って、あしたへと力いっぱいペダルを踏む。

担任先生との衝突

7月、年長のさつき組になって4カ月が過ぎ、クラスの集団も、ばらばらのビー玉が盆の中で揺するとぶつかり合いながら1つに集まるように、さつき組もなんとか形になったようだ。上級生がいなくなり、怖いものなしの伸び伸びわんぱく軍団になったのではと気になっていた。そのド真ん中にいる次男が少し気がかりであった。若い担任の保育士さんはさぞかしだいぶ苦労されての学びであったに違いない。

さつき組になった初期には、お昼寝の時間、「おーい、先生がいなくなったら大きな声で話そうな」と仲間同士の秘密のごっこ遊びをみんなに声かけ、大目玉をもらったとか。そして案の定、担任先生が困りきって連絡ノートに伝えてきた。

「男の子たちに『外で遊びなさい』と呼びかけると、リクちゃんが『ぼくが行かないと行かないよ』と。ムカッときて、『リクちゃん、さつき組のボスでも、親分でも、先生でもないでしょ、どうしてそんなこと言うの？　そんな威張ったようなこと言わないの！』と注意するとリクちゃんは、涙ポロポロ。ちょっと言いすぎたかなあ……と思いつつ、リクちゃんがいなくても、ほかの子どもたちは工夫して遊んでいるので、『どうしてリクちゃんが外へ行かないと、みんなも外へ行かないの？』と聞くと、『だって、リクちゃん怒るもん』と言います。リクちゃんはみんなの憧れの的であり、羨望の的なのです。けどリクちゃん自身がそれにひたりきってしまうのはどうかしら……と思う担任です。『人の気持ちをも考える』『人の意見も聞く』ということをリクちゃんに話しました。みんなに慕われるリクちゃんだから、そういうことを望む担任ですが、むずかしいかなぁ」であった。

本人は先生に叱られたことを話してくれた。ショックだったようだ。

「ヒト」が「人間」になるためには集団との関わりを持つことが「土台」になる。就学前の子どもたちは人間社会で生きる集団生活を、保育園や幼稚園の5～6歳にスタートする。各自がばらばら遊びの混合ではなく、ある目的に向かってグループがまとまって行動する〝集団遊び〟が多くなる。グループ内では各自がやらなければならないこと（役割）や、ルールを守ることが必要であり、そこには　自己抑制、相手を受け入れ、助け合い、いたわりなどが生まれる。でも、それぞれの発達段階が異なるので、欲求のぶつかり合いやけんかがあり、集団が安定するまではかなりの時間がかかる。自分たちでの解決が集団のいい方向に発展しているかどうかは、大人からの適切な介入が必要である場合がある。それで先生は苦心されている様子を連絡してきた。

3歳のもも組のとき、クラスの子が「ぼく、リクちゃんの言うことを聞く」と言ったとき、「おれの言うこと聞かなくてもいいねんで」という会話を聞いた保育士さんが、よろこんで連絡してきたことがある。そして2年過ぎた今、「ぼくが行かないと、みんな外へ行かないよ」で担任保育士先生を悩ませている。集団作りに次男はどんな役割をしているのか？　保育園での集団遊びを見ることはできないが、我が家にやってくるクラス集団との遊び、体調が悪くてお休みの日にクラスの友だちから「早く来てね」の電話、病床で折ったみんなへの折り鶴のプレゼントなどから、次男は「みんな、ぼくと遊びたいんだ」の気持ちの表現ではなかったかと見える。次男はもうじき6歳と言えども、幼児性自己中心的要素を持ちながらの集団作りへの発達過程であり、大人の目で子どもの発達を歪めることなく、理想集団を目指して育てなければと思うが。

先生の連絡から、次男はクラスで威張っていて、周りの子の意見を聞かないような状況に見えるようである。次男の涙には「自分は威張りっ子でない」をわかってもらえなかった悔しさであったにちがいない。

しかし、ここは次男を抑えるのではなく、周りの子どもたちを伸ばす方が良いのではと思う。自分の意思で物事を判断し、成し遂げる力を育てることが大切である。自分の行動は他人まかせで、無力化している子どもたちの言動、学校でもよく「お母さんがそうしなさいと言いました」と言う子が多いと聞く。私は、長男がこの年頃のとき、取り返しのできない苦い経験をした。仲間集団での長男のわがままを抑えようとした結果、伸びようとする芽まで摘んでしまった。内に秘めてる力、持てる力を発揮できるような導きを知らず、逆に潰してしまったのだ。思っていることを十分表現できない子どもの考えを、大人の目で解釈し、長男の人格まで傷つけるような発言をしてしまった親の過ちを、今でも悔いている。さまざまな発達段階の子どもたちの表現を裏打ちしているものまでも読み取り、集団を育てるということは「できるのかな？」と思うほど難しいことだが、隠すことを知らない子どもたちは大人たちの最高の「教材」であり、大人たちを育てているのではないだろうか？

私は次男を膝に乗せ、彼の言葉足らずの話に耳を傾けた。「保育園をやめたい。幼稚園へ行ってお友だちを作り、いっぱい遊ぶ」と頑固に言う。自分がみんなと楽しく遊ぶための役割をしていることを表現できず、悔しいのである。

「みんなリクちゃんと遊ぶのを喜んでいるんだよね。ひとりぼっちは誰もいないものね」これまで読んできたたくさんの絵本の、主人公たちの強い生きざまを話し合いながら、彼の愁いを取り払えるのは親の膝が一番であることを感じた。

小さい時から、彼の周りには友だちが集まり、彼は遊びを作りだす独特の能力を持っていた。そこには仲間を楽しませる知恵と優しさがあったからだと思える。しかし、けんかも頻繁にあった。この能力をもっとすばらしいものに育てるには、自分の気持ちを相手に伝えたり、相手の気持ちを理解したりする言語能力が必須であるが、次男にはこれが乏しかった。これは、二足のわらじの慢性的時間の余裕なさによる我が家の子育ての貧困さに起因している。長男の優しさにおんぶした子育てであった。保育士さんからも「お家で今日何をしたか聞いてください」と何度も注意を受けていた。時間に追われて、ゆっくり子どもの話を聞くことをせず、親本位に「子どもの今日したこと」を解釈してしまい、丁寧に向き合うことをしなかった。次男の自分の意思を伝える力を育てることを怠慢していた。唯一、子どものためにと思えるのは絵本の読み聞かせだけだった。

蟬取りの夏

8月の保育園に夏休みはない。子どもたちの数が少ないかなと思う夏の保育園だが、朝からうだる暑さにもめげず、元気に声を張り上げている子どもたちには励まされる。8月7日、園からの連絡ノートの記載は「木にとまっている蟬を上手に取って見せてくれました。『三段式の網、重いけど、これで蟬取るねんで』『へェ、リクちゃん作ったの？』『うーん、兄ちゃんと一緒に作ってん』『わあー、すごいなあー』今朝の会話です。蟬取りに夢中の毎日です。それで集まりに遅れてしまうリクちゃんです」。

この季節、朝、母親の一度や二度の声では起き上がらない次男であるが、蟬の声では起き上がる。保育園に行く前は言うまでもなく、夕方、帰宅してからも蟬取りの続きがある。雨の日でも蟬さえ鳴けばあるんだ。近所では、町内の蟬荒らし野郎と名づけられるほど蟬取りに明け暮れている。この町はお屋敷町といわれるように、大きな木々に囲まれた家が多くあり、次男は朝から特製蟬取り網を持って家々の庭を駆けまわる。あるとき、取った蟬に気を取られて大事な網をどこかに置いてきてしまい、困りはてていたところ、あるお屋敷のおばあさんが届けてくれたことがある。「なんで　おれのってわかったんだろなあ？」「町内の蝉取り博士だからかな？」と返事しておいた。取る面白さもあるが、彼は蝉の脱皮を見たかったようだ。

暑い暑い中、部屋はしめきり、冷房なしで、次男の蝉観察にみんなも汗だくで興味津々。幼虫の背中が割れて脱皮が始まったが、脱皮が不完全で死んでしまった。そこで、かごの中に「佃煮」のようになっている蝉を弱らないうちに放してやることを提案したが、やっぱり放したくないらしい。えさを与えて元気にしてやろうと、かごの中に生の木を入れてやるが、ちっとも汁は吸ってないようだ。兄ちゃんの応援が入る。兄はゴキブリさえ助けるほどの〝生き物愛護者〟だ。その日は兄の提案に添い、かごの蝉は自由を得て外へ帰っていった。そして来る日も来る日も変わり映えなく、ついに蝉の飼育は徒労に終わったようだ。でも、諦めきれずに調べたり、考えたりがあった。そしてついに「親蝉に卵を産ませる」ということになったらしい。木の表皮にメス蝉に卵を産ませて次の世代を待つと言う。幼虫が土の中で育ち、姿を出すまで数年かかるの知っているのかな？「二度と捕まるなよな」と言いながら一匹一匹を手に取り、五感で別れを惜しみながら、木皮にのこぎり足を捕まえさせていた。庭木は貼り付けられた蝉で、まるで鎧を着ているようであった。このような結果になり、蝉取りの夏は大きな夢を置いてひっそりと立ち去っていった。

３日ほど過ぎた日、庭の隅に片付けておいた金魚鉢がアリンコのお屋敷になっていて、一個の飴玉に大勢の働きアリが群がっていた。やっぱりね。蝉との別れがちょぴり寂しかったんだね。そんなところに野球のバットを担いで現れた次男が、お屋敷をご機嫌で眺めていたが、「アリンコは虫歯にならないの?」「そうねえ、歯がないものね」「でも　クワガタみたいな歯があるんちゃうかあ」。餌の飴玉を気にしているようだ。おお、君はやっぱり博士さまだ。

家族旅行

「リクちゃん　とても楽しみにしているんですね。酒田（父親の郷里）の話が次から次と……、気をつけていってらっしゃい」と保育士さんからの連絡。

朝10時、特急「白鳥」で北陸本線を北上。車中10時間は次男には「酷」と思えたが、久々の家族旅行の嬉しさが心配ご無用にしてくれた。女の子に教えてもらった「オチャラカ　オチャラカ　オチャラカ　ホイ」「俵のネズミがコメクッテ　チュウ……」の遊び、絵本、息子たち好みの手作り弁当、たっぷりの昼寝。疲れも見せずまずまずのスタートだ。

1976年、夫の実家は酒田火災に見舞われた。営んでいた菓子店と喫茶店は全焼し、離れた場所にあった工場と母屋が残ったのだが、最近、ようやくお店も再建できたのだった。

息子たちはみんなとの再会を喜び合うや否や、新しくなった店のウインドウに目は飛んでいた。何の緊張もない次男にはヒヤヒヤであった。3歳頃、研究室のハイキングに次男を連れていったとき、教授が写真を撮ってあげると言うのに、「いやだ」の駄々をこねて芝生に転げ、行儀の悪さに大恥をかいたことがある。共働き核家族の我が家では、息子たちの日常は自宅と保育園の往復の生活で、保育士さんと親以外の大人たちと出会うことはほとんどなかった。私は幼児が社会的規範、行儀を身につけるにはいろいろな大人との日常的な出会いが一番と思っているが（社会全体で子育て）、それは一言の会話もせず買い物ができるスーパーマーケット社会ではとうてい無理な話である。そもそも、親のしつけに問題があるのだろうが、目上の他人への接し方を学ぶにはやはり親以外の大人と接することだと思えてならなかった。仕事、仕事を心の奥にしまい込み、喜ぶ息子たちを連れて、愛情いっぱいの指導を求めて大人回りをすることにした。

予想通り、緊張なしの彼らは朝からアイスクリームにひたり、せっかくのご馳走に手もつけず、ねばりと匂いの強い酒田納豆をご飯にからめ、うなりながらたいらげる我儘ぶりであったが、大阪納豆とちゃうもののねえ。「親のこんな姿勢がいかんのかなあ。朝暗い内から起きてこしらえてくれたご馳走だもの、少しは口に入れないと」と一瞬迷ったが、息子たちの素直な気持ちを伝え、失礼を詫びた。親にまとわりつきながら、女店員さん、工場の人たちにははにかんだ〝ねこかぶり〟挨拶をして回った。

天気にも恵まれたこともあって、元気な義母を先頭に親戚連帯で地元の信仰の山の一つ羽黒山参りや最上川下りを楽しみ、先祖のお墓参りをして酒田の行程を終了。大阪弁の息子たちと地元の人たちとの会話には通訳が必要だが、まずは挨拶、お礼、返事は合格で通過と。3日後、夫は仕事で大阪に戻り、母子3人で母の実家の牡鹿を回り、息子たちには初めての田舎のお盆を体験させることにした。

菩提寺からご先祖さまを自宅へお迎えして3日間、2メートル幅の盆棚の祭壇に花や菓子や果物を供え、ご馳走をし、年一度の帰宅の仏さまたちとの再会を喜んだあと、お土産と一緒に藁の盆舟に乗せ、海へお返しするのである。この間、みんなも仏さまと一緒の精進料理である。ここでまた次男の我儘。カレーライスがいいと言い出した。大人たちは「いつもママを助けているんだ。食べたい物、何でも言いな」と、広い座敷に大きな飯台を広げ、息子たちと便乗組の孫たちが、なつかしいおばあちゃんカレーを汗を流しながら食べる風景を、満面の笑みで眺めていた。

次男は安心して我儘できたんだ。私も彼の我儘を、ヒヤヒヤせずに詫びることができた。なおざりになっているしつけも、行儀の悪さも、安心してさらけ出せたんだ。「いいんだ、いいんだ、大丈夫だ」と子育ての豊かな経験から出てくる大人たちの子どもへの思いの深さや広さに、私の頭にあぐらかいている礼儀、行儀教育へのこだわりが、なんと薄っぺらいものかを知らされた。大人たちの私への教えであった。しつけも行儀も、にわかに身に着くものではなく、日常的に漂っている家庭の生活習慣から吸収されるものなのだ。大人たちは、息子たちの行儀の悪さを遠慮なしにとがめるであろう、と思っていた私の誤算であった。

　年に一度、仏さまに会いにご近所や親戚の方たちが大勢やってくる。その中に中学校長の叔父、児童相談所の叔母の顔もある。次男はお盆とお正月が一緒に来た喜びようだった。四六時中兄と母の姿があり、非日常の世界を好奇心にまかせて遊べるなんて夢のような気分で、遠慮会釈もなく、ごきげんであった。ほとんど初対面の大人たちであったが、なんの緊張もなく接している。教育談義のなかで、最近、次男のように自己主張がきちんとできる子が少なくなっている、実にリーダータイプであるだけに、よく育てるようにといった話を含め、耳の痛い話などのなかで、聞き捨てならないことが一つあった。「息子たちと背中で会話しているんじゃない？」という叔母の指摘であった。私の話から感じ取ったようだ。時間欠乏症の身、いつも……しながら息子たちと会話している。背中か、前か、横か気にしたことがない。〝だっこ〟は親子共に前向きである。叔母は親子の信頼関係は〝だっこ〟が基本と言う。直接〝だっこ〟していなくても、温かく見守る目で〝だっこ〟する。すなわち、子どもの目を見て会話することが子どもの心の安定につながる。発達心理学で大事なことだと言う。

「元気で、いい子に育ってほしい」と祈るのはどこの親も一緒だが、無知なる親の責任をどっさりと思い知らされた。「まだ間に合うかなあ、これから気つけるね」

　どこまでも広がる海で泳ぎ、スイカ割り、山寺へお墓参りのお供、大阪にいないミンミンゼミ取りなどで3日間過ごした。盆を越えると牡鹿の海はまぶしさを失い、荒々しく唸る。

「もう　泳げないよ！　海坊主にさらわれるから」

「じゃ　また来年ね」

そして川崎市へと移動し、例の小山の公園のあの店、駄菓子屋さんへ。息子たちの旅コースで欠くことができない場所である。次男には単なる楽しさだけではないのだ。ふるさとにも似た喜びがある。この街で産声をあげ、親が出張や病気の時はきまってここに預けられる。ここに立ち寄ることで新しいエネルギーを得て、新しい彼になったような輝きをいつも目にした。鏡餅を油で揚げたような菓子が袋に入った10円菓子、10円のコカ・コーラ、30円のダイヤモンドの指輪、３組50円の飛行機組み立て、１３０円の懐中電灯、口裂け女の口まで……、飽きることのない楽しいものばかり。リュックには、息子たちを溺愛しているおじちゃんおばちゃんと、その子どものお姉ちゃんお兄ちゃんからのお小遣いで手にしたとんでもないお宝を詰めて、幸せいっぱいの旅は終着駅大阪に向かった。

スケッチハイキングで夏が去る

ほんの小さい旅だったけれど、お宝を重たいほど背負い、一回り成長したかの顔で大阪に戻った。大阪には、暑い夏はまだ残っていた。でも、クマゼミの騒ぎも、セイタカアワダチソウも夏の終わりを感じ取っているのか、勢いが弱くなっていた。

兄の夏休みも数日で終わるが、兄にはもう一つ大きな楽しみが残っていた。スケッチハイキングである。絵との出合いが、不安に包まれ、おどおどした闇から彼を救ったのだ。キャンバスに自分の気持ちを心をこめて練り込むことが、彼を喜びで包んでしまう。この夏は中山寺までのスケッチハイキングだった。

旅から帰ってからも、次男はずっと兄と一緒だった。このハイキングも兄と行きたいと目を輝かせて私にせびり、ついて回る。参加は小学生以上で、父兄同伴とのことだったが、私は休みを取れない。でも、叶えてやりたい。引率する先生方に重荷になることを詫びながら、頼み込んだ。お父さんお母さんと楽しい昼食のとき、兄弟しょんぼりの昼食にならないように、弁当は彼らの好物を賑やかに盛り込んで持たせた。スケジュールに相撲大会もあり、次男はここにも入れてもらい、なんと４年生のお兄さんが優勝で、次男が準優勝と、２年生の兄が３等という。優しい神様が「よいしょ」したのかもね。

日がだいぶ西に傾いた頃、２つの満ち足りた顔が帰宅した。「無事帰りましたでしょうか？」とリーダー先生からの確認の電話があった。兄がしっかり弟の面倒を見てくれたので、とても助かったとのこと。兄の絵はこれまでにない力作との評価をいただいた。長男をはじめ、先生や同伴の皆さんに感謝の私の顔も、満ち足りた日だった。いい夏だったね。

ヘルメットの土産

10月、次男が「ぼく1時から3時までひとりやってん。3時に兄ちゃんが来てん（帰った）」と担任の保育士さんに伝えたという。次男は半月ほど保育園を休んだ。咳と37・3度付近の熱に悩まされ続けた。私の実験は夜間にできるとしても、昼間の研究室のセミナーや時間講師の講義は休めない。次男との話し合いで、そのときだけひとりで寝ているということになった。全身、緊張やら心細さやらで震えていたに違いない。それを克服した喜びを、保育士さんに褒めてもらいたかったのだと思う。自立は、このように自分の力で克服した喜びを、一つひとつ大人たちに認めてもらいながら成長していくんだ。

午前のセミナーを終えて帰ったら、「ちっとも寂しくなかったよ」と、次から次へとひとり遊びの話が機関銃のごとく発射された。隠し切れないひとりぼっちの心細さが、話のそこここににじんでいるが、母が帰ってきた嬉しさいっぱいの顔であった。

〝タシケテヤル〟の頑張り屋と言えども病のときのひとりぽっちは「酷」なんだと、私が帰宅したときの彼の笑顔が教えてくれた。またしても「二足のわらじ」の葛藤で苦しみ、切なく、哀しくもなるが、ずっと向こうに「新しい自分」がいると信じ、また歩く。

週が明けても熱は下がらない。だいぶ悩んだが、熱は37・2度なので、アヤちゃんのおばあちゃんに次男の面倒をお願いすることにした。アヤちゃんは保育園の同じクラスの女の子で、その送り迎えはいつもおばあちゃんであった。アヤちゃんもおばあちゃんも次男のファンである。次男も普段着の付き合いだったが、おばあちゃんの家は初めてなので、ゆっくり休めるかが心配であった。でも、やっぱりおばあちゃんの上手な子守で、案じていた緊張もなく、楽しく遊んだという。「おかえり。リクちゃん、いい子やったよ」と迎えてくれた、おばあちゃんの皺クチャクチャの笑顔。ありがたさに目がうるんだ。それに、アヤちゃんの兄ちゃんが使ったいろいろなものをお土産にしてくれた。その中に次男が「宝」とする野球のヘルメットがあった。早速、ヘルメットは頭に。ずーと脱がない。かぶったまま布団に入る。「痛くないの?」。きっといい夢見ているんだよね、そっとしておくね。

長男の大事な「今」を奪ったダメ母さん

来る日も来る日も次男の熱が下がらない。いつものアレルギーだと軽く判断し、研究への焦りから、次男を一人にして研究室に出て、昼食を共にして、午後学校から帰った兄に頼んで研究室に走る。夕食を済ませて父親の顔が現れると、バトンタッチでまた研究室へというような日が続いた。こんな小間切れの実験でうまくいくはずないとわかっていても、焦燥感は私を実験台に立たせてしまう。

でも、次男の長引く微熱は軽いものではないかもと心配が襲う。精密検査を受けることになった。肺炎、肺結核の疑いなし。次から次への検査の結果、アレルギー性気管支炎と診断。11日目にやっと熱は36度台になったが、ゼロゼロがまだある。本人も少し気分がよくなったのか、絵本や野球の本を見たり、クラスのみんなへのお土産の折り紙で鶴を折ったりしながら我儘も言わず、甘えもせず、只々布団に伏せている。「治りたい」「病魔を連れていって」と、神様に頼み続けているのだが、具合は思わしくないのかもしれない。いつもの次男とは違う。

一方、優しい長男がぶちぎれている。弟の世話で野球ができない。「ぼくがいないと4組が負けるんだ」とわめく。自分はいいピッチャーだと自負していた。仲間が何度も迎えに来る。消極的だった子がこれ程の自信を持つようになったことに驚き、体の奥で眠っていたものがやっと動き出したんだと、温かい喜びが身体中流れるのを覚えた。「これは育てなきゃ」と頭に叩き込んだ。

なのに、思うように行かないときもある。やっと入り口が見えだした実験で、ここで休んだならば、一連の反応の見ようとしている段階が過ぎてしまう。そのイライラが、長男への高圧的な発言として出てしまった。「家族はみんなで助け合わないといけない。仲間には悪いが、野球より弟の面倒を頼む。悔しいだろうけれども、家族を助ける強い人間になるのだ」と、頼むというより、見苦しい押し付けをした。長男は涙をいっぱいためて、その場を去り、庭の塀にボールを投げつけていた。いくら投げつけても悔しさは消えないに違いない。まだ3年生の子にとっては、強い人間ってどんな人かなど、今はどうでもいいことだ。長男にはクラスのエースとしての責任がある。それを放棄させてしまった私は、長男にどう償いをしたらいいのだ。

さらに、顔を出しできた彼の自信の大切さ。こんなこと百も承知の上、私は自分の都合を優先させた。「誰にもつらいことがある、その克服が、必ずその人を強くする」という強い信念が、このような場面で頭を出してしまう。彼の野球でのエースとしての信頼は「今」が大事なんだ。私の実験も「今」が勝負なのだ。彼の「今」をつぶして研究室へ走った。しかし、私の「今」は過ぎていた。また、振り出しから数日を経て「今」に出会える日を待たなければね。悔しさ、自己嫌悪、罪悪感やらにたたかれながら、ふーっと情けない苦笑する。

翌日の昼、次男の相手をすることにした。長男がいつものように勇んで学校から帰ってきて、私が出かける用意をしていない様子に声をあげた。

「あれぇっ！　お母さん、今日は家にいるの？」「うん」

〝ヤッター〟と大喜びのしぐさなどしない。それに負けないニッコリの彼一番の笑顔になる。

「じゃ　リクの牛乳買って来るよ」

「それじゃ　頼むね」

牛乳は十分足りていたのだが、そのようにした。兄ちゃんが帰るのを心待ちにしていた弟を置いて遊びに出かけるのがつらく、その償いをという気持ちがありありと出ていた。なんて心優しい子なんだろう。

そしてその翌日、夕方6時半頃に帰宅したら、次男は上半身裸で、顔は玉のような汗であった。

「兄ちゃんとレスリングしてたん」

咳込んで兄を困らせている状況しか想定してなかった私は驚き、戸惑った。まあー、いよいよ打ち上げかな?

一夜明けて久しぶりの登園、みんなの歓迎に少々はにかむ。担任保育士さんには「ぼく走ったらあかんねん」と言いつつ、リレーごっこをしていたらしい。「お友だちと一緒が楽しいのです」と先生からの喜びの連絡。何度かの感情のさざ波も乗り越え、やっと渚を迎えた。決して十分とは言えないけれど家族4人でやり繰りしてできたんだ。

次男へもだいぶ我慢を強いた。長男の献身には頭が上がらない。家族みんなが悔しさや苦しさを我慢してできた喜びである。こうして身についた我慢は、今後つらいことがあっても対処できる強さにつながっていくと信じたい。

2人で歌う「ちいさい秋みつけた」が、どこからか聞こえてくる。気がつけば、だいぶ日が短くなり、遠くの山々の秋色も濃くなっていた。厳しい寒さに立ち向かう備えに、1枚2枚と葉を落としていく街路樹を眺めながら、しばしの「幸せ」に包まれていた。

成長していく息子と、そのまんまのダメ母さん

保育園での5回目、そして最後の運動会は秋晴れのいい天気に恵まれた。どうにかして時間を作り、「お母さん、見に来てね」を叶えてやりたかった。

「ああ、すごい！」

可愛いチビたちの組体操。太鼓の合図で緊張した顔、手、足がぴんぴん動く。「危ないよ」の声は、ついどこかへ飛んで行き、見事な演技に驚きながら見とれてしまった。観客はみーんな感涙。いつもの手作りのご馳走をいっぱい食べて、ぐうぐうとお昼寝。病み上がりの次男だったが、そんな気配はどこにも見せず、心身ともに全力を尽くした充実感に満ちた顔。よかった、よかった。

ここ2、3日、次男には珍しく、おやすみ前のおしゃべりに仲間関係がうまくいってない話が出てくる。

「○○くんが暴力でトオルくんをいじめるんだ」

新しく入って来た仲間へのいじめなのか、挨拶なのか、小さな心を痛めているようだ。

「それで、リクちゃんはどうしたの？」

「図鑑を一緒に見たの」

何だかわからない返事だが、これまでのように暴力くんをたたき返したりはせず、トオルくんをかばっているようだ。リクちゃん変わったね、ちょっと成長したのかな？

担任先生から連絡があった。

「トオルくんについていろいろ心配してくれていること、嬉しく思います。彼が入ってきて、もう一カ月と半分。さつき組の子どもたちの彼にたいする接し方に変化が見られてきています。リクちゃんがそれほど心配しているとは気づきませんでした。仲間意識の強さに感慨ひとしおです」と。

ところが、まだまだ成長が見えないところがあるのだ。生活習慣がね。朝の登園前になって持ち物捜し。私は1秒でも大事なのに、20分捜し回っても見つからない。研究室の発表を待たせなければならない。堪忍袋の緒が切れて、つい、ほっぺをぴしゃり。でも、次男は泣かないし、ごめんなさいも言わない。そうなんだ。親の管理不行き届きではないのか。夕べ、チェックしておくべきだったのだ。私が生活習慣のチェックを忘れてしまったためなのだ。発表の準備で寝不足も加勢してしまった。

夕方、保育園からの帰り道で、「リクちゃん　朝、悪かったね」。すると次男は自転車の後ろの荷台で「いいよ、そんな言わなくていいよ」と。そして大声で「あんなこと、こんなこと……」を歌い出した。

孤軍奮闘

1979年12月、巣立ちも近くなり、年長組の小学校入学の準備が動きだした。就学児検診がこれから通う小学校で実施された。大勢の幼稚園児の中に同じ保育園からは友だちのイマイくんと2人だけ。嬉しくてたまらないのだけど、大勢に圧倒されてぎこちない。順番の待ち時間は「しりとり遊び」が用意されていた。次男のいつもの元気がない、はにかみもない、小さな声で相手に「しりとり」の言葉をつなげている。ところが誰も答えられない場面になると、大きい声でつなげている。検診順番の呼び出しへの返事も大きい。「おお、元気がいいなあ」と言うお医者さんの言葉に、やっと顔がほころぶ。大勢の人数に負けまいとの努力はたいへんなものだった。震えるほどの寒さなのに、半袖シャツで頑張る姿もその一つの表れだった。校内を回り、廊下に貼られている兄の絵に出合ったとき、孤軍奮闘に応援が現れたにも似た喜びようだった。

この月はいろいろ関係している学会があり、両親共、抑えていると言いながらも、研究分担の責任で発表もしなければならなかった。次男の園生活最後のクリスマス会の参観はどうしてもやりくりできず、父親に頼むことにした。「今度もお母さん来てくれなかった」の哀しみの傷は、この季節になると必ず疼き、彼を沈ませてしまうと思うと、只々詫びるなんてものではなく、身体を二つに裂いてでもというつらさが覆う。目で観ていなくとも、心でじーっと観ていた母を理解してくれる日が来ることをお祈りしてやまない。

そして当日、帰宅すると、「お父さん遅れてきて、ぼくの観なかった」と涙声だった。

「えっ、そうだったの。悔しかったたねえ。それでもよく頑張った、えらいえらい」

父親も時間にゆとりが無く、息子の演技の時間ぎりぎりに出かけたのだが、遅れてしまったらしい。どんなに哀しかったかと、父は大謝りして、償いは補助車なし自転車を買ってやることとキャッチボールだったそうだ。自転車は、仲間にはすでに乗れる子もいた。次男には買ってやれなくて、これも我慢であった。数人の仲間が上手にペダルを踏んで走る後ろを負けまいと走る次男の姿を目にしたことも何度かある。早速購入と教習が始まった。「ちょっと教えただけだよ」と父と兄とが驚きながら、「教習終了」を出したそうだ。そこには、転んでは起き、転んでは起き、すり傷なんて我慢、一心に「乗れる」を目指すエネルギーを集中させる力あった。ちょっとやそっとではへコマなくなった自立心が、手を引っ張るのも、背中を押すのも、エンジンをかけるのも自分という、「親にはありがたい子」に成長させていた。乗れるようになったら、嬉しさで一人で町内一回りのサイクリングの日々があり、「乗れる」を確かなものにして行った。意欲、集中力、熱意、体力、努力などの総合で手にすることができるのだが、これらは精神力である。それは年齢や環境が大きく関わるが、過保護や過干渉の環境では恐らく生まれることはないであろう。

続いての自転車教習は、次男を見習ねばと感心している頼りない母に、「自転車でのぞみ保育園まで行ってみたい」と路上遠距離教習のお伴役であった。「えっ！」、次から次へとプログラムの段階をあげて自信につなげている。これでまた感心。万難を排して、阪大のぞみ保育園まで次男とサイクリング。あいにく日曜日なので、誰もいない保育園とのなつかしい再会だけになってしまったが、彼の顔は大満足の輝きだった。翌日、「阪大までサイクリングで行けたん」の喜びを、担任保育士さんにお土産にするほどの大満足だったようだ。愛おしさにウルウル。

神さまに思えた先生の言葉

この時期になると、毎日通る商店街では、クリスプレゼント用の赤い長靴がところ狭しと並んでいるのを目にし、クリスマスが近いなあと頭にあった。学会会場の休憩室にクリスマスソングが流れているのを耳にし、「ああ、今日クリスマスだなあ」と。

夜遅く帰宅すると、2人の息子たちが玄関でお出迎え。

「赤い鼻のトナカイの物語見とったん」

部屋に入ってテーブルを見ると、ケーキはない。私は立ったまま呆然としていた。夫に頼んだはずだけれど……。が、少しして私の勘違いであったことに気づいた。息子たちが待っていたのはケーキだったのに、母の手には重そうな鞄だけ。またやっちゃった。「俺ら、クリスマスケーキなんかいらんもん」と、母親の失敗を慰めようとする息子たちの言葉が、憎む言葉よりつらく私を追い詰めた。いや、そんなはずがない、やっぱり、食べたかったよね。

翌日の保育士さんからの連絡ノートに「『サンタさんに○○もらった』『ケーキ食べた』と言う声が飛び交う中、『ぼく、食べてないもん』とリクちゃん。『センセも食べてないんだ』と言うとにっこりの顔になりました。一生懸命生きているお母さんの姿を見ているからこそ強いんですね」と書いてあった。保育士さんに感謝。保育士さんの言葉がどれほど彼を救ってくれたことか。

兄のエチケットはほんまもん

12月28日、年の瀬も迫り、今年もあと3日というとき、市の文化会館で冬休みの子どもたちのための映画会があり、地域の子どもたちと一緒に息子たちも参加した。大人同伴でも構わないということで、子ども発表会のような賑わいであったようだ。いつものように、我が家は親2人共新年早々の会議の準備を優先し、兄弟だけでの参加になった。

映画の話を楽しみに帰宅したら、玄関に現れたのは、涙で描いた次男の顔であった。「いや、どうしたの?」の問いに、次男はさらに一ランクあげてしゃくりあげた。「周りの親子がお菓子やジュースを飲み食いしながら観ている『楽しさ』が羨ましく、自分のみじめさで泣いたとちゃうか」と兄が話してくれた。うっすらでも兄も同感だったに違いない。それでも、映画を観ながら、食べたり飲んだりしてはいけないとなんとなく理解していて、「自分はそんなことしないんだ」と胸を張って伝えてくれた。さらに、弟はまだ〝なぜよくないか〟がわからないんだと思う、とも言っていた。親の代わりやら親ができない遊びの相手やら、弟の面倒を見ている長男が、こんなにも全うな感覚を持っていることに感謝すると共に喜んだ。安全基地の膝の上で「映画館は観にいくところ、食べにいくところではない。映画を見ながら食べると、周りの真面目な人たちはどう思う？　食べたり飲んだりしながら観ている観客のなかで、リクちゃんは６歳でもそんなことしないで観てきました、と新聞に出してやるからね」と、涙の痕を拭いてやりながら話すと、次男はやっと笑顔でうなずいた。子ども映画会は、実に素晴らしい教育実践に化けてしまった。

午後３時というのに、弱々しい光を落としているお日様は、すっかり西へ回っていた。道々は師走の寒風に身を屈めた人たちが忙しそうに走り行く。さてと、今日は息子たちの好物の食事にしなければね。

翌朝、昨日の愁いは頭の片隅にもなく掃き出され、２人は爽やかな「おはよう」で起きてきた。正月は親戚大集合でお祝いすることを計画していたもので、我が家の正月を迎える準備はほぼなくなった。父親の研究室の人たちの招待も中止し、母親の研究室の博士課程最後の院生で、郷里へ帰省せず論文仕上げに全力をかける越冬隊員への私流おせちの差し入れだけである。息子たちは、分担して自分たちの部屋の大掃除だ。

私は、昼12時にハンバーガー店で彼らと会う約束をして、研究室に出勤した。ところが、まあ困った！　思いがけないデータが出た。止められない！　頭の中は、データとお腹を空かせている息子たちの顔とが走り回った。

結局、1時間遅れてしまった。これぞ二足のわらじの葛藤よね。「ごめーん」の声に「あ！　お母さん早く食べよう」と2人が駆け寄る。と、何たる次男の姿、シャツ一枚にズボンはずり落ちておへそが顔を出しているではないの。手にはあの駄菓子屋で手に入れた財布を握っていた。こんな日のために小遣いは使わず貯めていたという。ハンバーガーは一個だけの約束に、考えに考えて、あれもこれも重ねてあるものを選んだが、分厚すぎて口に入らないこっけいぶり。満腹のご機嫌は〝チンドン屋さん〟の姿で笑わしてくれた（息子たちは「チンドン屋」は知らないという）。どこかで拾った段ボール箱で作った看板を背負い、ハンバーガー店の帽子を頭にして商店街を歩く。兄は恥ずかしがって離れて歩く。その話に父親は「あほや」ではなく、「すごいや」と大笑い。

夕方、残った庭掃除と枯れ葉のたき火で焼きいもと、豊かな暮れの一日が往く。夜、再び研究室へ。昼のデータは1979年最後に顔を出した福音だった。

見知らぬ地でゲンちゃんとの出会いに大喜び

30日、午前さまの帰宅。ごろっと横になり4時に起きた。まだ暗い。「ねむい」なんて言ったら罰が当たる。息子たちには日ごろ〝ダメ母〟であるが、年に一度くらい〝良母〟になって、「楽しかった」と言ってもらえる旅にしたいと、弁当の支度を始める。ドライブインですませればいいのにと誰しも言うが、我が家族は母の弁当が好きである。どこにも売ってない味で、慣れ親しんでいる味が安らぎになるのかな。オールドファミリーなんだ。

７時、父の車で東京へ向かう。電車にするか車にするかでひと悶着あった。まず、私は怖くて車はやめようと主張したが、長男は「ぼくは電車でも、車でもいいよ」と車を否定しない。一方、次男は父親の気持ちと一緒。それで車になった。けったいなところに民主主義が幅を利かせるのが我が家の憲法である。父親は車野郎。手作り弁当を持って、家族で車の旅をするのが最高という。「おれの言うことを聞くのは車だけ」とぼやき、地震で家の外壁にひび割れがあろうが、屋根瓦が割れようが気にならないが、車だけは身分不相応のものに乗っている。私は無料で乗せてもらい、共働きにはこんな便利なものはないので、今回も父親の「最高のしあわせ」に従った。

東名高速道路を３時間ほど走った10時頃、休憩を取ろうとドライブインに入った。すると、「リクちゃーん」という子どもの声が。こんなところでどこのリクちゃんかわからないので、一瞬気にはしたが無視した。ところがしつこく呼んでいる。声の主を確認すると、まあ驚き！　保育園のケンカ友だちのゲンちゃんではないか。お父さんと一緒に、おばあちゃんの所へ行くんだと。お父さんは、大きなトラックの運転台で眠っていた。休憩らしい。ゲンちゃんはお父さんがゆっくり休めるように気づかい、傍らで静かに窓の外を眺めていたところだったのだ。あのやんちゃ坊主がこんなに我慢強い、賢い子に成長したのだ。2歳から一緒のクラスで育ったやんちゃの次男も、あまりにも立派なゲンちゃんに出会い、感激していた。見事な成長に、私はなぜか涙が止まらなかった。我らの車でゲンちゃんと早めの昼食にし、喜び、むさぼり食う子どもたちを眺め、「最高の幸せ」にひたった。11時、「気をつけてね、大阪でまたね」と言い合いながら別れた。

二つ目のドライブインは、雪をかぶった雄大な富士山を仰げるところにした。広い芝生があり、暮れにしては暖かくみんな食べたり寝そべったりで、これが年末かと疑うゆったり風景であった。夕刻、目的地到着。伯父ちゃんと従兄弟の兄ちゃんが、東名川崎の入り口まで、車で迎えに来てくれた。次男はすっ飛んで伯父ちゃんに抱きつき、嬉しくて足がぴょんぴょん飛び跳ねている。そして伯父ちゃんの車に乗り換え、家路へ走った。

1980年は日光の東照宮に初詣。息子たちには、決して怒らず、だんまりの非日常的生活を味見させ、よく遊んだ、よく食べた、よく眠ったを満喫させて、再び夫の愛車で同じ道を大阪へ走った。息子たちは、どこでも「ジングルベル」と「赤鼻のトナカイ」の歌で賑わしてくれた。これが息子たちへの今年の最高のねぎらいであった。

なかよし保育園仲間との最後の集団遊び

1980年1月、新しい年になり、いつもの日常が始まったが、気分はやはり新しい。

保育園も１９８０年の生き生きした顔、声でスタート。早々に、次男はアキラくんのお誕生会に招かれて、仮面ライダーごっこ、ウルトラマンごっこ、海中遊泳ごっこ……とかなりの演技で遊び疲れ、くたくたになって帰ってきた。身体中から晴れ晴れの喜びが噴き上がっていた。いいスタートよ！

来る日も来る日も集団遊びに明け暮れる、体力と知恵と喜びが回り始めたのだ。いつもやって来る３つ年上の兄軍団のドッジボールや草野球にも出場許可を得て、逆に彼らを幼稚なウルトラマンごっこに引きずり込み、異年齢の子どもたちが共に遊び、日が落ちるのも気づかないくらいの日常が始まったのだ。こんな異年齢層の子ども集団ができることが、私の望みだった。

しまった！　遊びに夢中になって

兄ちゃんたちの仲間に入れてもらって、「小学校って何すんのかなあ？　勉強って何すんのかなあ？」と、いよいよ次男の好奇心に実感がこもってきた。夢を膨らませながら、兄軍団の尻にくっつき回っていた1月28日に、息子たちの飼っていた十姉妹が死んでいた。飼育管理者、次男が餌を忘れてしまったらしい。「しまった」の、なんとも言えない次男の顔。

十姉妹を飼うきっかけは、兄が「学校から帰っても誰もいないので、小鳥がほしい」とせびっていたことからだった。しかし相手は生き物で、おもちゃではない。育てることができると約束できたら飼うということで、しばらく様子をみていた。兄は、いつまで待っても飼う許可が出ないやりきれない「飢え」を、絵にしてしのいでいた。数えきれないほどの十姉妹の楽しい楽園の絵である。それが見事に子ども二科展に入賞した。そんなことで、彼の魂が込められた夢を叶えることになったのだ。蟬もアリンコも、十姉妹も、生きている姿を見たくて飼っていたのではないか。怒りと悲しみが込み上げてどうしようもなかった。

長男は生き物すべてに優しく、面倒見のいい子である。十姉妹を籠から取り出し、手の平にのせ優しく撫でていた。死後硬直でもう冷たく、硬くなっていた。次男は遊びに夢中で、つい餌やりを忘れてしまったんだろう。「餌、大丈夫か」と声をかけてやるべきだったと、長男も私も悔いた。小鳥は「お腹空いた」と言えないんだ。「どれだけのどが渇き、食べ物が欲しかったか、わからないよね」と、私たちは飢えの苦しみを自分たちも知ろうと、朝6時の食事後、夕方6時まで絶食し、自ら罰を受けた。生理的体罰は決してするべきではないと心得てはいたが、適不適を考える余裕がなく、幼い子に〝飢えの苦しみ、生命の維持〟を教えるためのやむを得ない方法であった。

翌朝、十姉妹は庭の山茶花の根元に葬った。「ごめんなさい」とともに。

旺盛な好奇心が刺激を求めて多忙な日々

2月、勝負ごとの好きな次男は、どうしたのか急に将棋熱が噴き出し、毎日朝食後、「1回だけ頼む」と父親を相手にやりだした。負けると悔しくて、夜、布団にはいっても折り畳み式の将棋板で一人打っている。何か起こっているなあ？　恐らく仲間に強い子が……。

2月17日、次男の保育園最後の発表会があった。今度こそ観てあげなきゃと参加を申し込んでいたら、担任先生から「ウワァー、お母さんも参加できるんですか！　よかった。リクちゃん紙芝居とっても堂々として、ゆっくり話すんで、是非観てあげてほしかったんです」と喜んでくださるお便りがあった。「この子は幼いなあ」と、よくもらす言葉だったが、そんなこともできるようになったんかと感動だった。

発表会終了後、年長組のたくさんの仲間が我が家にやってきて、打ち上げの大賑わいだった。よかった、よかった。

2月23日、兄のまねをして絵日記を書いている。「さいのめきりや　いちょうきりをせんせいからおしえてもらいました」と、カレー作りの絵に添えてあった。字一つ教えたことのない親なので、優しい兄を先生にして知識欲を満たしている。親孝行の息子たちに感謝。

「お母さん、人参はいちょう切りだよ、知っている？」

母親に教えてあげるという優越感。カレーの味そのものより、作ることが感動を与えたようだ。プロセス中にさまざまな工夫が必要ですし、ママゴトでは見られない結果が味として現れるので、喜びは計り知れない。

3月、祖父母、伯父伯母たちの、次男への入学祝いの机が届いた。ピカピカのデラックス。お下がりのお古が当たり前になっている次男には笑みが止まらない。「これ　ぼくのや」となめるように撫で回す。これまで母の本棚に間借りしていた本たちや、駄菓子屋などで買い集めた大切な宝物を早速引っ越す。夜にはライトをつけて腰かけて見たものの、やることが無く、また撫で回すだけ。でも、初めての自分だけの居場所と秘密の場ができた嬉しさで、しばらくその場から離れられなかったようだ。これからずーっと勉強のつらさも、喜びも見守ってくれる居場所になるんだ。

一晩明けて、自分の机でやることを見つけてきた。私が論文を書いているところに「教えて教えて」とやって来た。私が書いている英文の英語を「教えて」と。邪魔にするのもいけないし、戸惑いながら、いい加減にローマ字をつづった。丁寧にまねる。そして赤ペンで◯をちょうだいという。ほんとうに邪魔なのだが、この意欲には勝てない。旺盛な好奇心に付随した積極性が特技で、好奇心が満たされると、また　次の刺激を求めていく。

３月19日、夕方５時頃、保育所の廊下で同じクラスのワタルくんが口を小鳥のようにトゲトゲとし、怒って言うことに、「リクちゃんが悪い」と。どうしたのか聞くと、毎日夕方、「お残り組」に集まるとき、一列に並んで入室することになっていて、その日はワタルくんが先頭なのに、ゲンちゃんと次男が無視したとのことであった。「それはほんまに悪い。注意するね」とワタルくんをなだめていたら、当の二人がニヤニヤと横着な笑いをしながらやって来るではないか。怒鳴ろうと口を開く前に、「ワタルくん、ごめんなあ」とワタルくんに肩組みしながら謝っている。私は呆れて怒鳴ろうとした口を開けたまま笑ってしまった。正義の味方がこんないたずらするとは、知らぬは親ばかりだったんだ。いよいよ悪ガキ時代の始まりかな。

ありがとう　保育園

３月21日、担任保育士先生からの、連絡ノートへのお別れの挨拶。

「あっという間の一年間。明日いよいよ修了式。いろいろ至らぬことの多い担任でしたが、お母さん方の温かい心で、なんとか無事修まりそうです。

活発で心根の優しいリクちゃん、小学校へ行っても、きっとみんなを引っ張っていくことでしょう。大勢の友だちと共に、大きく伸びていってくれることをお祈りしています。

東京でピカピカの一年生のリクくんを思い浮かべています。お便りくださいね」

3月31日、とうとう今日で終わりになってしまいました。子どもたちはもう明日が楽しみで、寂しさなどみじんもないようです。

長い間、お世話になりました。保育園で鍛えあげられたたくましさは、明日の精神力の土台です。12冊目の保育園の記録を抱えて、今日で「さようなら」になりましたが、この記録はいつまでも「さようなら」を言わず、その時を語ってくれることでしょう。

働く母親と共に、一生懸命育てて下さった先生たちへの御恩は、きっと、いつの日か何らかの形でお返しできることを期して、明日、また新しい船出です。働く女性、人間として生きる女性を、共に語り合える息子たちになってほしいと祈ってやみません。

聞こえてきます「おもいでのアルバム」の歌が。

いつのことだか　思いだしてごらん
あんなことこんなこと　あったでしょう
うれしかったこと　おもしろかったこと
いつになっても　わすれない

窓の外に広がる春の香り、息子たちには希望に胸を膨らませる春です。

第３章　家族との暮らしの日々

1　お地蔵さんはわたしのおばあちゃん

9月も半ばをすぎると、彼岸花がいっせいに真っ赤な秋を告げる。郷里の菩提寺への山路である。しばらくぶりにこの山路を上る。

「あーら、よくきたね」

地蔵さんの優しい笑みが、遠い日の祖母の顔になる。さわやかな秋風が頬を撫でて通り過ぎる。それに混じってかすかな声が聞こえる。

「今日はひとりできたの？」

幼い頃、私は長患いをした。あるときは医者にも匙をなげられ、真夜中、巡航船を頼み（集落から町への唯一の交通手段）、町の病院に担ぎ込まれ、命拾いをしたことがある。祖母はあまりの長い病を案じ、藁をもつかむ思いで、遠い山奥に住む占い婆さんに縋った。

以前、我が家で飼っていた馬の墓を粗末にしているたたりというお告げがあり、祖母に伴われるお寺参りが始まった。お寺までの道端にたたずむ馬頭観音や、赤いよだれかけを掛けた地蔵さんに、重箱に詰めていった団子を一つひとつ供えては、祖母の説法を聞き、手を合わせる山路であった。姉と焼き芋の奪い合いでは道理を説いて諭し、大切なレコードを壊し、母に叱られて泣いては、お詫びの心を教えてくれた。祖母と重ねたお寺参りは、長い人生で培われた祖母の豊かな知恵を、私の無知の袋に心を込めて注ぎ込んでもらえる時間であった。ゆったりとした大きな時間であった。病が治ったわけではないが、体内で悪さをしている毒がうすらいでいく気持ちになった。

山路を下り、孫の住むはるかカナダへ声を送る。「ハロー、おばあちゃん」。元気な声に安堵する小さな時間である。（２００３年11月）

2　味噌おにぎり

この夏、トロントにいる6歳の孫が久しぶりに里帰りした。日本経由でオーストラリア出張の息子について来て、１人で、１週間ほど私たちのもとに滞在した。

おにぎり大好きというので、早速、「我が家の味」味噌おにぎりを作った。祖母がご飯に梅干しをねじり込み、力の限り握り、炭火でやいては味噌をぬり、焦げ目がつくくらいにさっと炙っていたのを、見よう見真似で覚えたものだ。味の決め手は味噌で、赤味噌であればそれなりの味を出すのだが、実家の納屋の長年使い続けた大きな味噌樽で発酵させた味噌でこそ、独特の香ばしい祖母の味になる。

私はもちろん、姉弟、息子たちも、その味噌をぬった味噌おにぎりが大好きである。息子たちが小学生のころ、学校からの帰りを待っているのは味噌おにぎりであった。腹持ちがよく、冷めても香ばしい。彼らはそれをエネルギーに変え、日が落ちるまで遊びに興じていた。

味噌おにぎりは我が家だけに留まっていなかった。息子たちは生後一か月目から親たちでつくった大学内共同保育所で育った。その資金稼ぎにいろいろな運動があり、その一つにメーデーの日、おにぎりをつくって売る行事があった。私はきまって味噌おにぎりを30から50個作り参加した。炊き釜が小さくて、何度も何度も炊きあげ、そして握った。資金稼ぎだけではなく、女が職を持つ意義も含めた運動であっただけに、さほど苦しかった思いは残っていない。香ばしい味噌のにおいで、おにぎりはあっという間に売り切れた。飛びっきりの嬉しさで研究室に戻ったものだ。

やがて、その味噌おにぎりは、親善外交に出陣していた。次男が小学生のとき、学期末には個人面談といって担任の先生と我が子についての話し合いがあった。悪ガキを持つ親にはつらい日である。私はその日も腹痛をこらえて教室の扉を叩いた。先生は笑顔で迎えてくれた。話の中心は味噌おにぎり。給食なしの弁当持参の日、先生は次男からたった1

個の味噌おにぎりを半分わけてもらったことがあり、その味と、次男の心が嬉しかったことが忘れられないと話された。さらに、学年クラス対抗徒競走リレー、ドッジボール大会では監督先生いらずで優勝に導いた功績だけではなく、給食当番で、白い割烹着をマントにしてスーパーマンごっこをしたことまでも穏やかな笑みで語られた。宿題さぼりや私語常習犯の話は微塵もなかった。

味噌おにぎりと卵焼きで長男家族をカナダに見送って三年になる。旅立つとき、腕によりをかけてご馳走をしてやろうと、「ねえ、何がいい?」と言うと、「そうだなあ、味噌おにぎりかなあ」という呆気ない返事があった。だが、孫は味噌おにぎりを一口かじり、「海苔おにぎりがいい」と言った。

私は味噌おにぎりに大切なことを教えられた。味噌おにぎりは息子たちには「胃袋を満たすもの」だけでなかったのだ。味、におい、音、空気はもちろん、家族との関わり合いまでもしみ込ませ、愛しき者への温もりを包みこんでいるものだったのだ。孫にもいつの日か「味噌おにぎりがいい」と言う日が来るに違いない。

長男の好きな我が家の小さな庭の山茶花が、この冬、みごとな賑わいである。

（2003年1月）

3　おじいさんの古時計

息子たちがまだ小さかった頃、「大きな古時計」の歌を2人でよく歌っていた。

おおきな　のっぽの　ふるどけい　おじいさんの　とけい
ひゃくねん　いつも　うごいていた　ごじまんの　とけいさ
おじいさんの　うまれたあさに　かってきたとけいさ
いまは　もう　うごかない　その　とけい
ひゃくねんやすまずに　チクタク　チクタク
おじいさんといっしょに　チクタク　チクタク
いまは　もう　うごかない　その　とけい

私の生家にもこの歌によく似た振り子時計があり、小さいころの我が生家を思い出しながら息子たちの歌を心地よく聴いたものだった。祖母はひとり娘で、祖父が親戚から養子に入った1912年当時、すでにこの時計はあったという。仏壇の脇の太い柱に掛けてあり、祖父は週に1度踏み台に乗ってゼンマイを回して管理していた。その都度、柔らかい布で丁寧に拭い、大事にしていた。直径は30センチほどの円型の文字盤の下に、金色の大きな振り子がぶらさがっていた。大きいローマ数字で記してあったので、私はこの数字に出合うと、あの時計と厳格で優しい祖父のことが甦る。

祖父は役所勤めで、いつも羽織袴の出で立ちだった。私の体調がいいときは祖父へお昼の弁当を届けるのが私の仕事で、とても喜んでやっていたのは多分お駄賃があったのではと、今思う。「教育は財産」という信念で、両親が働いていることもあって、孫たちの教育は「おじいさん先生」の役目であった。読み書きは言うまでもなく、習字、そろばん、授業参観も、本を買ってもらえるのも、先祖代々受け継いでいかねばならない行事の教えも、おじいさん先生であった。

その一つに、大晦日の夜は、遠い山の上にある観音様へお参りするのが我が家の慣わしであった。とてつもなく大きい十一面観音様（約3メートル）で、地べたに足をつけて立ったままだ。どこからか流れて来て、海岸に打ち上げられたものを村人たちが背負い、山を登っていたら、途中で観音様は地に立ってしまったと祖母から聞いていたが、「謎の観音」と言われているように、この謎はこの地の歴史を解き明かす重要な鍵となっている観音様である。今は国の重要文化財に指定されている。

私はそのことより、むしろ、我が家になぜこの慣わしがあるかが知りたかった。「我が家の遠い先祖が、伊達政宗公に無条件降伏をし、従者6騎を従えこの地に来たのが大晦日で、観音様の前で焚火をして暖をとり、仮泊した。それから観音様のお告げで、私の生家があった地に城を建てた」という話に、「観音様の存在が先祖の運命に関わったんだ」の薄っぺらい納得のまま、その後、進学のため15歳で実家を離れ、祖父母の他界などで、それ以上のことは知らず終いになってしまった。

それが、２０１１年の東日本大震災は生家はもちろん、コミュニティーまでも、何もかも無に化してしまった。残った山と海を眺めては、悔しさと切なさに押し潰されてしまう。「古時計はおじいさんのところへ流れて行ったかな」と息子たちの歌を聴きながら、薄れいく我が故郷の風景を懸命に思い起こしている（２０２０年）。

4　母の像

私が三陸海岸の小さな集落に暮らす母を見舞ったのは、母の手術後3日経ってからであった。病んだとき、我が子の温かい手に見守られたいのは　母も世の親と変わりないと思うが、遠い大阪で働く私のことを思い、術後報告となったに違いなかった。もっとも、胆石の切除という簡単なものであったし、川崎にいる姉が駆けつけたということでもあった。

病室に入ると、術後の痛みは峠を越して、いつもの温顔がベッドにあった。大きな傷と、摘出された黒い胆石を見せながら、手術に至るまでの状況を、昔ながらの正確で、ゆっくりした口調で話してくれた。畳を掻くほどの激痛に、冷や汗を噴き出しながら、のたうちまわる母を、2時間もかけて都会の病院に担ぎ込んだと姉が話してくれた。

暮れも近く、鉛色の北上川がせわしく白波を見せる季節であった。母の落ち着き具合を見はからって、私は実家の大掃除に走った。ところが、すでに掃き清められ、障子という障子は新しい真っ白な紙に張り替えられていた。正月を迎える準備がすみずみまででき上がっていた。誰かのお心なのだ。

母は助産婦であった。「教育は財産だ」という祖父の強い信念で、大正生まれの片田舎の女の子でありながら、母（助産婦学校）も叔母（女子師範学校）も大都会仙台で教育を受けた。その後、母は見習い期間を経て郷里で開業し、母子センター設立を遂げ、50年あまり、母子保健、民生委員として生活保護などの仕事に携わり、惜しまれながら75歳の生涯をとげた。

母が口癖に唱える言葉があった。「回り回るんだよ」だ。説明は聞いたことはないが、こんなときその言葉が出たのを覚えている。山の中腹に集落の中学校があり、弟が下校途中、木こりのおじいさんの、こぼれ落ちるほどの杉材を積んだそりが動けなくなっていたのを手伝い、手を傷だらけにしながらそりを引いて下山したときである。日が落ちて間もなく、見知らぬ老いた婆さんが現れ「中学生の息子さんいますか？」と潤んでいる目を手ぬぐいで押さえながら問いかけるもので、母は悪い予感がしたと言う。ところが弟の心優しさへの感謝の涙であったそうだ。そのとき、この「回り回る」の言葉があった。弟も多くの人たちから助けてもらっている。彼も助けが必要と思ったときは、手を差し伸べるのは当然のことだと言う。

その後、母の「回り回る」がいろいろなところで心にとまった。女赤髭と言われていたように、生活がたいへんなところへはそれなりの気配り心配りをし、おむつさえも事欠くところには、使用済みのものをもらい受けて、新しい命を迎えていた。当時は在宅自然分娩による出産だけであったので、難産での何日もの付き添いで、すっかり消耗しきって玄関に転げ込むような姿になって帰宅した母を何度か見かけたことがある。

私が最後に母を見舞ったのは、埼玉に転居した姉が住んでいる近くの小さな病院であった。大病院の治療に納得がいかず、姉が遠い宮城から運んできたと言う。母の顔を覗いたとたん、私は絶句した。まさか私の母かと思えるほどの顔になっていた。激痛を表す言いようのない歪んだ顔だった。まるで鬼のようであった。声をかけたが返事は歪んだ顔だけであった。手をさすりながら苦しむ顔を見守っていたが、やりきれず鎮痛剤をお願いもした。しかし、一時だけの鎮痛で、日を追うごとに次第に苦しむ力もなくなり旅立っていった。手遅れのがんであった。

元気に働く母しか知らなかった私には、母の死など微塵も頭になかった。半年前の検診では異常なしであったはずだ。安心して我儘を言い、頼りに頼っていた。なので、母が逝ってしばらく、喪失の哀しみというより、この急いだ旅立ちには、母の我慢による過労や、計り知れない哀しみや、苦しみがあったに違いないという思いに襲われていた。母を苦しめたものについて聞いたことの一つは、弟の死であったようだ。姉は変わりゆく母を恐山に連れ出し、弟の「13年後に来なさい」の言葉に笑みもこぼれるようになったと語ってくれた。いろんな人の心配をしていた母は山のように悔しさ、苦しみを抱えていたに違いない。そのつらさを知ることさえできなかったことが悔やまれてならない。

コロナ禍がいくらか鎮まった２０２２年11月はじめ、３年ぶりで、ふる里の山寺に眠る父母に花を供えた。共に暮らした我が家は津波対策の堤防の下にうずまっていた。残った先祖が眠る山寺と目の前に広がる太平洋だけが、新たにふる里を訪れる繋がりになってしまった。川べりのススキと赤いよだれかけをかけた温顔の地蔵さまが明るく「またね」で送ってくれた。

5　乳色の涙

弟は人のためにエネルギーを使い、誠実で、努力の塊であった。母は、弟が自慢の子であった。毎朝、西の空に向かって弟の無事と仕事の発展を祈り、手を合わせていた。「ヨシオが倒れた」という知らせが届いたのは、弟がアメリカから帰国後３週間目の日曜日であった。

口をかたく結び、銅像のようになって待合室に集まっている会社の人たちに、母は声を押し殺し丁寧なお辞儀をして救急救命室に向かった。「プシュッ、プッシュ」という酸素吸入器の音の中に、でかい図体が目をつむって横たわっていた。クモ膜下出血であった。

「ヨシオ！　ヨシオー。なしてそんなに無理したのや」

ラクビーで鍛えた39歳の強健な肉体は、一にも二にも人のための献身には勝てなかった。帰国後、朝5時からの午前中の部と、午後の8時までの部の2課の管理運営にすきまなく働いていたという。「植物状態でもいいから頑張ってぇ」と、弟の妻は必死に奇跡頼みの希望にとりすがった。3日間、どんな祈りもむなしく、ヨシオは目をあけることはなかった。

別れの日はどしゃぶりの雨であった。部下たちに抱かれたお棺が縁側から出棺するとき、母は白いハンカチで口を抑え、むせび泣きながら、もう片方の手でお棺を何度も何度も撫でていた。その手の下には、眠っている弟の顔がある。母の狂うほどの悲しみをどしゃぶりの涙に変えていた。落ちる涙は重たい乳色であった。

1944年（昭和十九年）の暮れ、母は生まれたばかりのヨシオを背に、海外出征日の定まらぬ父の駐屯地を転々と付いて回った。いよいよ明日、新潟から出征という日、町は吹雪で、ヨシオは泣きっぱなしだったという。それから、ヨシオを語るとき「お腹一杯お乳をあげたかった」と母は悲しい顔になった。

6　夢半分残して

我が家の庭の土も潤み、枯れ草の陰に、冬眠から覚めた蛙を見つけると、まるで離れていた家族との再会のような喜びになる。それが、あの遠い夏の日に育てた蛙の子孫ではないかと思うと、一層愛おしくなる。

息子たちが小学校のころである。6月、田んぼに水が引かれ、ゲロゲロの大合唱が始まると、畦道をひしゃくを持って歩く息子たちの姿をよく見かけた。目当ては寒天に包まれた蛙の卵である。昨年もそうであったように、多くは空振りで終わっていた。が、一度だけ「あった、あった」の歓声と寒天が玄関に舞い込んだことがある。寒天は田んぼの水と一緒に水槽に入れられ、日向に出された。息子たちの目玉も頭も全開である。

丸い卵がだるまの形になり、尾がのびてメダカのような形で寒天の袋から脱け出す。まだ泳げないので水槽の壁にしがみついている。ほんの一日で終わる33匹のだるまさんとの出合いに、声も顔も真っ赤の二人であった。やがて、泳げるようになると、すっかり家族の一員。水槽の水量、餌、朝夕の水槽の日向と日陰への移動と、オタマジャクシたちへの心配りはどんなに遊びに夢中でも怠ることはなかった。

「僕、出かけるねと言うと、『うん、いいよ』と言うねん。そしてみんな揃って水中を上がったり、下がったりしてバイバイするねん」

と、夕食時、オタマジャクシたちとの楽しい生活を話してくれたりした。

外鰓が消え、四本足が揃った、尾が短くなり、次々と変身を続けて、2カ月も過ぎた8月半ば、体長2センチメートルほどの小蛙になった。小蛙たちは水草や金魚の餌ではなく、空中に飛んでる小虫を舌で捕まえる時期に移っていた。そこで、小蛙たちは庭の大きな籠に移転した。餌に困り、ミミズやウインナーソーセージを糸に吊るしてぶら下げた。しかし、餌はそのまんまで、小蛙たちの体は日に日に痩せ細り、1匹、2匹と餓死者が出た。

息子たちは思い悩んだ。そうして出てきた発想は散歩。私は耳を疑いながらも、「首輪はどこにつけるの？」と真面目な疑問。田んぼで自由に跳ばせて、餌をとらせ、ザリガニ採りの網で見逃さないように方向づけをしたというものだった。発想に感心し、友だちとの遊びを辛抱してまでも、小蛙たちとの散歩に心を傾ける息子たちの優しさに、さらに感心した。33匹のオタマジャクシのうち、残った小蛙は9匹というつらい思いを残し、夏休みも終わりの日を迎えた。冬ごもりまで育ててみたいという息子たちの夢も、ここで終わった。

夕方、小蛙たちを田んぼに送っていった。

「敵に気いつけて生きろよおー。春が来たら、また会おう！」

茜の空は、夢半分の色であった。それっきり、息子たちは蛙を育てることはなかった。

そして今、長男はカナダ、アメリカでの研究生活を経て、残り半分の夢を追いつづけている。

7　出会い

長男が小学校に入って2カ月経った、初めての担任先生との懇談会のときであった。「今、治さないと、取り返しがつかなくなりますよ。特別学級に移して、すこし様子を見ようと思いますが……」

先生のこの言葉から、息子に何があったのか、全く見当がつかなかった。保育園時代は明るく積極的で、弟の面倒を見ては母親を助ける優しい子であったからである。「仲間に入れない寂しい子で、それでいて落ち着きがなく、どこか不安定で、適応力が弱く、普通学級はとても難しい子である」と続けた。さらに、それは「母親が外で働いていることも関係しているのではないか」と、先生は冷たい目で私を刺しながら静かに語った。クラスの子どもたちのほとんどは同じ幼稚園出身で、保育所から入ったのは長男だけであった。「息子はまだクラスになじめないんだと思います」と、罪悪感で押し潰されている気持ちをなんとか奮い起こして口を開いた。

小学校入学を機に、長男はよりどころの無い不安に襲われていたのだろう。あれほど喜びいっぱいの入学であったのに。あの元気はどこにいったんだろう。落ち着きがなく、身体まで心と一緒に揺れ動いているようであった。クラスでは幼稚園出身児の中にポツンと一人ぽっちの孤立、学校のルールによる担任先生からの抱えきれないほどの注意。保育園では、左利きの息子は自然のまま生活していたのに、学校では、鉛筆は右手、箸、スプーンも右手など、保育園とはあまりにも違う世界だったのだ。

思慮の足りない母は「あんなに我慢強い子だったんだから、学校のルールは我慢できる」と無理を強いるだけであった。間もなく、家でも学校でも、魂の温まる場がなく、彼の我慢がずたずたと切れ落ちているのに気付いた。

「私は何をしているんだ？　真逆のことをしているのではないか」

叱るのではなく、不安を払いのけてやることではなかったか。幼い子が心痛めて叫んでいるんだ。保育園の生活習慣から、一気に山ほどある学校のルールに馴染めなかったこともあるが、一番驚いたのは学習の遅れであった。ほとんどの子どもたちは文字、数字の読み書き、ピアニカまでできているのだ。自分の名前が書けて、自分の指の数の10まで数えることしかできなかった息子には、わからない授業時間が無意味で耐えがたいことであったのだった。担任の先生が話すように「落ち着きがなく、不安定で、普通授業についていけない」のは当然のことだったのだ。そんなことから、図工の時間と動物舎の飼育当番が学校での唯一の楽しみであったという。私は就学前教育に疑問を持ちながらも、現実に従うしかなかった。

詫びる思いは当然研究の休止になった。息子の痛みを知って、痛みにこたえることであった。しばらくそばにいて、息子中心の生活をじっくりすることになった。〝教育は待つこと〟の息子の学習への意欲は十分できていたので、学習は一歩一歩の積み上げで心配したほどのこともなく進み、間もなく息子は明るさを取り戻した。

隣家のレイコちゃんのお母さんが、息子の絵が小学校の中央玄関正面に貼ってあると、声をはずませて知らせてくれたのは、夏休みが過ぎて2学期が始まったばかりの頃であった。学校で飼育しているニワトリの写生画である。息子のニワトリは黒いふさふさの羽毛で包まれ、目、嘴、爪は鷲のように鋭く、真っ赤な鶏冠はピンと天に向き、自信に満ちた勇壮な姿であった。ひとりぽっちでも強いんだという憧れの姿であり、息子の魂をそのまま表出したようなみごとな絵であった。絵は担任の先生から「上手に描けていましたので連合美術展に出しました」の連絡があり、ニワトリの絵とは二度と会うことはできなかったが、あの絵はたくさんのひとりぼっちを励ましたに違いない。

黒いニワトリは、〝ひとりぼっちでも負けない勇敢なものへの憧れ〟であったことに気づいたのは、それから数年経ってからである。あのときは学会準備の慌ただしさで、息子たちに目も心も向けていなかった。夫は万年多忙で、両親の帰宅が遅いときは、息子たちだけで「手をつないで寝た」と話していた。その罪悪感は、今も私の身体で疼いている。

その年も暮れる頃、教育実修生の授業があったらしい。長男は人間が変わったように生き生き元気な子になった。その先生へのお礼の手紙が残っていた。

寒い日が続いていますが、相変わらずお励みのことと存じます。この度は息子のトモキがたいへんお世話になり、心からお礼申しあげます。先生とご一緒の2週間は、気弱な子が、それは生き生きとして、まるで人が変わったようでした。家庭ではあまり話などしない子なのに、毎日毎日楽しかった学校の様子を声はずませて話してくれました。先生のお名前も漢字で懸命に習っていました。ひとりぼっちでない、人とのふれあいの喜びを知ったようです。先生が先生の学校へお帰りなさった日は「先生帰っていった」と泣いていました。「先生は学校卒業されたら、きっと　また来るよ」と力づけました。クラスになじめないでいるような子です。先生から読み書きだけではなく、もっともっと心の深いところを強く動かすものをいただいたのです。素晴らしい先生との出会いは、彼に大きな希望を与えていただきました。ありがとうございます。

先生のますますのご活躍をお祈りしています。

12月5日

心からの感謝をこめて　竹内喜久子

めまぐるしく日々を追いかけているうちに、息子は4年生になった。この時、彼の心の活力を引き出す出会いが、またあった。新卒のクラス担任の先生である。正に〝教育は待つこと〟を地でいく教育であった。子どもたちに考える時間と場を与え、行き詰まったところでヒントを与える。それも既成のルールの押し付けではなく、一人ひとりを真剣に見守る導きである。どの子も先生の真剣さを理解し、クラスは見違えるほど明るい1つのチームに生まれ変わった。長男も授業の楽しさを覚え、成績の向上は驚くばかりであった。「先生はどの子もいいところを見つけて褒める。そして、もっと良くなるように助言、指導した。だから、何をすればいいのかがわかり、もっと頑張ろうと思った。これが教育の原理なのではないか」と、だいぶ時を超えてから長男は語っていた。素晴らしい先生との出会いが長男の人生を運命づけるほどであったのではないかと感じている。研究者となった今でさえ、好奇心、努力、熱意だけではなく、出会いが、研究者に運命を与える重要な要素であることを強調している。

8　溶けない雪だるま

大阪の冬には雪も氷もない。夏には濃い葉を茂らしていた街路樹はすっかり葉を落として裸木となり、寒々とした姿でじーっと耐えている風景がある。晴れの日が多いが、灰色のちぎれ雲はせわしく走り回るので、雲間からおてんとうさまもせわしく顔を見せる。落ち葉がカラカラと音をたてて舞い上がっては走り去る乾いた冬である。

そんな中、大阪でも思い出したように雪がちらつくことがある。概ね、申し訳程度のちらつきだが、年に一度くらい、子どもたちが大喜びするほど降ることもあった。長男が小学2年の3月はじめ、大阪では珍しい大雪だった。雪道はすべるので、車は怖がり、運転を控えたため、朝早くから道路は子どもたちのお祭り騒ぎの場になった。我が家の息子たちの元気いっぱいの声もある。雪合戦、雪だるまづくりの楽しさで、朝ごはん、登校のことなどどこかへ吹っ飛んでいってるようだった。しばらくして、どこかから「学校に遅れるよ」と大声が飛んできた。私も同感だったが、「この時期の年齢で、こんな体験二度と無い、始業もきっと遅れる」と例のダメ親になって存分に楽しませていた。次男の保育園には到底行ける状況ではなかったこともある。

ところが、オジちゃんたちが歩き易くしてくれた道を集団登校で行くことになった。さて長男はどうする？　次男とだけの雪合戦では面白さも半減である。やっぱりランドセルを背負って集団の列に入っていた。真っ赤なほっぺの集団は寒さもどこへやら、湯気を上げながら学校へと動き出した。

仕事が滞るのが気になったが、天が授けてくださった大事なひと時と自分に言い聞かせた。「今日、お母さん家に居るの？」と喜ぶ息子たちの声と、もはや底をつく私のエネルギーが納得させた。

　昼過ぎ、長男は早めの下校であった。弟は兄が帰るまで庭先の猫くらいの雪だるまをいじっていた。意地悪おてんとうさまとの闘いだったのだ。直しても、直しても溶けていき、修理する材料の雪までなくなる。雪だるまはもう妖怪になりだしていた。泣き面をしている弟を見るや、兄は「大丈夫」のサインをしながら、勝者の顔で行った先は冷蔵庫であった。そしてニッコリ。冷凍庫に10センチメートルほどのチビ雪だるまが立っている！「エエー！　すごーい」。弟は手を叩きながら歓声をあげた。私は彼の発想に感心。小カエルの散歩のときもそうだった。漫画じみたこっけいさで笑ってしまうのだが、身近な生活の中から科学を学び取っていたのだ。雪だるまはおてんとうさまの下では溶けてしまうのは弟も学んだところだ。懸命に頑張っても仕方がないことも学んだ。兄がすごいのはこの現象を「冷凍庫では氷は溶けない」とつなげたことだ。帰っても雪だるまと会えるように、知らぬ間につくって冷蔵庫に入れていったのだ。

　自然からたくさんのことを学ぶけれども、それをどのように生かすかが私たちの研究でもとても大事なことである。彼は自らそれを試み、楽しんでいた。実にあっぱれなことだ。

9　光っているよ、リクちゃん

次男が小学2年生の夏休み最後の日のことである。私は気がかりで少し早めに帰宅した。

「ああ、やっぱり」。彼は頭に背に、汗粒を輝かせ、唸りを上げて鉛筆を走らせていた。

私には、嫌な宿題検査官の日である。

「このひまわりの観察、うまく書けてるね。絵日記は、うん、穴だらけだけど、ま、ええか。算数は、これ何？」

「………」

意味のわからない数字がノートの2ページにわたって並んでいた。「こんなことしてはいけないっ！」。私はノート2ページをバリバリ破った。算数ドリルの答えのページをそのまんまノートに写していた。息子は唇をへの字に結んで宙をにらんでいたが、涙も見せず、その場を離れた。待てど暮らせど戻ってこない。なんと、いつものように水中メガネをかけ、お風呂でひと遊びして、床に就いたようであった。私は頭から火が噴き出していた。

翌朝、驚いた。茶の間のテーブルにへばりついている息子の姿があった。

「うーん、終わった」

夜中に起きて、朝まで宿題の算数1ページからをやりあげていた。

「リクちゃん、えらいえらい」

黄色いナップザックの鞄に生みたての宿題を詰めて、とうに行ってしまった登校集団を追って駆けていく。前髪が夏の終わりのさわやかな朝風でツーンと立っている。黄みをおびはじめたセイタカアワダチソウのように。

「光っているよ、リクちゃん。青空と同じぐらいに」

夏が来ると、思い出す一コマである。（2003年7月）

10 空っぽの鞄

夜7時、私が自転車を玄関前で止める音で、長男が家の中から飛び出して来た。

「お母さん、リクが……。教頭先生からリクの鞄が学校に届いているから取りに来いという電話があったんや。スポーツセンター前にあったんやて。リクはまだ帰っていません言うたら、すぐにお母さんに連絡して、何かあったら学校に連絡してくれって」

引き取ってきた鞄には教科書も入っていなく、名札はちぎれて「リク」だけが残っていた。これまでも、夕方暗くなるまで遊んでいることはよくあったが、いつも玄関には放り投げられた鞄と「○○とあそぶ」というなぐり書きが必ず置いてあった。いやな憶測が走った。長男は弟の習性を知り尽くしていて、考え込んでいる私にかまうことなく、弟のなかよし軍団の仲間に電話を入れていた。少し前に別れたとの情報に胸を撫で下したものの、心は静まらなかった。

ほどなく、玄関に汗と土にまみれた顔が現れ、長男が心配顔で尋ねた。

「どうしたん？」

「鞄がないねん」

次男は兄の差し出す鞄を見て、「どうしたん、これ？」と言いながら、顔にはぱっと笑みが。「秘密基地ごっこの続きをしたかったんや。けど、鞄置きに家に帰っていたら、みんな塾へ行ってしまう」とのことだった。

次男にとって、学校は仲間のいる遊び場で、教科書は昼夜学校の机の中、鞄は校門を通過するパスポートであった。親が「勉強は学校で、宿題も学校で、帰ったらよく遊べ」と言っていたことが、次男の体に生き生きと根を張っていた。ところが、この根は親の言うことを鵜呑みに聞いて育ったものではなく、次男の天性で伸びたもので、親の土壌からかなりはみ出した異種であった。それがため、彼の人生は黒い淀みの中に留まったり、大きく迂回したりせざるをえなかった。

しかし、それを糧にさえしながら、かたくなに根を貫き自分の道を作り続けている。医師として一人前になりたくて、強いて過酷なタイの辺地医療に身を置いたりもした。帰国の鞄は空っぽではあるまい。

11　夏休み自由研究のあとがき

息子たちは夏休みの自由研究は身近な生き物の観察をまとめていた。その冊子の最後のページに私の「あとがき」を入れた。

「おたま日記」1979年8月　長男小学3年

生きものが好きな子で（長男）、身近なたくさんの生きものが眠りから覚める季節になると、この子も眠りから覚めるような活気を見せます。ザリガニ、ハゼ、アオムシ、ケムシ、カマキリ、アリ、セミ、カエルなど、いつも自分のそばにこれらの小動物を抱えています。それらが冬ごもりで眠っているときは、グッピー、キンギョ、インコと共に寂しさをしのぎます。

カエルとの付き合いは小学校に入る前からですが、それへの興味は年々エスカレートするようになりました。オタマジャクシは飼育が簡単で、生きものを育ててみたいという体験にはとてもいい材料です。しかし、なんといっても変態するときの感動は育てた者にとっての最高の喜びではないでしょうか。さらに、この変態は3億年前の出来事を私たちの目の前で繰り返して見せてくれているので、一層価値あるものです。今年は　運よく卵が見つかり、「だるまさん」という尾芽胚も観察でき、大満足のようです。

一時、野球が忙しく、飼育がおろそかになって、哀しい出来事を起こしてしまいました。長男にとって貴重な体験になったと思います。昨年はオタマジャクシの観察記録にしましたが、今年はお友だちになり、可愛くてたまらないようなので、物語風にまとめてみることを勧めました。カエルの誕生（発生）から、カエルの一生（ライフサイクル）、カエルの生態をめざしている様子が物語から見えます。少々文としておかしいところもありますが、一日で書き上げる程のファイトでした。好きな絵の部分はじっくり楽しんで創ったようです。製本は母が手伝ったもので、我流のお粗末なでき上がりです。

「変体カブトムシ」1980年8月　長男小学4年

今年もたくさんの友だちがやって来る夏を心待ちにしていました。そして、いつもの夏のようにやってきた、やってきた。オタマジャクシ、テントウムシ、アゲハ、カブトムシ、アリ、セミ、ゴキブリ、スズムシと。インコとキンギョとグッピーだけの静かな家族は、これらの友だちの来訪で急に賑やかになりました。飼育係（長男）の忙しさもたいへんなものでした。

カエルとの付き合いは5年にもなります。昨年は卵から育てて、「だるまさん」と言っている尾芽胚の観察ができ、今もって、その感動を声をはずませて語るほどの喜びを得ました。それは「ぼくの友だち①、おたま日記」としてまとめました。

今年はまた、まったくの偶然で、近所からカブトムシの3齢幼虫をもらい、大事に育て始めました。オタマジャクシのように、飼い主にいつもその姿を見せてくれるというものではなく、土の中で変態の儀式が行われているだけに、時に見たい、触りたいという気持ちが抑えられなかったことも多々あったようです。それが原因なのか変態が異常で、「変体カブトムシ」になってしまいました。頭部だけが成虫で、胸腹部は不完全な成虫でした。前胸腺ホルモンの異常なのかも。「きっと堅い羽に変わるんだ」と毎日毎日飼育箱を眺めては、毎日毎日明日に期待する飼い主を見ては、共に祈りました。家族旅行で東京に出かける時も飼育箱を胸にかかえていったほど「変体カブトムシ」と共に生きた夏でした。「変体」であったがために弱いものをかばうという心も育ちました。

「変体カブトムシ」が命を落としてからは、宿題も手につかず、全身を傾けて絵と文にしました。そのひたむきな気持ちは表紙の絵によく表現されています。「どうして変体になったんだろう?」「育て方のどこが悪かったのだろうか?」という残されたテーマはいつかの夏、彼はきっと解明するでしょう。

「ぼくのひまわり」 1981年8月　次男小学2年

「ひまわり」の観察は5月に理科の授業で始まったときから、ノートを作り始めていたようです。暑い日、水をやっている光景も見られましたが、大事に育てている様子はありませんでした。観察内容も不十分です。野球やドッジボールなどでは、緊張しきったものがはじける瞬間のあの爆発力とも言えるものがあるのに、理科の観察となると、どこにもそんな集中力は感じられませんでした。

あるとき、自分のさぼっている部分を図鑑から写しとろうとしていて、私にたいそう怒られました。「完成」という喜びを味わってほしいという思いから、厳しい態度を示したのです。次男は絵が好きなので、それを土台にしてなんとかやりとげました。たいへんな努力でした。できあがってみると、さすがに嬉しさは隠しきれないものがあったようです。

担任の先生のことば、「最後まで頑張ってかんさつできましたね。絵もじょうずに描けています。来年、このヒマワリのたねをまいてみようね」。

「ぼくのへちま」　１９８２年　次男小学３年

昨年の夏は「ひまわり」の観察でたいへん苦労しました。なにしろ、野球などでは爆発力とも言える力を集中させることができるのに、観察を長期間継続させることは、不可能に近いほどたいへんな子であるからです。でも、昨年の大きなひまわりの花の栽培とたいへんな努力でまとめあげた「ひまわり日記」が、この子に大きな力を与えてくれました。

今年の「へちま」は大事に育てられています。観察の不十分なところはありますが、花の日周変化まで見つけたところは大いにほめてやりました。残念なことに、雌花の開花が遅く、まだ、楽しみにしている大きなへちまはぶらさがっていません。「表紙に大きなへちまを描きたかった」と悔しがっていました。今、3カ月間のへちまの観察日記をやり遂げた嬉しさ、充実感とともに学校に向かいました。

〈先生のことば〉継続観察することは根気がいりますね。毎日、たいへんだったと思います。これから後どうなったか　また見せてもらいます。(「自然を見つめて」No.8, 1982, 市教育研究会、小学校、理科部会に掲載)

12　おかえりノート

「知樹、今日、お母さん家にいるからいつ帰ってもいいよ」

「お母さん『お帰りなさい』言ってね」と、喜びにはずんだ声。

「うん、待っているよ」

彼にはめったにない母のこの言葉、どれほど喜んで駆けて帰ることか。やっぱり、三軒向こうから聞こえてきた。大きい「ただいま」の声。しっかりと「お帰りなさい」を言ってやった。長男は全身でニッコリ。

私は論文書きが始まると、できるだけ自宅にいて、「お帰りなさい」で彼らを迎えることにしていた。両親が働いていることでさまざまな負担を負っている息子たちであるが、とりわけ、誰もいなくて「お帰りなさい」のない自宅に帰るのがとてもつらいと思うからである。私自身もつらかったけれど、これというういいアイデアがなかったので、毎日、ノートに「お帰りなさい」を代理してもらうことにした。

今では色褪せた「おかえりノート」から、彼らとの生活の情景を思い起こしては、「兄ちゃん、リクちゃん、ありがとう」と、目頭を押さえている。

「おかえりノート」の一部から

１９８０年2月6日（長男小学3年、次男5歳）
おかえりなさい。リクのおむかえたのみます。みそのおにぎりは戸だなの中で、兄ちゃんたちをまっているよ。
◎長男から　「ありがとう」

1980年9月25日（長男小学4年、次男1年）
兄ちゃん　リクちゃん　おかえり。
テーブルの上のケーキ　おやつにしてね。
◎**長男から　「うん　ありがとう」**

1980年9月26日（長男小学4年、次男1年）
兄ちゃん　リクちゃん　おかえり。
今日　お母さんおそくなると思うから　ごはん食べていてね。
まず、1、ごはんをたく。
　　2、おでんをおかずにする。
　　3、冷ぞうこの中のカレーをあたためてたべる。牛乳もはいっているから　よく
　　　かきまぜながらあたためる。
火は気つけるんだよ。
◎**長男から　「ありがとう。がんばってね」**

1980年11月10日（長男小学4年、次男1年）
兄ちゃん　リクちゃん　おかえり。

大ニュース、大ニュース！　ヒヨコの声がきこえるよ。


1981年2月2日（長男小学4年、次男1年）

兄ちゃん　リクちゃん　おかえり。

スパゲッティはさらにもりつけてあるから、レンジで1分から2分あたためて食べてね。

せんたくものとりこんで、たたんでおいてね。

インコの子どもたちが　インコの父さんからかごごし（籠越し）でエサをもらっていたよ。まだ、親ばなれしてないようだね。

1981年3月5日（長男4年　次男1年）
兄ちゃん　リクちゃん　おかえり。
オープンサンドがまってます。
冷ぞうこの紙ぶくろにはいっている「かき（柿）」、オカくんのうちへ「食べてください」といってあげてきてちょうだい。
◎長男から「うん　市民文化会館で野球してるからね　（トモ・リク）」

1982年月2月9日（長男5年　次男2年）
兄ちゃん　リクちゃん　おかえり。
しあいは勝ったでしょうね。おつかれさん。テーブルの上のふかしたさつまいもたべてね。
◎**長男から「ナカ君、コヤ君（長男の友だち）、おいしい　おいしい　うまいだって」**
1982年4月22日（次男3年）
◎**次男から「じどうこうえんで　やきゅうをしています。きてください。リクより　とけいをもっていってます」**
1982年4月28日（次男3年）
リクちゃん　おかえり。
◎**次男から「カトウくんのいえへあそびにいってるので、家でまっててください。リクより」**

次男の大学入学とともに、「おかえりノート」は終了した。その後は、お腹を空かせて帰る息子たちへの、おやつに関する短いメモを置いておくだけになったが、心も満腹してほしいと念じたものである。メモは小箱にいっぱいになり、我が家の歴史の一面を物語っている。

時が過ぎ、とうの昔になっていても、その日その日の彼らの顔が、今も鮮明に甦ってくる。記憶の中にしがみついて取れない。飛び立った息子たちに「ちゃんと食べて頑張るんだよおー」と今日は宙にメモした。

13　わが家の野球小僧物語

息子たちが幼児期、少年期のころ（１９７５～１９８５年）、子どもの好きなものと言えば、〝巨人　大鵬　卵焼き〟と言われていた。我が家でも「大鵬」抜きの「巨人　卵焼き」が大好きだった。野球シーズンのテレビは巨人の試合で独占されていて、息子たちの応援歌も鳴っていた。勝っているときは言うまでもなく、試合が終わってもニュースで、さらにチャンネルを変えて同じ勝利を何度も喜ぶ。そして翌朝、次男は字も読めないのに、新聞受けに走り、喜びをもう一度かみしめる。でも、巨人が負けると、テレビはひねり消されて、監督、選手への怒りが飛ぶ。家中不機嫌の暗い雰囲気が漂う。我が家のGIANTSへの憧れは、着るもの、かぶるもの、持ち物ありとあらゆるものが、巨人のオレンジカラーで染められていた。

長男は3歳のころ、万博公園で父とボール投げをしたあたりから野球との繋がりが始まり、父とのキャッチボールを続けて6歳になったとき、本式のグローブを買ってやることになった。彼は左利きである。しかし、学校では鉛筆も箸も右利きの指導を受け、田舎の祖父さん祖母さんからの注意もあってなのか、父親が買ってきたグローブは、案の定右利き用であった。そもそも保育園で使う右利き用のハサミでさんざん苦労したのに、言うまでもなく、右利き用のグローブではうまくいくはずもなく、長男が右手で投げたボールは3歳の弟にも劣った。不都合はあっても、授かった左利きのままがこの子の成長を一番妨げないのではと、私は主張した。それでも不安で、専門書らしきものを調べ、海外版の〝Left-hander〟まで読んだ。喧々諤々と議論したうえ、父親は再度阪神デパートへ。そして新しい左利き用のグローブが長男の右手に。今度はのびのびと投げた。飛んだよ、飛んだ、ずーっと遠くまでも。

一方、次男は兄の影響で、2歳頃から父や兄とボール遊びの機会に恵まれていた。よくお世話になっているシュンくん家（長男の友だち）で、おじちゃん、おばちゃんが「チビちゃんなのに、一人前にバットを振るんでおもろいのよ」と相手してくれたりで、楽しさを覚えた。兄たちの草野球に入れてもらうまで、父や兄とのキャッチボールやノックで実力を磨き、字も読めないのに、『ジャイアンツ野球教室　打撃編』などという本を父親にせびって買い込み、何度も眺めていた。

野球の試合がたまらなく楽しくて、いつでもどこでも、4人集まると試合をしていた。三振なしとか、セブンボール（フォアボールではなく）とかの変則ルールのどこでも野球（駐車場、公園、空地、座敷）で、日が落ちてボールが見えなくなったらゲームは終了となる。いつだったか、5年生兄ちゃんたち3人組 対 竹内兄弟組（3年生の兄と5歳の弟）の試合では15：13で竹内組が負けて、次男は大粒の涙で帰って来たことがある。もちろん、相手によって勝利もある。座敷野球では父母 対 息子たちの戦いになる。毎回息子たちの勝利に終わる（ごまかしルールもあり）。

保育園の年長組になると、ルールも身についてきているもので、保育士先生混じりでの野球ごっこが盛んになり、次男は保育園でも、野球一色の生活がしばらく続いたときがあった。この楽しい遊びも、兄ちゃんグループが大勢になると、次男は「まだ小さいから」と言って入れてもらえないか、入れてもらってもきまってボール拾いの役になる。はじめの頃は入れてもらうだけで嬉しくてくっついていたが、だんだん不満がたまってくる。上手くなりたくて、父、兄をつかまえては練習、彼らがいない時は門壁を相手に腕を磨き、野球盤で何かを学んでいた。

そんなある日、兄の3年生組の草野球試合で、たまたま人数が足りなくて、5歳の次男が外野手としてやとってもらった。チャンス到来だ。嬉しくて命かけての踏ん張りを見せた。幸運の神がついていたのだろう。大きい2本のヒットを放ち、先輩たちを驚かせた。

自信増幅である。

翌日、保育園で保育士先生も一緒の野球があり、先生から「バットを構えた姿がさまになっていて、とてもかっこいい！　打ったボールは保育園外に飛んだので、キャーッと女の子たちの黄色い声。本当に素敵」の記載をいただいた。

当時、市では、子ども会活動の一つとして、1校区に3、4チームの子ども野球クラブがあり、ボランティアのおじさんたちの監督の下で、子どもたちが野球を楽しむ組織があった。息子たちの小学校区の子ども会のソフトボールクラブがそれに所属していた。金銭的負担なしで、小学3年生以上の町内の小学生は男女問わず誰でも入れた。息子の小学校区に4チームがあり、父親や校区に住むおじさんたち4、5人がコーチで、毎日曜日午前中、小学校の校庭で練習と試合があった。野球専門の管理、監督下のリトルリーグとはだいぶ違ってはいるが、息子たちがこれまでやっていた野球、つまり、集まった全員がじゃんけんで敵味方に分かれて、練習などせず始まる草野球とも、また違っていた。

長男は3年生になってすぐ地区クラブに入会した。会員は50人ほどで3分の2を男子が占めていた。長男は3年生だが、ポジションはピッチャー。マウンドに立つときは家族応援団も出動である。次男は恥ずかしくなるほどのありったけの声の応援で励ます。勝ったときは、「この次、旗を作って、兄ちゃん頑張れと旗振るねん」と、長男以上の喜びようであるが、奮闘むなしく惜敗のときは「ぼく、来年勝ってやる」と慰めをする。こうして、毎日曜日、長男たちの野球練習がすむまでじーっと待ち、解散となるや、長男やその友だちに飛びつき「野球しよう、野球してね、ねっ」と付きまとう。まるでハイエナ。兄たちはまた、優しい！　疲れているのに相手をする。子ども社会のいい関係があったのだ。

そのころ、長男が書いた記事が彼の小学校新聞、第155号に載っているのを見つけた（1979年7月号）。

今一番たのしいこと

3年4組　竹内　知樹

毎週日曜日5時半に時計のベルで起きる。ふんばって目をあける。みんな集めて小学校のグランドに着くと、みんなが待っててくれる。じゅんび体そうをしてからキャッチボールにとりかかる。（中略）

し合はとてもおもしろい。勝つとその10倍くらいたのしい。それにしても負けてばかりいるので、どうにかして勝つ方法はないかと今、僕は考えている。だれにもうてないような下投げの速い球を投げようと。いやなこともあるけど、毎週日曜日がくるのが、とても楽しみだ。

1980年3月。長男も入っているもので、次男もソフトボールクラブに入りたいのだが、年齢制限や身体の大きさから相手にされず、笑い飛ばされていた。ところが、長男たち仲間に入って日頃やっている草野球では、彼らにそれほど引けを取らないというような自負もあり、なんとか入れてほしいと言う熱望には、どんな説得も叶わなかった。兄も加勢。そこで、恥を忍んでコーチにお願いしたところ、コーチは本気でテストを提案してくれた。実技のキャッチボールと1年間ボール拾いに耐えられるかの面接であった。結果はなんと、年齢制限を無視にしての合格であった。次男は嬉しくて狂いそうな日曜日だった。小学校入学の嬉しさなど比較にならないほどの喜びようであった。

長男は小学3年から、ほとんどサウスポーピッチャーとして活躍したようだ。一方、次男はピッチャーになりたかったのだろうが、兄ほどの力はなく、またどこのポジションでもなんとかできるということで、その日の参加者によりいろいろの役に回っていたが、多くはショートで活躍した。

1980年4月、長男4年生、次男1年生兄弟のソフトボールクラブでの生き生きとした生活が始まった。草野球より一回りも二回りも広い、のびのびの世界であった。日曜日は全身全霊をかけて白球に食らいつく日である。土曜の夜は意識して料理を考え、彼らを応援するように心がけた。餃子を作ったら、チビでさえ33個も平らげた。わらじのようなトンカツもいつもの応援団だ。勝ちますようにと。

学校で、長男には、もう一つ生き生きする「絵」の授業があったが、弟は、授業は「つまらない」の生活であった。ダメ親は先生からいつも注意を受けていたが、「学校が楽しい」という息子たちの生活を「よし」とした。

長男は先生から「このような子は、アメリカで学ばせるといいんだけど」と言われたが、何が問題なのかいまだにわからない。左利きだったので「文字は右利きで書きなさい、箸も右手に持って食べなさい」と注意を受けたのは覚えている。

一方、次男はほんとうに先生には〝都合の悪い子〟であったようだ。忘れ物、けんかはよくあることとしても、先生を困らせたのは授業中のおしゃべりだった。あまりにも保育園児そのまんまであったのだ。困ったあげく、次男を教室の最前列で、教壇のすぐ下の席に座らせると、授業中ほとんど後ろを向きっぱなしでしゃべるという。

「先生、すみません。一番後ろの席においてください」

先生、唖然！　この母にしてこの子あり。私にもいい案がなかった。

ところが不思議にも、宿題もテストもちゃんとできていると言う。気になって次男に不思議を問うた。宿題は、先生が他の子を調べて自分のところに回ってくるまでの間に終わるし、10分で先生の言ってることがわかるんで、テストはできるんだ。あとの時間何もすることないんだ、と言う。「そうだなあ……、でも、他の子たちにチョッカイかけるのは迷惑やなあ」と、こんな子はどのように指導したらいいのか、結局案なしのままであった。

次男がソフトボール部に入部して１年になる頃、その日の出席者が敵味方に分かれての試合があり、長男はピッチャー、次男はタマ拾いとばかり思って行ったら、なんと次男がマスクをかぶり、キャッチャーをしている。みんな巨人カラーのユニフォームなのに、次男だけトレーニングウエア（ユニフォームがない）。ひときわ高い声で「きばっていこう」とナインを締める。ヒットも打つは、3塁フォースアウトをとるは、なかなかかっこいいことしている。チビなのにでっかく見えるね。親はびっくり。あれだもの、楽しくて、楽しくてしかたないよね。一週間は、日曜日のソフトボールのために生きているんだよね。勉強にはご無沙汰しながら、楽しく夢中になれるソフトボールクラブも2年目になった。夢のユニフォームもほしかった。でも耐えた。時に、試合を見ていたあるおっちゃんが、息子さんのお下がりを届けてくださった。飛びあがって喜び、次男にはブカブカの大きさであったが、さっそく着ては寝るまで放さない。そんなに嬉しかったんやね。

息子たちにはソフトボールが単なる遊びだけではなく、市内の他の地区のチームに〝勝ちたい〟という夢というか、目標とかいうものを持っていた。だから、楽しさの中にかなり涙ぐましい努力もあった。日曜日以外の日でも、目覚まし時計をたよりに、朝5時半頃起きて、校庭を10周も走る練習をしていた。土曜日の深夜、研究室から帰ると、二人ともユニフォームと目覚まし時計を枕元に、楽しいあしたの夢の中であった。

「起床時刻、間違っていたので直しておくね」

ソフトボールの地区大会で勝つと、市教育委員会主催の中央大会に出場できる。そこでは、それぞれの地区で勝ち抜いた10チームが優勝を目指して争う。長男が最終学年の6年生のとき、息子たちのチームは中央大会を目指し戦ったが、惜しくも一番になれず出場できなかった。それでも、地域は久々の準優勝を喜びあった。長男がピッチャーであったが、3年生の次男は出番がなかった。

次男は4年生になって、地区大会でピッチャーで出ると言うので、大きいトンカツの弁当にした。昨年の兄のピッチャーに比べたら、今年の次男のピッチャー抜擢は、とても可哀想であった。人材がいないので、仕方がなく、どこのポジションもなんとかやれる次男に役が回ったのだ。頑張って頑張って投げ続けたが、4チーム中3位であった。「立派、立派」と称えてやった。それから3年の間、次男はいろいろなポジションに付きながらソフトボールクラブを引き継いでいった

詩人、坂村真民の「タンポポの魂」で詠われているように、「踏みにじられても　食いちぎられても　死にもしない　枯れもしない……」の根強さで、明るく楽しくソフトボールクラブに通い続け、6年生になった5月、地区大会が次男の小学校で開催。緊張しきったものがはじける瞬間のあの爆発力を見せてくれた。キャプテンとしての責任感と統率力で、久方ぶりの中央大会出場権を勝ちとった。

7月、前日までの雨があがり、まずまずの天気であった。父親は息子のプレーを撮りたくて、カメラをかついで、朝はやばや出かけた。朝7時から練習、9時中央大会開催。次男のポジションはショート。ボールに食らいつく、素早いスローイング。秒速機械のよう

な素早さ。決勝戦では3番バッターでホームランを打ち、1点差で優勝を勝ち取った。相手チームの監督は「あのショートに殺された。敵ながら見事だった」と称えたという。その身のこなし方に親バカ2人は「フーン、フーン」と驚きと感心の大満足。ピッチャーが打たれて緊張し、コチコチになると、流れを変え、緊張をほぐすために、審判にタイムを出す。内野手を集め、ピッチャーをかばう。肩を叩いている。いっちょまえの野球試合を見せてくれた。監督コーチは「監督いらんですわ」と笑っている。

ここまで来るには大きなモーテブフォース（原動力）があったのだ。優勝を兄に届けてやりたいという念願が。そうなんだ。市の大甲子園大会出場、そして大甲子園優勝の夢が。コミックの『大甲子園』をボロボロになるほど読んでいた。いつもトイレにあった、いつもベッドに置いてあった。とうとうやったあー、優勝！　戦った50チーム中の優勝。地区の23年ぶりの優勝であったという。

優勝旗を受け取る。土と汗にまみれた晴れ晴れの顔。小学1年から6年間積み上げたものが大きな力になって発揮された。そして「夢を持って頑張ればできるんだ」という精神力を彼に残してくれた。長男は今でも「彼は名ショートだった」と称えている。その後、次男は遊びの野球以外、部活動で野球をすることはなかった。

一方、長男は燃え尽きていないらしく、中学、大学と野球部に身を置いた。小学校時代から地元の絵の先生から油絵の手ほどきを受けていたが、先生は、大阪市中之島の教室でデッサンからの本格的学びを、と心を込めて勧めてくれた。中学1年の1月、近郊地域の防火ポスターでは、３００点もの出品作の中から最優秀賞を受賞した。教育委員や国会議員などの偉い人達が出席した市の消防出初め式で、吹奏楽演奏の「乾杯の歌」で称えられながら表彰された。

絵が好きであれこれ賞をもらいながら、とても迷ったが、野球を諦められなかったようだ。どこで誰が見ているのか、ピッチャーで、左利きで、背が高いことからだろうが、中学校入学当初、バレーボール部の先生やＯＢから自宅にまで彼への入部依頼があった。ありがたいことであったが、長男の意思は固かった。中学の時、大阪市日生球場で行われた第36回大阪中学校優勝野球大会（大阪府教育委員会、大阪中学校体育連盟主催）で、長男はライト前に2点タイムリーを放つなどして、彼の中学校は１３７校中ベスト8に輝いたことが新聞に載った。高校時代も野球を続けるつもりでいたらしいが、ハンドボール部からの左利き選手としての要望でそこに籍を置いていた。そして大学、やっぱり野球部。１９９５年6月、京都の西京極球場で行われた国立七大学総合体育大会の七大戦硬式野球大会で、彼はマウンドに立っていた。親バカ2人はそこにも応援に駆けつけた。息子たち野球小僧がくれた二足のわらじの「幸せな時間」であった。

14 『トロッコ』の良平と一緒や

長男が中学1年の時、芥川龍之介の『トロッコ』を読んで、自分もトロッコの良平と同じような体験をしたことを話したことがある。

小学1年の夏休み1日目のことだった。市では夏休み学童保育は各校区ではなく、市内3カ所で実施されていた。息子が行くのはその一つ、児童文化センターになる。自宅から児童文化センターまでおよそ3キロの道のりであるが、遠い上に、一本道でなく、いろいろの道順があり、子どもには難しい道であった。そのせいか同じ校区の仲間はみな不参加となった。息子は1人では心細く、不安はあったに違いないが、児童文化センターという楽しそうな場であり、他の校区の子どもたちとも一緒なので、好奇心が参加を決めたようだった。朝、私もセンターまでの初めての道を息子を送っていった。天才的な方向音痴が「ここ行ったらいいのかな」と何度かさぐりながらやっとたどり着いたのは、家を出て1時間も過ぎていた。

夕方5時、楽しい日であったかなと期待しながらセンターに着くと、すでに閉まっていた。もうみんな帰ったあとだった。開所時間は9時から5時まであったはずなのに。指導員さんも帰ってしまったようだ息子は、待てど迎えにくるはずの母の姿はない。母と朝来た道は、どっちなのかわからない。夕暮れは迫る。ひとりぽっちの心細さと怖さで、泣きたいけど泣いても助けてくれる人は誰もいない。見知らぬ道を帰らねばならなかったのだ。見覚えのない街並みを無我夢中で走りに走った。見たことがある街の建物が見えるまで、つまずこうが、涙が出ようが、心細さに胸が破裂しそうなのをこらえて、走り続けた。いつの間にか母とよく通る商店街に出た。込みあげてくる涙がとまらなかった。嬉しくて一目散に家へと走った。ところが母はいなかった。

一方、私は息子はどうしたか気が気でなかった。センターからの道を半泣きで家へと走った。玄関を開けた途端、「ワアッ」と息子が泣き叫んで飛び出てきてしがみついた。心細さ、怖さ、哀しさで張りつめていたものが爆発するような大声で泣いた。しばらく泣きやまなかった。私も安堵に込み上げるものがあった。

「人生とは孤独なんだ、誰にも頼れない道を歩かなければならないんだ」ということに、長男はあまりにも小さい時から出会わなければならなかった。やむを得なかった出来事が長男には大きな体験として生きると信じたい。そのときには、呪うほど憎き母を許してもらえるであろう（一応弁解させていただくが、この日は指導員さんの勘違いで早く閉めてしまったということだった）。

15　握り拳

午前2時、私は本に伏せってすっかり寝入っていた。次男が玄関を開ける音も、2階に上がる音も聞こえなかった。目が覚めて、次男は帰宅したのかと玄関へ行ってみると、真っ黒いタールがべっとりついた27センチの運動靴とガソリンの臭いがしみ付いた軍手があった。私は息子の無事帰宅を見て、安堵の床に就いた。朝6時、起きたらタールの運動靴と洗いざらしの軍手はもう無かった。

高校を卒業した息子は、昼は土建業、夜はガソリンスタンドで滅茶苦茶に働いていた。納得した生き方であるとは信じ難く、彼の葛藤と寄り添い解決へと急き立つ日々であった。だが彼は、親との話し合いなどは言うまでもなく、顔を合わせることさえも徹底的に嫌い、抗った。自分が信じているしつけの押し付けと、「○○教育」にとらわれた教育観から抜けきれぬ親を見抜いていた。しかたなく、文字に思いを込めて彼の部屋に手紙を入れるが、目もくれず、くちゃくちゃにして投げ返してきた。

思えば、次男が中学3年生のとき、私は研究への焦りに耐えきれず四国に単身赴任した。通勤可能な区域に適当な公募はなく、やむを得なかった。一番の悩みは学校での次男の昼食で、業者に毎朝、昼の弁当を届けてもらうようにした。だが、彼は断ってしまった。学校では、仲のいい友だちもたくさんいて、「みんなの弁当から少しずつつまむんだ」と心配かけまいと嘯いた。この言葉は心の奥底までも突き刺さった。なんともしがたいとげとげの感受性期に、母親不在という不安を引き起こした罪に、今もってさいなまれる。

思春期に問題を起こすことはよくあることだが、教師への人間不信が彼を学校から遠ざけた。ぐうたらな自分に身をゆだねる気は毛頭なく、土建業やガソリンスタンドで身を粉にして働いていた。岩のようにゴツゴツした手と黒光りする背から噴き出る汗を見せる工事現場の人間力は、自分って奴を見つめ直させ、大きな転機を与えてくれた。

土砂降りの雨の日、次男は珍しく休日をとった。私はこの機を逃がしてはならないと話を切り出した。彼は無視を装う。私は怒りとも哀しみともつかぬ感情を抑えきれず、「やりたい仕事を精一杯やるんだ」と攻め続けた。そのときである。彼はいよいよ我慢ならんといった目付きで私を睨み、何か大声で怒鳴り、拳を振り上げた。が、次の瞬間、拳は洗面所の扉を力の限り殴りつけていた。それから間もなく、次男は家を出た。少しばかりの受験参考書とともに。

哀しみの中で、次男が稼いで手にしたラジオやゲーム機や漫画本を片付けながら、私はやっと気がついた。扉を殴りつけたあのとき、息子は葛藤を絶ち、やりたかった医学の道へ旅立つ決心をしたのかもしれないと。むごたらしい自己嫌悪と闘い、自己鍛錬する彼を見守りつづけたラジオ、ゲーム機、漫画本に「ありがとう」の涙が土砂降りのように落ちた。

息子の部屋の窓の外では、朱色の柿の実が一つ寒風にさらされていた。次男は今、脳外科医として患者のベッドサイドに立っている。

16 息子の土産

「んじゃ帰るわ。風邪に気イつけてや」という声に、見送りに外に出たら、もう姿はない。朝の冷たい空気だけが大きく揺らいでいた。昨晩は、次男が持ってきた「土産」の、研修医として働く小児病棟の話にじっくり耳を傾けた。

すっかり大人になってしまった。あのハデハデの茶髪姿は影もない。かかとを踏んづけたズックではなく、革靴まで履いているではないか。

そんな次男が帰った後は、いつも「あのとき」に戻ってしまう。親としての無力さに打ちひしがれていた日々に。

彼が中学3年のとき、私は四国に単身赴任した。大人への入り口という大事な時期に。葛藤を抱きながらの決断であった。明るい友だち百人もいる中学校から、四面が高等学校を大学への通路とするような進学校に入った。価値観の違う者同士がゴタゴタぶつかりあいながら生きていくことが成長につながるのだが、彼は何か受け入れられない価値観を感じ取っていたのかもしれない。さらに、神様の次に並ぶ聖者として拝んでいた教師の言動が、彼を失望させ、不登校を決定的にしてしまったのかもしれない。

週末、四国から帰宅しても、家に彼の姿はない。日中は泥まみれになって土建業で、夜間は油まみれになってガソリンスタンドに立っていた。「うるせえなあ、捨てたんとちゃうか」が、毎週繰り返された。彼が外での出来事をすっぽり袋に入れて「土産」にして持ってきたところで、受け取ってくれる者がいない。安心して、好きなだけ我儘が言える場がなかったのだ。

やがて、彼は家を出て、塾に行っても塾のペースの授業では無駄と言って、自分のペースでひとり勉強し、ついに国立大医学部入学を手にした。驚きは計り知れなかった。これこそが私への「息子の土産」である。「風邪に気イつけてや」は私を泣かせてしまう。


（２００４年１月）

17　かばい合い、育ち合いの兄弟

長男の遊び仲間に、いつもひとりだけ背丈の小さい子がいた。３つ違いの弟である。長男は仲間から「弟は邪魔だから連れて来るな」と言われながら、泣き泣き付いて来る弟をひとり置いて自分だけ遊びに行くなどの気持ちは微塵もなく、いつも金魚の糞のように付けていた。体力的にも知恵のうえでも、７歳の長男仲間に４歳の弟が付いていけない遊びはいくらでもある。そんなとき、長男は仲間と遊びたい自分を捨てて、弟と遊んでくれていた。

　長男は弟をとても可愛がった。生まれて名もない赤ん坊の頭を「いい子、いい子」と撫で回したり、顔に頬ずりしたり、その喜びようは周りの者たちをも幸福感に包んだ。

「ママ、リクちゃんミルクだよ」

「ママ、リクちゃんママにだっこしたいと泣いているよ」

　悪いことした弟を叱ると「怒るな！　リクちゃんは小さいんだから」とくる。牛乳でお腹いっぱいになり、残りの牛乳をテーブルにまき散らして遊んでいる弟から食べ物全部取り上げると、長男は自分の食べかけていたパンを半分あげている。

　ところが、こんなふうに長男は弟のご機嫌だけをとっているわけでもなかった。長男7歳のとき、弟の保育士先生から「ほんとうにいいお兄ちゃんですね」と、めずらしく長々と綴った連絡をいただいたことがある。長男は、夕方いつものように保育園に弟を迎えに行ったら、弟は仲間と手押し車で遊んでいて、弟が乗って、仲間が引っ張っていたところだったらしい。弟は兄の姿に気づき、「止まって」と大声で何度も叫んでいたが、止まらなかった。やっとのこと止まったら、弟はその子の頭をポカリと叩いた。叩かれた子は声を張り上げて泣き出した。それを見ていた長男は「あの子は必死で引っ張っていたので、止めてと言ってるのが気付かなかったんだ」と説明して、「あやまってこい」と懸命に説得していたらしい。弟も納得して、叩いた子に頭を下げていたと言う。ほのぼのとした兄弟愛の情景を眺めていた先生も、おだやかな笑みを湛えながら綴ってくださったに違いない。

小児喘息でせき込む弟のために、学童保育教室で作った魔除け人形を、弟の枕の下に置いてお祈りしてあげたり、絵本を読んであげたり、夕方、自転車の荷台に弟を乗せて帰宅する長男の日常もあった。

その光景を「今日も弟さんを乗せて兄ちゃんが通りましたよ」と、店先のおばちゃんたちは２人の無事をいつも笑顔で伝えてくれた。

弟は兄のようになりたいという憧れやら、競争心やらは持っていたであろう。ブロックの奪い合いのような小競り合いもよくあったようだが、本気の取っ組み合いのけんかはほとんど見ることとなかった。

父と長男の大げんかでも、たとえ長男に落ち度があったとしても、弟は父の足にしがみつき、兄に触れさせまいと踏ん張り、兄をかばったりしていた。保育園の遠足では、子どもたちに園からの土産が出る。それを兄ちゃんにと持ち帰ったところ、長男の好みでない八朔であった。「ごめん」の顔とともに、自分の小遣いを持って出て行き、手にしてきたのは長男の好きな20円のガムであった。長男は弟の頭をなでなで喜んだ。長男が高熱で伏せていれば、４歳ながらも兄の世話をする。

兄ちゃんが大好きで、兄のやることなすこと、何でもまねて懸命に努力する。長男の絵の受賞式にも、授業参観にも、もちろん野球の試合にも長男のレベルをつぶさに眺め、それを目指し、努力する。

愛おしいとさえ思えた。

長男は弟にとって遊び友だちであり、時に先生であり、時に親であった。

長男は、他人のつらさを自分のつらさのように感じる優しさをもっていた。その優しさは、弟だけに限ったことではない。長男5歳のときであった。年の瀬も迫り、大掃除、ささやかながらも家族のおせち料理の支度、そこに明けてすぐの班会議発表の準備と、疲れた母の顔があったのだと思う。

「お母さん、やせたみたい。ぼく大きくなったら、リクと買い物もするし、ご飯も作って、お母さんにいっぱい勉強させてやるねん」と。

小学生時代には、「べったになるから学校へ行き」と、研究時間のない母のつらさを感じとり、母が夜、研究室に出ることの寂しさを耐えていた。それなのに、親は歩を止めて悩みはするものの、長男の優しさにただただもたれかかっていた。

ところが、次男の「魔の高校時代」という事態が起こった。次男は学校に適応できない状態に、教師や生徒に対して異常な緊張、拒否感を抱き、豊かな人間関係の構築ができず、不登校という状況になった。担任教師も親も登校を強いる価値観しか持たず、彼はどれほど苦しんだか計り知れない。彼は教育の価値は否定していないだけに、血みどろの葛藤に悩まされていたに違いない。閉じこもるわけでもなく、土建業やガソリンスタンドでむちゃくちゃに働いていた。学校への登校は泣きながらも、出席日数と各教科の単位を取得することは計算に入れている冷静さは持っていた。学校へ行くことがどれほど苦しいかわからない親に、「友だちにノート借りて勉強し、最終試験は受けるから心配せんでいい」というメモを置いたりしていたことからも、前を向いて生きていたのだ。愚直な親に見切りをつけて家を離れ、身も心も落ち着ける居場所は仙台にいる長男のアパートであった。長男には弟の不安を取り除き、葛藤をときほぐす「情の手」があったのだ。

しばらくして、弟は将来に向かっての険しい崖を登り始めた。医師になる遠い夢をたずさえて。長男のところにやって来る友だちとも仲良しになり、精神的脱皮もあったのだろう。長男は弟のとてつもない精神力を知り尽くしているので、前へ引っ張りもせず、後ろからを押すこともなく、ただ脇を共に歩いてくれていた。自分の実力を確かめるために塾に入ってみたが、あまりにも自分の実力の低さにさらなる覚悟の立て直しをし、次男は大阪に戻った。見違えるほど「やるぞぉ」の気迫に満ちていた。自分のありとあらゆる甘さをそぎ取り、地元の会館の自習室で朝から夜閉館するまで、ひとり大学受験の勉強にすべてを傾けていた。

そして、ついにやり遂げた。国立大の医学部合格を。信じられなかった。学校にも行かず、塾にも行かず、ほぼ9割近い正解でセンター試験をくぐり抜けて、そして本試験を突破……全身が真っ赤になるほどの喜びで染まっていたであろうに、驚きのほうが遥かにそれを超えていた。このことは私の「人間教育」の考え方に大きく影響している。大学では、弟はすばらしい教師や友人と出会い、医学の道を歩み続けていた。

それから10年も経ってのこと、医者となった次男が兄を助けることが起こった。年の暮れのことだった。研究者となった長男は海外留学から帰り、ラボを持ち、多人数の学生をかかえて昼夜なしにも等しい活躍ぶりであった。「兄が倒れた」の連絡が入ったとき、弟は年中行事のようになっている年末の病院越冬隊であった。外科医は何もかも速い。オロオロしている親など眼中になく、次男は大阪から駆け付け、東京の兄のベッドのそばに。救急搬送の遅れ、治療処置の疑問など主治医との話し合いだけでは解決せず、教授との必死の話し合いで治療法を決めて、すぐに大阪に戻った。自分の患者への責任があり、大阪を離れることはできなかったのである。主治医が替わり、日毎、東京から送られてくる治療状況の確認が何日か続いた。「あのときは危なかった」と、今もホッと胸をなでおろしている次男である。

息子たちは長い間一緒に暮らし、楽しかったこと、嬉しかったこと、悔しかったこと、わびしかったこと、哀しかったことを共有し、互いにいたわり、信頼し、育ち合い、かばい合い、助け合った。私は「ありがとう」と言い続けている。彼らからの励ましや助け、そして喜びは計り知れないが、息子たちの兄弟愛が私には一番貴い贈りものである。

18　小さな庭

ガラス戸越しに庭が見えるところに机をかまえ、私の居場所としている。小さな庭である。息子たちがピューンの花と呼んでいた山茶花も、木登りと蟬取りに興じた樫の木も、ゆずり合いながら生きている。長男一家がカナダに発つ前、長男の妻が片隅にと言って植えていった沈丁花も、我が家の水を吸い上げ、背を広げ始めた。樫の木には、時にハトの粗雑な巣がかかる。梅雨明けには、蟬がうす緑色の羽を広げてデビューする幻想的舞にも出合う。自然まかせの庭は、いつも、ところ狭しとハコベ、オオバコなどの生命力の旺盛な雑草がはびこり、その間を縫うようにアリの行列が行き来する。木陰の石ころの下は、きまってダンゴ虫の住処。体を丸めるダンゴ虫を１つ、２つと数えながら、ガラス瓶にこぼれるほど詰め込んで喜ぶ幼い息子たちの夏もあった。

季節が回り、時が進み、息子たちが大きくなって、どんなに遠くに飛び立っても、この小さな庭には、彼らのかん高い笑い声がある。

（２００３年９月）

19　本というもうひとりの私

蔵書が増え続けて、狭いわが家ではよく騒動の種になる。専門書は特に集中攻撃を受ける。日々進歩する科学分野の古いものは処分してもいいと思えるものもあるが、絶版になっている本、大学図書館にもない本、留学時に苦労して手にした本は、やはり手放す気になれない。

だが、騒動はそれら専門書だけで起こるのではなく、町の図書館や本屋でも見かける絵本、童話の本、文庫本まで大事にしているところにある。

しかたなく、しばらくの間、これらの本を段ボール箱に詰め、積み重ねておいたが、残酷さに耐えきれず、借家に移動させた。箱から顔を出す、かつて心を通わせた一冊一冊の本との再会はたとえようもなく懐かしく、その時の感動までも甦ってきた。

私が、この本たちを本棚という居場所に落ち着かせ、一緒に暮らしたいと思うのは、私が私を育てるのに頼りにした本であるからだ。それぞれの本が、その時々の私の一部をつくり、いくつもの一部が今の私の中に生きている。手放せないのは、これらの本たちがもうひとりの私であるからなのである。

20　至福の時間

突然、真っ暗になった。天王寺への地下鉄で、いつものように本を読んでいたときだった。電車はすでに止まっていた。あわててホームに降りたが、客は私だけのようで、ここがどこであるかを尋ねる人影もない。やっと見つけた駅員さんから車庫であることを知らされ、「しまった」とあわてて大学に電話を入れた。講義時間の遅れのお詫びの連絡である。

通勤の電車の中が読書室になったのは、子育てのころからであろうか。雑多なスケジュールから身も心も切り離し、自分を集中できるのは、この時間をおいて他になかった。全身の渇きを潤す時間であり、空間であった。

あれから20年、たっぷりの読書時間があるのに、このスタイルは今も続いている。精神を集中できる不思議な場になってしまった。年齢のゆとりは、早朝とか、各停乗車、あるいは一つ前の駅からの乗車である。ホッと一息ついて腰をおろす。さあ、幸せの時間。栞を抜いて昨日の続きを行く。20、30分の乗車時間で物語は切られてしまうが、乗り換え電車を待つ間、物語の情景を思いめぐらし、幸せをさらに膨らませる。最後の下車駅で、また栞を挟み、幸せを明日につなげる。

学生に講義の遅れの言い訳をしたら、手を叩いての大爆笑が鳴り止まなかった。続けて私を車庫にまで連れて行くほど虜にした物語に話を移すと、水を打ったように静まり返った。大きくうなずく者、固唾をのむ者、涙している者たちのぎらぎらした目は、枠組みにとらわれた講義ではめったに見られるものではない。邪道の講義が、暑さの中で励む学生たちの一服の清涼剤になってくれたらと、教室を後にした。

21　1つの輪

風は音をたて、細かいガラスのような雪片をつむじに巻きながら舞い上げている。スノーブーツとダウンコートに身を包んだ親子連れが、前かがみになって小学校へと向かっていく。12月のトロントの夕刻、だいぶ冷え込んでいる。

この夜は、孫が通うパブリック小学校でクリスマス休暇前のホリデイコンサートが催された。孫は4歳の園児だが，小学生の児童たちと一つ屋根の下で生活を共にしていた。学校はダウンタウンの中心街にあり、その辺一帯は、国際的評価の高いトロント小児病院をはじめ、プリンセスマーガレット病院、マウントシナイ病院など7つもの大病院が堂々とした風格で居を構えていた。そんな高層ビルに囲まれた、可愛いいおもちゃ箱のような建物が、各学年20人ほどの園児2学年と児童6学年が通う小さな小学校である。

会場となる体育館前で、手の甲に押印のチェックを受け、中に入った。２００席ほどの椅子はすでに満席で、立見席の客となってしまった。会場の三方の壁は子どもたちの夢いっぱいの絵で飾られ、前面のステージには大きな垂れ幕が下がっていた。垂れ幕には、学校の教訓であろうか、Peace（平和）、Love（愛）、Joy（歓び）の文字を、手をつないださまざまの民族の子どもたちが1つの輪になって囲んだ大きな図が描かれていた。１つの民族の中だけ生きていたのでは気づきようのない世界に圧倒された。

コンサートは子どもたちの手で進められた。司会は英語、フランス語、北京語、広東語の4カ国語で、Tシャツで生き生きと話す子もいれば、中国服で可愛らしく話す子もいた。丁寧な司会の後に、まるで揃っていない園児たちのダンス。それぞれの懸命な我流が会場の笑いを呼び、和やかな空気を作っていた。孫も我流のテンポで懸命に、ぎこちなさ一つ見せず、異国での大きな成長を見せてくれた。３年生の合唱の中で、黒人少女のソロはナタリー・コールの少女時代を思い起こさせ、一瞬ほろりとなった。フィナーレは高学年児童たちによる合唱で、５つのグループにわかれた子どもたちが平和を歌いながら、はじめのグループがP、次がE、その次がAと次々に旗を上げ、PEACEの文字を完成していく。会場の父母から「ブラボー」の声が飛び、拍手が長々とつづいた。

移民でできたカナダでは、人々は人種、国籍、宗教を超えて隣人を愛し、尊敬し、助け合う人類普遍の平和を子どもたちに渡している。「一つ輪の友に、銃を向けるはずがない」。

そう、そうなんだ。なんと素晴らしい。私は魂が揺さぶられる思いがした。外に出たら、雪はやんでいた。北風は変わりなく頬を叩くが、心地よかった。

第4章　教育職の日々

オーバー・ドクターといって、大学院博士課程を修了した後、定職が得られず、大学などの研究機関で研究員のかたちで研究している人たちを指す語があるが、今のポスト・ドクター（ポスドク）に似ている。ポスドクのように、給料も研究費もないので、生活は厳しいものであった。私は一時期、湯川奨学金をいただいていた時期もあったが、長い間オーバー・ドクターの身であった。当時の就職難は女性に限ったことではなく、私の研究室では男性でも博士課程修了と同時に助手（現在の助教）として就職できる者は、ほとんどいなかった。多くは　海外で数年間の研究生活をし、日本にポジションが見つかった時点で帰国となる。

私もそのコースをたどらなければならないのに、子持ちということでそれも通ることができなかった。ポジションは基本的には本人が探すのだが、多くは指導教官や先輩を通した人脈などのコネで決まっていた。今は公募という人事もあるが、コネ人事は今も変わらず多くを占めている。コネ人事で弱いのは、なんといっても子持ち女性研究者である。当時の私の場合、研究業績、研究分野から決まりかかっていたポストも、夫が職についているから生活できるとのことで、ポストは人情論で男性オーバー・ドクターに回ったりの状況が消えなかった。先が見えない待機状態から脱け出すには、海外での研究しか見当たらなかった。

私自身にも万難を排して踏み出す決心が欠けていた。ポストがなくても、居心地良く研究ができ、それが研究費獲得にも役立ち（教授名義の研究費）、自分の業績にもなれる。もう一つは「パパいっぱい好き」という息子たちの父親離れの生活の不安が決心をはばかった。長男が小学5年、次男が2年のときであった。ドイツのマックス・プランク研究所の同じ分野の研究室に研究員として採用がほぼ決まり、出発一月前という段階で白紙に戻った。理由は子連れであった。教授の推薦なし（ドイツでの子どもの世話人ありなら可）で、採用側も子連れを知り、突如不採用にしたとのことだった。納得がいかず、国内外の知人からの子連れ研究者情報で気持ちを沈めた。

世間知らずの甘さだった。子どもなしの、あらゆる雑用なしでの研究者が求められていたのであった。もちろん、一人前の男性以上の実績が出ているならば、無条件での採用になるであろうが、女性研究者で採用してよかったという声は少ないし、ましてや、子連れ研究者となると、一般公募ではいの一番に除外されてしまうのが社会的認識であった。さらに年齢を重ねるばかりで、この時点で研究職から教育職に就職先を変えて就活に励んだ。

そんな時、研究室の殿村教授の突然の逝去に出会うことになった。続いての教授は以前の助教授であったこともあり、早急に退室ということもなく、研究は継続できたが、相変わらず身分なし、給料なしの状態であった。就活は多くの先輩、後輩、同じ分野の研究者、教育関係者の励ましとお骨折りをいただきながら、結局、医療系新設短期大学の公募でやっと辞令というものを手にした。

大阪大学では母親が働ける道を作る大切な時期に一つの歯車になって生き、研究者としては未熟のまま舞台は四国に移り、教育者として生きることになった。次男は中学３年の時で、重い決断であった。中村教授をはじめ、研究室同窓生、研究室の皆さんの待兼山会館での身に余るお別れ会に感謝し、第１ステージの幕を下ろした。

１　愛媛県立医療技術短期大学勤務時代

１９８８年４月、愛媛県立医療技術短期大学（現、医療技術大学）の開学と共に着任。単身赴任であった。それまでにも十数年間、資質の高い医療従事者を育てたい一念で非常勤で教鞭をとっていたが、地方での教育こそ意義があるという熱い思いで、はとんどのエネルギーを教育に注いでいたように思える。土地の人たちが安心して、病む身をゆだねることができる医療従事者が育ち、誇りにする大学になってこそ設置の意義があり、また使命でもある。

教育の場は3学科にまたがり、生化学、分析化学とそれらの実習が担当であり、数学、物理、化学、生物の基礎を踏んだ後に学ぶ教科である。学生の中には、これらの学科を踏んでいない者もあり、教育技術に身をもがきながら苦闘する日々であった。考えて行動できる医療従事者の育成を目指し、最低限の基礎力でも、その組み合わせの思考力とそれを発展させる力を具えて送り出したいと念じてやまなかった。

原理の理解を柱にし、現場における応用とつながりを思考できるように、手作りの書で実習を行った。機械・器具・設備の不足の中、グループ実験は避け、個々がテーマに沿った実験を、設定から観察、結果と、その考察まで完了することを指導し、論文作成の訓練を日常的に実施した。医療診断は日々高度化、専門化し、DNA診断などという時代の到来に、遺伝子の授業の必要性を痛感。大腸菌からDNAを分離して、「これが生命の糸、遺伝子をつなげている糸よ」と生命の物語につなげる。「遺伝子の実習は楽しかった」という学生の考察に、描いていた教育像が少しずつ根を下ろしだした喜びを受けた。

学生との付き合いは授業に限らなかった。学生たちは、喜怒哀楽をたずさえてよく現れた。毎年5、6月頃、きまって悩みを抱えた学生がやって来た。時には、夜11時頃、母親と共に現れる学生もいた。ある夜、こんなこともあった。夜9時になると学生は校内に入れないことになっているのに、学校の近くに下宿している学生たちは度々現れる。守衛さんには「明日の試験でわからないところがあって」と言って許可をもらうらしい。「先生のところに灯りがついていたから、あったかい紅茶を持ってきました」と言う。小雪がちらつく夜だった。そのときのうれしさは温かい紅茶は言うまでもないが、温かい心の学生との出会いであった。教師の顔ではなく、先を歩く人間になって、このような学生から多くを学んだ。ひとりひとりを尊重し、じっくり見つめて、求める道へ導きたく共に語り合った。

私の教育を支える力は研究活動であった。学生が受ける講義も研究の伴った内容こそ生きていると信じていた。しかし、教育に重点を置かねばならない現実で、研究時間の不足により体重のかかった大きな研究はできなくなった。そう言うものの、文部省からの科学研究費、三井信託奨励金や愛媛県からの研究費の支援、大阪大学の元研究室での研究許可があり、数回の国際学会、国内学会発表と国際学術論文の発表という成果も残した。

私の研究は肉体労働を伴う実験系なので、ハードそのものであった。これも元研究室の皆さんの力強い励ましと限りない支援があったからできたことである。研究室の私が使っていた実験台も学生時代のまま残してあり、研究機器が使用でき、常に厳しい研究討論ができる恵まれた環境があった。機械器具は借りるにしても、研究時間の不足は解決のしようもなく、先を争う研究では敗者を決定づけられる。研究だけを専門にしている研究者が1年でできる仕事を3年かかって完成したところで、その仕事は時代遅れの廃物である。そんなこと重々承知で教育職を選んだはずなのに、研究は諦められなかった。眠らなくてもやりたかった。そこで、競争のない研究分野を選ぶことになるが、そのような分野は地味で、研究費を授かるのは稀であった。

　1991年2月、愛媛新聞社から研究室訪問という依頼を受けた。研究室などない。学生実習室の片隅を、彼らが使用しないとき借りる。そのような状況が新聞に掲載された。

研究室訪問

○37○

県立医療技術短大

竹内喜久子助教授

（分子生理学）

筋肉の収縮機構探る

血小板の産生と調節も

「臨床医学を支えるために少しでもお役に立てれば…」と、筋肉の収縮機構や血液中の血小板の産生、調節機構などの解明をめざし、ミクロの世界である分子レベルの研究を進めている。

　大学院時代から一貫して取り組んでいるのが筋肉の収縮機構の研究。「小学生のとき、一年上に筋ジストロフィー症（進行性筋萎縮症）の女の子がいて、やがて亡くなった。その家庭は兄弟姉妹が十三人もいたけど、その多くが同じ病気で亡くなった。そして病気が遺伝によるものと、医療に従事していた母親から聞いた。そのときの体験がスタートラインになった」と研究の動機を話す。

　手始めは骨格を動かしたり支えたりする骨格筋の収縮機構の研究。ウサギの足の筋肉を使って実験を進め「骨格筋の収縮は筋肉を構成する主要タンパク質のミオシンとアクチンが相互に作用し、それらの結合と解離の繰り返しで起きる」ことを分子論的に解明。その成果を昭和四十五年に「ミオシンとアクチンの複合体の形成と解離」として論文にまとめ、学位を得ている。

　その後、五十一年ごろから内臓の筋肉を形成している平滑筋の研究に移行。また五、六年前からは非筋と言われる血小板にも目を向け、その収縮機構と血栓（けっせん）の形成や血小板の産生、調節機構の研究も併せて進めている。

　竹内さんは「骨格筋、平滑筋、非筋（血小板）のいずれも基本的にはミオシンとアクチンが同じような機構を持って作用し合っているはず」と推測。また血小板の産生や調節機構などについてもこれらの収縮機構と関連があるとみて、その解明のために光学顕微鏡でミクロの世界を追っている。

　とりわけ血小板の研究では新鮮な血液が要求されるだけにひと苦労。食肉センターで〝処理〟されたばかりの牛や豚の血液をもらったり、亡くなった人の血液を培養したものを利用したり。また自らの腕にたびたび傷をつけて血液を採取したり、文字通り体を張っての実験が続いている。

　ただ悩みは研究室に精度のよい光学顕微鏡がないこと。このため毎週、大阪に通い、母校の大阪大学やご主人が研究員を務めている薬品メーカーの研究所などを訪問。また愛媛大学の研究室も利用させてもらっているという。

　「研究が面白くて仕方がない」という竹内さんは「朝から実験を始めて気がついたら（午後）三時を過ぎていた」というようなこともたびたび。単身赴任だが、それも苦にならない様子。「最近は脳血栓や心筋こうそくなどの血栓性疾患も増えている。研究の積み上げがいつかは病気の治療に役立ってくれれば」と意欲を燃やしている。

◇　◇

　たけうち・きくこさん　大阪大学大学院理学研究科博士課程修了。宮城県生まれ。大阪府立看護短大、大阪女子学院大学の非常勤講師などを経て昭和六十三年から現職。伊予郡砥部町高尾田八六六ノ三。

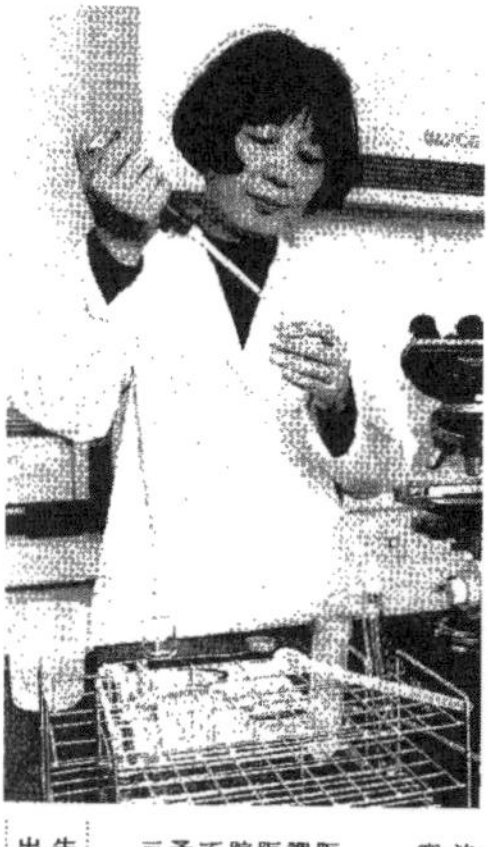

牛の血液から血小板を取り出し研究を進める竹内さん

愛媛新聞に掲載された記事（1991年2月16日付）
愛媛新聞社提供

多忙と言いながらも、講演依頼は時間が許すかぎり対応し、宮崎医科大学、愛媛大学医学部での講演では貴重な刺激をいただいた。筋肉収縮研究分野の研究班でご一緒の千葉大教授の丸山工作先生から愛媛大医学部内科の日和田邦夫教授グループと共同研究の依頼があり、それが高橋克仁先生の発見の平滑筋調節タンパク質カルポニンの機能解析であった。すでに、私はウシ動脈平滑筋の収縮タンパク質についていくつか論文をだしているので、良いめぐりあわせを喜んだ。この縁で１９９１年７月、夏休みを利用してアメリカ、ハーバード大学でカルポニン遺伝子の仕事に従事することができた。たった２カ月しか滞在できないので、女性研究者の働き方を調べることにもう一つの目的をもった。以下はその状況を母校宮城県石巻女子高等学校の80年記念誌に掲載したものである。

１９９０年夏、ハーバード大学にて

夏休みスタートと共に私はボストンに向かった。主な目的は現在進めている筋肉収縮タンパク質の発現調節機構に関する共同研究であった。たったの40日で何ができるかという解は出てしまうが、長い年月、この時期到来を待っていたもので、研究の進展はあまり期待せず、世界中の頭脳が集まる場での研究者の生きざまを見てくることに視点を置いた。

ボストンはアメリカ建国の歴史を刻んだ由緒ある町で、ガス灯の灯るレンガ造りの家並み、石畳の街路など落ち着いた趣のある町である。私のいた所はボストンの西はずれにあるハーバード大学医学系キャンパスの一角にある小児病院附属心臓研究室で、創立当時の重々しい外観をもつ医学部本館の建物とは対照的な近代的ノッポビルの中にあった。ハーバード大学のメインキャンパスはチャールズ川をはさんだ北隣のケンブリッジ市にある。1636年に設立された米国最古の大学と聞いた。ライシャワー教授、キッシンジャー教授もかつては教鞭をとられたところである。

チャールズ川の北岸にはノーベル賞受賞の利根川進さんのおられたマサチューセッツ工科大学（MIT）もキャンパスを占めている。私の宿泊所は、このキャンパスの東端にあるMITの家族寮だったので、医学部研究室とMITを結ぶ専用バスで毎日通っていた。MITキャンパス内の散歩を楽しみながら、寮からMIT前のバス停まで徒歩で15分。

見事な芝生のじゅうたんの上に、たくさんの大木が幹を広げ、葉を茂らしてそびえ立つスケールの大きさは、日本で、コンクリートとコンクリートの狭間にこぢんまりした花壇しか持てない大学で育った私には、大学というより大自然の中にいる感覚さえ覚えた。朝早い時には、芝生に水が噴射され、足元でリスや小鳥が遊び、時に造形的なベンチで大学人らしい人がパンとコーヒーを手に朝食をとっている光景は豊かな自然と人間とが共存し合うのどかさが漂っていた。バスは満々と水をたたえるチャールズ川を渡る。夏だったもので、ヨットやウインドサーフィンが水面を駆け巡り、橋はボストンマラソンの開催地としての名にふさわしく、走ることの好きなボストニアンがいつも行き来していた。

この地域には、この他、ボストン大学を含め美術や音楽の専門学校など50を超えるほど学校があり、東洋美術収集を誇るボストン美術館、ガードナー美術館、サイエンス博物館、ボストン交響楽団の本拠地であるシンフォニーホール、ニューイングランド水族館などがある。医学部周辺はボストン小児病院をはじめ、ブリガム婦人病院など5つの附属病院と研究所があり、世界各国から見学者はつきない。滞在中にも京都の看護学校の修学旅行団体が来ていた。

私の研究室はノッポビルの13階にあり、遺伝子発現調節機構の研究で名をあげているナダル・ジナード教授を筆頭に3人の助教授、何人かの助手と30人とも40人ともいえる世界各国から集まったポスドク（博士号をとった研究者）、数人の医学部大学院学生と実験助手、秘書、マネージャー、器具洗浄と掃除の人たちが構成メンバーであった。数が示しているように、アメリカの大学での研究活動の原動力は、なんといってもポスドクによるところが大きい。日本では、最近やっとこれに似た制度ができたようだが、数も少ないし、インパクトがない状況である。ポスドクの出身国は地元アメリカを筆頭に、イギリス、スイス、ドイツ、スペイン、インド、中国、韓国、日本、ギリシャで、半分は女性で、既婚、未婚さまざまである。筋収縮機構の研究ですでに名をあげていたロンドン大学のクリス・スミスもポスドクの一人で、彼とは論文の交換などしていた仲なもので、出会いは感激そのものであった。背が高く、青い目、金髪の紳士なのに、色あせた黒のTシャツと短パンがいつものスタイルであった。

　ジナード研究室では筋肉タンパク質の発現機構の解明に取り組んでいた。他の研究員で、アメリカのトンプソンは心筋収縮タンパク質遺伝子と甲状腺ホルモンとの関係、ドイツのシュナイダーは細胞増殖時の遺伝子発現制御機構とホルモン作用をテーマに励んでいた。医学部大学院のメアリー・ムレンは臨床と研究を両立させていた才媛である。金髪のおかっぱ頭に白のTシャツが表すように質素そのものであり、敬けんなキリスト教信者で、優しさと厳しさとを持ち合わせた人間性の豊かさには何度か頭が下がった。

　ある日曜の朝、明け方まで患者についていたと言いながら、私をアメリカの文化、自然に触れさせたいと車で案内してくれる心配りにはお礼の言葉もなかった。土、日曜日は診察がないので、いつも研究室で仕事をしていた。そんなときは、彼女のおごりのおいしいアイスクリームを食べながら話がはずんだ。外科医のフィアンセはイギリス留学中で、ダイアナ妃と同じような帽子をプレゼントしてくれたとか、チェロが趣味（外野はプロ級奏者と評価）とか普通のお嬢さんの顔も見せる。しかし、ニコニコ聞いていられるものばかりではなく、日本の観光客のマナーの悪さなど厳しい批判も受けたりした。私の実験台の隣のタミー・チュは中国系アメリカ育ちのかわいいお嬢さんで、実験助手である。研究に興味を持ち、本職としてやっていけるかどうかを試すため大学卒業後大学院に入る前に助手として2、3年働く身分の人たちで、自活できるほどの給料は支払われているという。

「夏休みはどっぷり休むので研究室はガラ空きだよ」と、日本を発つとき聞いたことはまるで見当違い。40日間セミナーは休みなし。土、日曜日は教授も出勤してきて仕事をしている。時にはみんなの実験台にやってきて、研究の進行具合や進め方などを話し込んでいく。全員が集まるセミナーは２種類あり、火曜日の朝９時から始まるセミナーは研究分野の最新情報の紹介で、１時間半かけて議論する。研究室の前に用意したパンとコーヒーを手に手に集まる。朝食がわりの人もいれば、おやつがわりの人もいる。水曜日のランチセミナーは、正午から１時間半ほどかけて各自の研究結果をまとめたものを報告する。この時は大抵、大きなピザが用意されている。それをほおばりながら熱のはいったセミナーは立見席、床席（椅子なし）が出る超満員のことが多い。夏休みの真昼時、日本のどこでこのような光景が見られるだろうか。

日常の研究生活でも談笑が聞こえるのは昼食と夕食のときくらいなもので、それも各自の研究場所から離れた談話室だけである。ここには無料のコーヒー、紅茶が備えてある。灰皿、新聞、マンガなどどこにもない。誰からも邪魔されず、誰をも邪魔しないように気配り、心配りをし、誰にも頼れない世界を懸命に生き抜いている。将来がかかっているのだ。教授あるいは助教授との２、３年の契約で研究に専念し、その結果をもって自らを売り込み、行き先のない人は能力のない者という刻印を押されてしまう世界である。

土、日曜日は保育所は休みなもので、子どもを研究室に連れてきている女性も何人かいた。母親の働く傍の椅子で眠っているあどけない子らの顔を見たとき、20年前の我が身が重なって見えた。しかし、研究者たちは実に穏やかで、ほがらかそのもので、カリカリしたところはない。

朝は、誰もが〝Hi Kikko〟と笑顔で声をかけてくれる。生活は質素であり、男も女も短パンか、スカートにしている。私の外出着はまさにアメリカの主流をいく気楽なものであった。しかし、彼らと私の大きな違いは、彼らは質素な中にもピアスやイヤリングのおしゃれは忘れていないところである。セミナーのない日の昼食は、研究室の仲間と小児病院の食堂でとることが多かった。リンゴとヨーグルトの人、ツナサラダだけの人、セルフサービスのホットドッグの人など極めて簡単な昼食である。私はきまって日本では見向きもしなかったマクドナルド風文化にひたった。

研究所の年一度の恒例ピクニックにも出合えた。研究者も掃除の人達も家族を連れてやって来る。大きな船を借り切って無人島に遠出し、10ドルで飲み放題、食べ放題。ロブスターが食べ放題なのだ。日本のように酒を注いで回ったりしない。飲みたい人は自分でついで飲む。男性群はパンツ一つにはだしになり、バレーボールやソフトボールやと興じた。

このような研究者の生活は、ハーバード大学に限ったことではない。毎日、通り抜けるMITも朝早くから講義をしているところもあり、よく学会も開催されていた。研究費、研究制度、学問的伝統の深さなど日本とはいろいろ違いはあるけど、何十年にもわたり、基礎科学にしろ、その応用面であれ、アメリカが世界をリードしているのは、やはり、このたゆまぬ勢力的エネルギーの結集によるのではないかと思わずにはいられなかった。燃えたいい夏であった。

１９９２年10月、愛媛医療技術短期大学初代看護学科長が逝去された。先生は高知県山田町のご出身で、県立高知女子大学看護学科を卒業され、ナースとしての実務経験を通して看護教育に意を注がれた。愛媛県立医療技術短期大学開設準備にご尽力なされ、教育基盤づくりに貢献された。以下は先生と共にあった日々を「追悼集」に載せたものである。

原一寿先生を偲ぶ　先生からいただいたもの

先生との出会いは松山に来る少し前に遡る。愛媛医療技術短期大学が建つ砥部町の様子を、砥部焼を軸にしてお手紙を下さった時からである。余戸にある職員住宅に共に居を構えてから、通勤電車の中で先生との語らいがはじまった。間もなく、私は長い通勤時間がもったいなくて、大学近くの砥部町に移り住むようになったが、先生との語らいは続いた。とうとう先生まで私の砥部町の借家に生活を移された。大きい部屋が６つもある一軒家で、２人で住んでもまだゆったりの生活であった。語らいの時間が多くなると心待ちにしていたら、それは変わらなかった。先生も仕事時間がもっとほしかったのだ。同居といえども、何の制約もなく、行き違い生活であった。朝、先生は自分流の食事で早く出られる。野菜サラダにメモを添えていつも置いてくださった。夜9時過ぎになると、研究室に銭湯への誘いの電話が来る。先生の好きな銭湯で背中を流しながら語らいに浸る。

共通の関心事は、言うまでもなく医療従事者の教育であった。しかし、お互いが50年もの異なる文化を引きずってきて、常識というものの食い違いが多々あった。"heart"という言葉でも、先生は「心」ととらえ、私は「心臓」ととらえる基盤ができていた。でも、先生の人を包む温かさは、次第しだいに私の「心臓」を「心」に変えていった。

あるとき、有り金をはたいて手にしたという映画フィルム、「さくらんぼ坊や」の試写会に招待された。大学北棟の視聴覚室に観客は私一人であった。坊やの成長を保育園の仲間という人間環境が立派に育てていく実話であった。幕が下りたとき、私の感動はウーンと言ううなりになっていた。先生はこの感動を私に分けたいと思われたのだ。この中に先生のすべてがこめられている。育ちゆく者、精神的、肉体的不自由を背負った者への愛の理想があり、心の豊かさへの憧れがあった。

先生との語らいは時を変え、場を変えて続いた。重信川の土手をジーパンに身を包んだ先生と自転車をこぎながらの語らい。無力感に打ちひしがれたとき、大きな真っ赤な夕日に救われたときの語らい。

語らいの場は高知市にまで及んだ。先生は藍染めのくつろいだ作務衣姿で迎えてくれた。

朝の日曜市を散策し、先生のすすめで２００円の赤サンゴの財布飾りを買った。身体の弱い私の身守りであるとおっしゃった。赤サンゴは今も私を守っているけれども、その力は先生に及ばなかったことが言いようのない悲しみになる。一抱えの文旦をもって上った高知城。南国といえども、春は浅かったもので、日ざしはまだやわらかであった。地べたに座り込んで語らう間もなく、二人はみずみずしい汁を吸い出した。「文旦が世界で一番好き」と言っては次々と南国土佐の素晴らしいモノを語りつづけた。南国土佐への心の底からの郷土愛を感ぜずにはいられなかった。

語らいで育てていただきながら、私は語らいの中身を学問的なものへ発展させようと考え始めていた。そんな時、先生ががんに蝕まれているのを知った。わざわざそれを知らせに研究室にやって来た。私は信じなかった。すると、先生はその塊を私の前に突き出した。米粒、豆粒なんてもんじゃない。大きい！　それでも信じられない。そうだとしたら、何でその塊に疑問もたなかったの？「間違い」でありますようにと八百万の神に向かって手を合わせた。まんじりともしない夜が続いた。「間違い」を信じたくていた。病魔と闘っている先生へ次から次へと本や文献を送り続けた。しかし、その日はついに来ずに終わった。全身からエネルギーが抜け、深い哀しみに覆われた日が続いた。

西洋医学を偏って吸収してきた私は、先生との語らいの中で、ほんとうに尊いものをいただいた。自然で、自由な精神と共存する強靭な精神、温和で繊細な感性と剛毅果断の底力、それらをトータルに包みこんだ優しさをもって、先生は未熟な者と正面から向かい合い、異世界への窓を開けてくださった。心から敬愛できる人と巡り会えたことは、私の人生にとって何にも代えがたい恵である。心の奥に語りかけていただいた尊いものを、次代に伝える責任と希望をもって、哀しみの中から歩みを新たにしたいと思っている。

（１９９４年3月、原一寿先生追想集「麦」から、一部加筆）

毎年、新しい学生と出会い、成長していく姿を見つめて5年が過ぎた。さまざまな考え方や文化を持つ人々と出会い、ほぼ一色の研究文化の中にいた私は、頑張れば頑張るほど周囲とギクシャクしてしまった。野島学長は「先生の信念でお続けください」と教育を、研究を力強く励まし、支えてくださった。授業がすむとやって来る学生たちや先生たちとの語らい、事務所の方たちによる事務書類の心強い応援、夜も遅くなると図書室の司書さんの「先生お茶しましょう」の温かいねぎらい、机の脇に同居する鉢植えたちへの事務員さんの心こもった見守り、昼時、ちらっとやって来る事務員さんとのしんどい子育ての語らい。このような心の微笑みは、ギクシャクで戸惑う私に無限の励ましを与えてくれた。

そして6年目、教育に手ごたえを覚え、すっかり「田舎の先生」になったところで、研究は消えかかった残り火だけになっていた。

同じ分野で励まし合い、競い合った先生たちからは研究を続けるようにと温かい励ましもあった。東大医学部の片山栄作先生などは光学顕微鏡まで送ってくださった（借用）。金曜日は勤務後、飛行機で大阪に戻り、土、日曜日に阪大でサンプルを作り、日曜日の夜、神戸港から船の深夜便で愛媛に戻る。教育の合間に研究という流れを作り、小さなデータを作り続けた。科学研究費がもらえても、消耗品の購入で消えてしまう。機械器具は借りることにして、どうしてもやりくりができないのは研究時間であった。立派な学生を育てたいという信念で教育の先頭に立って励まれていた野島学長は、諦めきれずにいる私の研究環境をとても心配してくださり、とめどなく支援と励ましをくださった。そんな時、以前非常勤で講義していた大阪府立の短期大学が、看護大学となって新設されることになり転勤を決意した。ギクシャク人間を豊かな人間愛で包んで励ましてもらったこの地を去るのは心苦しいが、残り火を今一度燃えあがらせてみたい気持ちがつのるばかりで、決心した。

夜11時出港の松山経由大分行きの神戸六甲アイランドのフェリーターミナルまで、自宅から2時間近くかけて送ってくれる夫への心苦しさ。下船した早朝、季節によってはまだ暗い。水揚げしたばかりの魚を自分の体が隠れるほど背負い、行商に出るおばあさんの強さが、さらにこの決心の後押しをした。

2　大阪府立看護大学勤務時代

1994年4月、歴史文化の豊かな羽曳野の大きな古墳が横たわる地に本校が開設された。4年制の看護学部と7学科をもつ医療技術短期大学部からなる高度な専門性を目指した教育、研究を柱とする大学である。私の担当科目は1学年全学生対象の教養科目の生物学、臨床検査学科と臨床栄養学科学生対象の専門支持科目の生化学、生化学実験、臨床検査学科学生対象の専門科目の臨床細胞学と卒業研究であった。前任校よりかなり授業時間数が多いのに、設定基準に従った教員数であったので、明けてから暮れるまで授業という状況に戸惑った。実習に張り付けの助手が持てないのが何よりの困惑であった。

多様化入学試験を採用しているので、学生たちの基礎学力に大きな差がある。基礎がないまま専門に入ってしまう学生には共に悩みながら、朝授業が始まる前に1時間ほど補講を続けたり、夏季休暇補講などで、土台作りもした。英語の文献抄読セミナーを始めると、高学年の学生が学科を問わず集まる。夕方、臨床実習地から電車を乗り継いで学校へ戻ってまでもやって来る。嬉しくて菓子パンをいっぱい買って待つ。学びたい学生に対応したくて帰宅せず、大学の近くに宿をとる日が多々あった。遠いアフリカでエイズ患者の助産婦として貢献している人の講演会を夢いっぱい、エネルギーいっぱいの学生たちと開催もした。私が頑張れば頑張っただけ学生は育っていく。彼らは不安とコンプレックスの汗と涙で作りあげた自信と希望を胸いっぱいに巣立っていった。青年海外協力隊となって、遠くアフリカまでも。病む人を心を込めて支えるために。

一方、少しでも研究時間を多く持ちたくて転勤したものの、この授業持ち時間状況は惨憺たるものであった。でも諦めきれない。恥も外聞もなく、垣根も超えて多くの先生たちにさまざまのことを頼み歩いた。驚くほどみんな協力的だった。学生実験の機械器具も、学部、学科を超えてやりくりしてくれた。臨床検査学科の学科長には生化学実験の試料作りまで手伝っていただいた。臨床栄養学科の分までも。「いい学生」を育てたいと助け合い、支え合い、高め合った。母の「回り回る」哲学が重なって見えた。力を出した分は必ず返ってくると。いろいろな姿で。

臨床検査学科の北村肇先生がご退職されるとき（２００５年3月）、記念誌に、先生の教育と研究に注がれたお姿の一面を、ご尽力のお礼を兼ねて綴った（以下にその全文）。ところが、先生も私の姿を見ていてくださったようだ。

向かいの先生

「みなさん、ちょっとボクの話を聞いて下さい」

会議中よく出る先生のセリフである。特別大きい声でもないのに、よく通る。どんな騒々しさも水を打ったように静まり、その場の空気は先生のものになる。不思議な力なんです。真面目に聞く人に対する優しい気配りが感じられる。言葉も、話の内容も実に明瞭で、無駄がない。だから、あの複雑な免疫学をボーッとしている学生にも理解させてしまう。だが、先生の講義はわかりやすいと言う学生もチャランポランでは通らない。育てる厳しさが一筋ピーンと走っている。生きることには厳しさが伴い、その厳しさから逃げない勇気を育てたいと願ってのことのように思える。

先生の専門分野は免疫学の補体。高校では抗体までは教えているが、補体となるとほとんどのところでは扱わない。これこそ大学で学ぶ分野であり、先生の研究に根ざした〝生きた〟教育を受けることができる。共に本学を立ち上げると決まった当初、長い年月をかけて培った先生の肥えた土壌から、本学を代表する研究がどんどん生まれることを私は望んでいた。が、研究は土壌だけではあきませんね。時間が必須。ほとんどの時間を教育と雑事を背負って走っている状況では叶えません。そんな中でも、研究好きの先生は夜間や休日に仕事され、常に窓は開かれ、国際学会に研究評価をあおいでおられた。あるとき、国際雑誌に載った別冊を持って来られて、「一流雑誌（ジャーナル）ではないんですがねッ」と先生独特のボーイスマイルで渡して下さった。私は、ただお礼を述べ、一つの喜びを共有させてもらった心地でいたが、暫くして、先生のあの時の言葉から、悔しさとも悲しさともつかぬ感情が私の全身を暴れ回っていた。「惜しい」と。

思えば、肥えた土壌で生まれ育っている大きな産物があったことに、後になって気がついた。教え子たちです。彼らはきっと津々浦々でその花を咲かせてくれるに違いない。先生は教育を通して本学が大学らしくなるのに大きな柱になった。

先生はなれなれしく、馬鹿ばなしなどしない。かといって、学者によくある堅物のだんまり屋でもない。優しさと厳しさを見事に融合したものを持ちあわせている。少年のままの心をそのまま覗かせるボーイスマイルには、柔らかさと純朴さがあり、大人の不誠実さに汚染されていない。柔らかさは心だけではなく脳にもいたる。先生の図案された短期大学部紀要の表紙がそれを表現している。地球と細胞を重ね合わせ、宇宙と電子顕微鏡的生命単位の姿を優しい眼差しで眺めている。この中に先生の純朴な思想が示されているのであろうが、ここから何を気付かせようとしているのか、私は今も解けずにいる。

大学では先生は私の向かいの研究室におられた。そんなよしみで、大学での先生の日常を、感謝を込めて綴らせてもらいました。研究の時間を削ぎ落とし、教育、運営に献身なされたことに胸底に痛むものがありますが、ともかく厚くお礼申し上げます。

北村先生からの評価

私は竹内先生ほど学生教育に熱心な先生をみたことがありません。夕方から夜、ご自分の研究室で一人の学生に教える（これが単なる知識を授けるだけでなく、いかにして若い日の時間を有意義に過ごすかそのコンセプトと方法を説くまで）。個々の学生に対し誠心誠意で接する姿は、とてもわれわれ通常の教員に真似できるものではありません。それでいてご自分の研究の手を抜かず、世界の最先端の研究者であり続けることは、頭が下がる思いでした。竹内先生の送別会で、当時の事務次長杉山氏があいさつで、「竹内先生は、そこらの生半可な教授とは違い……」と言ったのを、次長もよくわかっている……と我々生半可な教授は思ったものです。それにしても、竹内先生がこんな見事な表現力の文章をお書きになるとは知りませんでした。先生の文章力にも脱帽です。

（２００５年３月、北村肇教授退官記念集から）

臨床検査学科の学生には卒業研究という単位がある。過密授業の上に、ある課題を短期間（３カ月）で仕上げる作業である。毎年１人は指導しなければならない。興味と熱意を導くテーマ作りにはとても苦労した。研究「まとめ」の時期であった。「先生、私も努力しています!!」と常日頃おとなしく、真面目な学生が、体を震わせながら訴えたことがある。データが少ないのに、土、日曜日休暇をとっているのを責めたことに返ってきた言葉であった。その後、学生は朝７時頃から、狂ったように実験台に立っていたが、案の定、想定した結果は得られなかった。テーマが適していなかったのも、大きな原因であったのかもしれない。

しかし、目的とした結果を出すことだけが教育目標ではない。苦しんだだけ、データの解析、方法の吟味、データの解釈などの多くを学んだことは言うまでもない。さらに、同じように卒業研究の学生を抱えている血液学の先生には1分でも大事なほど多忙な状況にもかかわらず、困窮している学生に機械器具を差し伸べ、親身になって使用法まで指導していただいた。学生は教育者の豊かな人間性までも学び取ったに違いない。「私も努力していますす」は私の教育姿勢を揺り動かし、半世紀過ぎた今になっても、私の「足らぬ人間力」に語りかける。

教育に費やす時間とかけっこしながらも、学生実習室の隅っこの居場所（自称、私の研究室）に毎日腰を下せたことは、どれほど私を喜ばせたことか。夜にならないと（暗室がない）使えない蛍光顕微鏡が一つあるだけの研究室であるが、学生が帰り、静まり返った夜8時過ぎ、やっと私の至福の時になる。データはすこしずつうなずくものが出だした。研究テーマを体力勝負の生化学系から、培養細胞系に変えたことが大きい。しかし、これもすばらしく心の広い人たちとの出会いなしでは叶わなかった。少しばかりの科研費と身体一つが私の研究資本だった。

小さなデータでも、査読付きの国際学術論文は誰かの目にとまる。掲載されるごとに学ぶことが多かった。共同研究、セミナーなどの依頼が来る。一人研究室の私には、議論してもらえる願ってもない機会である。しかし、担当授業が多く、それらの依頼に「ＯＫ」は出せなかった。教師の社会的役割の一つに、自分の大学が活力のある大学であることを知ってもらうことがある。特に公立大学では。そこで、大学が休暇になる時期にその役割を果たすことにした。

共同研究したのは、北海道大学理学部での集中講義（１９９６年）、アメリカ、ウィスコン州のミルウォーキー市にあるマルケット大学生物学部トーマス・エジンガー研究室での夏40日間の共同研究（１９９９年）など。アメリカからはボストン大学からも共同研究の依頼があったが、以前ハーバード大学という大きい大学を見学したことがあるので、小さいマルケット大学を選んでみたものの、目の前の多忙さを思い、「ソリー」の返事を送った。ところが、そんな決意も何度かの研究への熱いメールに動いてしまい、１９９９年7月、北米五大湖畔のミルウォーキーに飛んだ。研究室の当人は大学院電気生理専攻の院生で、ミシガン大学を出て、マルケット大学で平滑筋のタンパク質、ミオシンの機能解析を目指しているジェニファであった。そもそも私の海外での研究活動の視点は、海外の女性研究者の実態をこの目で見たいということであった。その了解もあって、化学の女性講師とジェニファが心こめて世話をしてくれた。

その当時のメモがある。

朝8時、すでにジェニファは顕微鏡に向かっていた。動物解剖室の窓は開け放されていて、8月にしては涼しすぎる程さわやかな風が通り抜けていた。窓辺の花瓶には生きのいいヒマワリが10本ほど無造作に挿してあり、黄色が朝陽を受けて格別鮮やかであった。昨日、学生たちと花の話をしたとき、私が大好きと言った花である。ジェニファの豊かな人間性に魅せられてしまう。

「グヅ　モーニング　ドクタータケウチ」

私の足音で彼女がやって来た。仕事の打ち合わせである。

そして2カ月近く、彼女と仕事する中で、貧弱な英語力を筆談でカバーしながらもよく議論した。彼女の誠意に満ちた議論は「あなたを助けるために……」と言う私の傲慢な顔の皮をつるんと剥がしてしまった。汚らしいものが身体から逃げていく感触さえした。

大学の客員としての滞在は断り、研究室の准教授の自宅にホームステイし、毎日の実験の他に、看護学部の実習見学（タッチによる看護の指導）、化学の授業参観、シカゴ大まで専門書探し、大学人家族の運動会参加、ウィスコンシン大生命科学研究所の見学、ミルウォーキー・カウンティ・スタジアムでの観戦（野茂投手が登板）など、どう感謝したらいいのか超最大級の言葉が探せないほどいっぱいお世話になった。

ある日、研究室に日本語で電話があった。この大学で日本文学を教えている女性の教授から、野茂投手が登板の野球観戦の招待であった。学内でも、町でも、私の歩く周辺では、日本人らしい人はめったに会わないので、まずは驚き、そして嬉しかった。ジェニファさんがその教授に私の大学滞在を知らせていたらしい。それがまた、研究室の人たちが「羨ましい」と騒ぎ立てる招待席であったので、さらに驚いた。アメリカン招待食までついている。久しぶりに日本語での会話がはずんだ。教授は試合終了後の野茂選手の記者会見通訳を頼まれていたのだった。ボソボソと話す様子は、日本にいた頃とちっとも変わっていない野茂さんの会見であった。

夏休みなのに、学生も出てきて実験をしていた。日本の研究室では夕方、もう一がんばりする前に、そうめんをみんなで平らげて仕事を続けていたものであった。ここではそれは望めない。そこで、暑いのに頑張っている学生の一個連隊を連れて、日本人が経営している寿司屋に行った。ワイワイの楽しそうな会話の中で、学生たちは〝味噌スープ〟と〝チョップスティック〟がとても気に入ったようであった。早速、味噌スープのお持ち帰りを作ってもらい、宿の土産にした。ここでもバッチリ大当たり。寿司屋の〝チョップスティック〟は割り箸であったが、帰国してから、スーパーやデパートで色塗りの箸を求め、10膳ほど送った。〝記念のお宝〟と喜びの手紙が返ってきた。

帰国してから「私も欲しい」と言われて送ったものに〝招き猫〟がある。阪急デパートで手に入れたもので、黒の布製で、背丈が25センチくらい。金運も人脈も招く、両手を挙げた恰好をしている欲張りタイプである。それを宿の奥さんへの土産に持参した。猫そのものも可愛いいものであったが、両手をあげている理由がとても気に入ったらしい。早速、玄関に置かれていた。訪れる人、みんなニッコリ。ところが、だいぶ経ってから、奥さんの妹さんが「私も欲しい」と。そこで、〝招き猫〟はまた1匹、幸せを呼ぶために遠いアメリカに旅立った。忘れかけていた頃に「新居もでき、子どもも授かった」との喜びの便りがあった。やっぱり〝招き猫〟はすごいね。

ところで、この大学でもたくさんの女性が働いていた。朝は早く、夕方帰るのも早い。私のように夜仕事など誰もしない。それはハーバード大学でも同じようだった。子持ち研究者と深く話し合えなかったが、これなら日本の女性研究者もできないことはないと感じたことはいくつかあった。食生活が質素である。日本のようにいろいろな料埋を毎日作らない。パン、飲み物、果物、野菜、ハム、チーズの組み合わせが日常の食事。男性でもできる料理であるので、日本のように女性に負担がかかることはない。私の宿では手のかかる料理は家族みんなでやって、保存できるものはビン詰めにしていた。洗濯、掃除も男女誰でもする。ただ、日本では育った習慣、社会環境などから、彼らと同じような生活は難しいのではないか。育休を取っている男性の少なさからも明らかである。子育てが男性の仕事の足を引っ張るからである。でも、生活改善によって不可能ではない。

子持ちリケジョに一番欲しいのは時間である。お金があればある程度解決するが、子育て中の若いリケジョでは実験助手を雇えるような経済的余裕のある人はそう多くない。ハーバード大学でも、マリケット大学でも、仕事がはかどったのは優秀な実験助手がついていたからである。研究者は研究だけで、洗浄係、薬品購入係、滅菌係などは助手たちが世話をしていた。夕方になると係が洗いものを集めに回って来る。滅菌を頼めば、3時間後にできあがっている。そこで、日本でも、子持ちリケジョの研究に、何らかの形で実験助手をつけるようになったら、彼女たちは仕事を諦めることはないと思う。でも、これは遠い遠い明日かなあ。私は研究費も研究時間も、どん底であったが、少しは研究ができたのは興味と熱意だけではなく、心の広い学問が好きな人との出会いがあったからである。感謝にたえない。

第5章　私の研究

私の細胞運動の研究は、１９６５年、大阪大学理学部の分子生理学講座、殿村研究室でスタートした。当時、日本の筋収縮の研究は国際的にもよく知られていて、戦後日本の生命科学の起点の一つであった。筋収縮御三家といわれた3つの研究グループがあり、調節タンパク質の江橋節郎グループ（東京大学医学部薬理）、収縮タンパク質、アクチンの大沢文夫グループ（名古屋大学理学部物理）と、収縮タンパク質、ミオシンの殿村雄治グループ（大阪大学理学部生物）である。

私は小学生の頃、クラスに筋ジストロフィー症（進行性筋委縮症）の子がいて、やがて亡くなった。この病気は遺伝であることを知り、カイコの色素発現の遺伝研究で知られていた吉川英男先生に学びたいと思っていたが、残念なことに、私が研究室を選ぶ頃には、もうすぐ定年で、学生はとらないということだった。細胞運動研究の本家の神谷宣郎研究室には同期生が5人も先着していて、そこもアウト。そうした止まり木が殿村研究室であった。研究室選び競争でもビリ。

１９６３年、大阪大学生物学科の分子生理学講座が新設されるとき、殿村先生は教授として北海道大学触媒研究所（理学部化学科兼任）から移って来られた。研究は化学物質（アデノシン三リン酸、ATP）が筋肉を動かすような運動エネルギーに変換する基本原理の解明であり、骨格筋ミオシン、筋小胞体のカルシウムポンプ、ナトリウム―カリウムポンプの3つの分野でのアデノシン三リン酸分解酵素（ATPアーゼ）の反応機構の解析であった。

先生は北大時代に肺を患い、一時絶望的状態にあったとも言われているが、阪大では、それは微塵も感じられないほどお元気で、朝8時には、いつも研究室で仕事をされていた。時には、朝、実験室の機械機器の掃除を丁寧にされていることもあった。恐縮して「代わります」と言っても、いつも「いいよ、いいよ」が返ってきた。息抜きに活字を離れて、機械機器を撫でながら思考を深めている風景であった。先生の頭にはいつも「研究と教育」があった。阪急宝塚線の蛍池から大学まで先生はバスを利用されていて、一緒にバスを待つことがある。「バスを待つ間、実験のことを考えていたら退屈しないよ」と言うさりげない言葉も、教育者の背中である（阪大春秋から）。

春には五月山の桜、初夏には新緑の嵐山、秋には紅葉の奈良山の辺の道と学生とともに四季折々の自然を楽しみ、きまって奥様手作りのお弁当がみんなを喜ばせた。教育、研究には厳しいという評判であったが、自信のない学生時代であったからで、社会人になってみたら、むしろあの厳しさがありがたかったと思う。セミナーでの文献紹介が不十分であると、「次週もう一度」となったことや、論文の英文がまずいとA４用紙いっぱいに一つの×字（大阪ではペケという）で返されたことがあったからこそ、みんな一人前の研究者になれたのだ。

研究室は３６５日、24時間オープン、議論好き軍団で活気に満ち、賑やかで、時に夜には度が過ぎて、隣の物理学科の教授から怒鳴られたりもした。学生同士では講座間の垣根はほとんどなく、研究用氷は隣の研究室の製氷機で作るものを使っていた（製氷機室ドアは常時オープン）など、「ちょっとちょうだい」は研究室間の日常的外交で、学科全体が助け合い、成長し合う、いい風が吹いていた。その風は私の息子にまで及び、隣の研究室で、お猪口で兄ちゃんとジュースを飲んだと喜んでいた。和やかな風が吹いていたのだ。

私の大学院、研究生と殿村研究室、中村研究室（殿村先生の後任）での研究に、教職時代のささやかな研究も加えて２０００年に綴った冊子「細胞の動きに魅せられて」（大阪府立看護大学医療技術短期大学部　紀要第６巻）を含めていくつかの総説に、〝何を知りたくて、どんな研究をしたか〟を残している。それを一部リピートしながら、歩いてきた研究の道をなぞらえておく。

「Where there is life, there is motion」という映画があったが、私が魅せられた道はまさにこの言葉で表現される。動物の動きであれ、植物の動きであれ、また、個体レベルであれ、分子レベルであれ、「動く」ものへの好奇心は、虫めずる姫君（当然、姫君は女の子の意味で、小さいころの呼び名）時代から今に至って変わっていない。小学生時代の私の先生はいつも図鑑であったのが、年とともに高まる好奇心は、素晴らしい師や仲間たちの出会いと、〝細胞運動〟という学問への道につながった。

遊びとしての〝動き〟を学問としてとらえたのは恩師、殿村雄治先生（大阪大学理学部）の学生となったことに始まる。当時、先生はミオシンATPアーゼの反応経路の解明に取り組んでおられた。アメリカのE.W.TaylorやイギリスのD.R.Trenthamらとの激しい論争もあってのこと、研究室は活力で唸っていた。しかし、私を駆り立てるものは何も見えなかった。生きた細胞がどこにもない想像以上にかけ離れた〝動き〟の世界であったからだった。そんなときに、まだ馴染みやすい〝動き〟を扱っていた研究室がもう1つ上の階にあった。そこには、日本の生物学では新しい分野の細胞運動のサイエンスを興した先駆者神谷宣郎先生がおられ、一派とともに植物細胞の原形質流動のしくみを問い続けていた。細胞レベルの〝動き〟はそこで学んだことが多く、彼らとは今も、土曜日の午後、運動セミナーと言って細胞の動きの魅力を語り合っている。

〝動き〟の分子レベルでの学問的基盤は殿村先生の所で得られたもので、その後の私の研究に重要な方向付けをもたらし、研究の至る所に先生から受けた影響が色濃く残っている。実際の〝動き〟の研究は骨格筋→平滑筋細胞→非筋細胞（骨格筋、心筋、平滑筋以外の細胞）と移り、それによって、〝動き〟の分子反応を試験管内の溶液系から、細胞膜で包まれた細胞系へと持ち込むことができた。それで、かけ離れた〝動き〟の世界が、馴染みやすい〝動き〟の世界で、一つ一つ物語れるようになるんだという夢が現実味を帯びてきた。

　生命活動における〝動き〟は、実にさまざまな表現をしている。筋収縮をはじめ、白血球のアメーバ運動、精子の鞭毛運動、小腸の微絨毛の運動、植物細胞の原形質流動、細胞分裂など、進化あるいは分化の段階に応じた固有の表現をしている。表現は違っても、これらの〝動き〟はモーター分子（タンパク質）が駆動する共通の分子機構によって起こることが明らかになっている。機関車であるモーター分子が、レールになるタンパク質（数珠状に連なる）の上をATPという燃料を使って滑走するという機構である。すなわち、モーター分子がATPという化学エネルギーを加水分解し、放出されたエネルギーを運動エネルギーに変換することによって運動を起こすことである。現在、真核細胞において、レールタンパク質は主に2種類あり、1つは筋肉などにあるアクチン、もう1つは精子の鞭毛や神経の軸策などにあるチュブリンである。アクチンもチュブリンも球状のタンパク質で、数珠状につながって、レール（重合体）になる。他方、モーター分子は、ミオシン、ダイニン、キネシンなど多種類報告されている。細胞内では、ミオシンはアクチンレールの上を、ダイニン、キネシンなどはチュブリンの重合体である微小管上を滑走し、運動を司っている。私が関わってきたのは、主にアクチン―ミオシン系で、チュブリン系は骨格タンパク質として関わった。

1　骨格筋ミオシン分子の構造

私が〝動き〟の学問に入って、与えられたテーマは、ウサギの腰などにある骨格筋のミオシン分子構造と性質を明らかにすることであった。

ミオシンの分子量は50万くらいであろうと（ミオシンⅡ）、長い年月の研究結果から、なんとか絞られてきた時期であった。マッチ棒のような形で、活性中心を持つ2つの頭部があり、ATPを分解する酵素でもある。分子構造はこの程度の曖昧さであった。私の1つ目の仕事はここをはっきりさせることであった。殿村研究室では、当時、ミオシンがATPを分解する反応の初期に初期突発（initial burst）というミオシンのリン酸化、すなわちATPの高エネルギーリン酸基を受け取り、ミオシンの高エネルギー化する現象の画期的な発見をしていた。それがミオシン1モルあたり1モルであった。同時にミオシン分子の構造変化も起こっている。ミオシン分子は身体のような生理的イオン環境では塊で溶けないので、物理化学的測定は難しい。そこで、トリプシンのようなタンパク質加水分解酵素を使って水に溶けにくい尾部を除去すると、H-メロミオシン（Heavy meromyosin）という生理的イオン環境で可溶性の、2つの頭部をもった部分が得られる。これも初期リン酸化は1モルあたり1モルであった。さらに、2つの頭部をバラバラにしたサブフラグメントー１（Ｓ－１）では１モルあたり０・５モルのリン酸化（１つの頭あたり０・５個）がみられた。このことはミオシンの２つの頭部はリン酸化反応の性質において、同じではなく、２つのうち一方の頭だけが、初期突発のリン酸化を示すという結論に達した。タンパク質の精製作業の肉体労働で、肉ミンチからＳ－１生成物を得るまで約10日間、冷房室で６～７（径）×１００（高さ）センチのセファデックスＧ２００カラムとフラクションコレクターとの付き合いであった。

２つ目の仕事はミオシンとアクチンとの結合の量比であった。これもミオシン１分子に結合するアクチン単量体が１か２分子か論争中であった。私は光散乱法、超遠心法、電子顕微鏡法などによって詳細に検討し、結合比がミオシン：アクチンは１：２との結論をえた。すなわち、ミオシンの２つの頭部はそれぞれアクチン単量体に結合することである。それを確実にしたのが、頭部をバラバラにしたＳ－１がアクチンと１：１で結合することであった。

３つ目の仕事は筋収縮ではアクチンとミオシンの結合と解離が起こる。アクトミオシン（アクチンに結合したミオシン）がアクチンとミオシンに離れるときにＡＴＰが必要である。アクトミオシンはミオシン１モル当たり１モルのＡＴＰで解離する。ところが、アクトーＨ－メロミオシン、アクトーＳ－１の完全解離には、Ｈ－メロミオシン１モル当たり２モル、Ｓ－１の１モル当たり１モルのＡＴＰが必要であった。この結果からミオシンの頭部は両方ともアクチンと結合し、ＡＴＰによって解離するが、ＡＴＰにたいする親和性は２つの頭部で異なると結論した。

ちょうどこの仕事を進めているいるとき、S.Loweyらによる画期的な仕事が出た。ロータリーシャドウイング（回転式投影法）を使って、ミオシン分子の２つの頭部を持ったマッチ棒の姿を電子顕微鏡で示したのです。見事さに興奮がしばらくやまなかった（１９６９）。

その後、ミオシンⅡ分子は2本の大きいポリペプチド（重鎖、heavy chain, 分子量200kDa）とそれぞれの重鎖の頭部に2種類の小さいポリペプチド（軽鎖、light chain, 分子量20kDaと17kDa）の６本のポリペプチドから構成された分子であることが、多くの研究から明らかにされている。

2　平滑筋ミオシン

殿村研究室では、これまで骨格筋収縮の分子レベルでの基本反応を中心に研究を進めていたが、１９７６年、消化管、血管などの平滑筋での解析に、研究生の私の仕事を移すことになった。当時、平滑筋は生理学や薬理学の上ではかなりの研究はあり、電気やホルモンに対する反応性は器官により、まちまちであることが示されていた。なんといっても、平滑筋の収縮速度は骨格筋に比べて1/100～1/400にすぎないので、骨格筋では速くて、測定ができなかったミオシン分子の反応の素過程が解析できることを期待してのことだった。

平滑筋細胞は、単核で、収縮装置は骨格筋のようにアクチン、ミオシン集合体（纖維）の整然とした配列はなく、細長い細胞の中に斜め縦方向に纖維が並んでいるだけである。1963年に鳥類の砂嚢で平滑筋収縮タンパク質の研究があったと歴史にあるが、論文もなく、この分野は全く未踏の領域であった。私は砂嚢より我々に身近な筋性血管の頸動脈平滑筋を材料として選んだ。

生体から物質の単離での苦労話はよく聞く。中でも、ワシントン大学のG.A.Veharが2万5000リットルのウシの血液からたいへんな苦労の末、数ミリグラムの第Ⅷ因子（血液凝固に必要な因子）を分離した話は感動する。それに比べると、私の平滑筋ミオシン精製の苦労話などあまりにも小さなことになってしまう。今でも、仕事がうまくいかず、投げ出したくなるときは、遠い見も知らぬVeharの苦労を思い自分を励ましている。

ウシの頸動脈はウサギやニワトリのように、動物屋さんから出前で研究室まで届けてもらうことができない。朝早く、氷箱を背負って（車を持っていない）、2時間ほど電車を乗り継いで、屠場に出かける。ベルトコンベアで回ってくる、吊り下げられたウシ半胴体から、肉に傷をつけないように包丁で頸動脈をはずしていく。手早くしないと素通りされる。至難の業である。10～20本ほどの頸動脈をたずさえて大学に着くのは昼過ぎである。

平滑筋を取り出し、ミオシンの粗製品まで持っていくと明け方になる。研究室は24時間誰かが仕事をしていたので、夜中はよく手伝ってもらった。エキサイトする話、和む話をしながら。勇ましく、優しいお兄ちゃんたちでした。

単離した頸動脈ミオシンはウサギ骨格筋ミオシンと同じ構造の2つ頭をもったミオシンⅡであった。この解析データは4報の論文にまとめてあるが、要点は次のようである。

平滑筋もミオシンもATPによるリン酸化で分子構造の変化が起こり、速度は骨格筋ミオシンとそれほど違いはないが、アクトミオシンのATPによる解離速度が非常に遅く、骨格筋ミオシンの1／10程度であったので、反応経路の素反応を測定できた。結論はミオシン繊維（ミオシン分子の集合体）とアクチン繊維（アクチン単量体の数珠状重合体）との結合点cross-bridgeの形成—解離のサイクルで、平滑筋ミオシンは解離のステップが遅く、そこが平滑筋収縮速度の律速段階になっていることを明らかにした。さらなる解析からも、平滑筋ミオシンはアクチンとの結合がかなり強く、離れ難いことが示された。

ところが、学会で、当時、ニワトリ砂嚢平滑筋で精力的に研究されていた東京大学の江橋節郎教授から、私のアクチン—ミオシンの測定系は、アクチンが骨格筋のものであるので、相性というものがあるから、平滑筋のアクチンで確かめたほうが良いというアドバイスを受けた。そこで、ウシ頸動脈から平滑筋アクチンを取り出すことになったが、骨格筋アクチンの調整法ではうまくいかない。それは多くの研究者が苦労しているらしく、後に、江橋研究室の野々村禎昭先生から、平滑筋アクチンの調製法を、1993年、新生化学実験講座（日本生化学会編）に書いてほしいとの依頼を受けた。結果は、平滑筋アクトミオシンのATPによる解離速度が遅いのは、アクチンではなく（アクチンが骨格筋でも、平滑筋でも同じ結果）ミオシンによることを明らかにした。ミオシン頭部のアクチンとの結合の性質が骨格筋と平滑筋で大きく違うということである。この結果に強い関心を持たれたのは、東京工業大学の渡辺静雄教授であった。当時、彼らは平滑筋の収縮はミオシンの20kDa軽鎖のリン酸化によって調節されているということを発見していた。初期突発リン酸化は重鎖で起こるので、その辺の議論のために、わざわざ東京から大阪までやってきた。3日間、2人セミナーでしぼられたのは、その後の頭に存分の栄養になった。一方、渡辺先生も総説にまとめられ、次のように記されている（「生体の科学」1982年　医学書院）。

「我々が1975年に砂嚢筋ミオシンを始めた当初の目的は、平滑筋の収縮速度はなぜ遅いのかについて何らかの説明を見つけたいということであった。この質問への答えは、しかし、我々ではなくて竹内が得ているのではないかと思う。1976年から今日まで、ウシの頸動脈ミオシンの研究を続けている竹内は、アクトミオシンがATP添加でアクチンとミオシンに解離する反応が、非常に遅いこと、特に、Mg^{2+}がないとこのATPによる解離は全くおこらないこと、しかもこの性質はミオシン由来であることなどを発見している」

その後、先生は病に倒れ、帰らぬ人となった。お亡くなりになる直前にお書きになったようなお手紙が訃報の後に届いた。コツコツと一人仕事で得られた結果を褒めてくださり、「アメリカの Dr.Hartshorne のところで平滑筋の仕事を続けた方がいい」というものであった。先生のご好意に感謝しながらも、私は彼のもとで学ぶチャンスを逃してしまった。ハートション博士は平滑筋の大家で、私の論文がジャーナルに掲載されると、いち早く励ましのお手紙を下さる先生であった。感謝に堪えない。

平滑筋ミオシン分子でも2つ頭部に違いがあることが明らかになり、北海道大学の盛田フミ教授が共同研究を申し込んできた。大動脈平滑筋ミオシンの17kDa軽鎖にアミノ酸配列の異なる2種類があって、ATP分解活性、アクチンとの結合の性質も違う。その違いを2種類の軽鎖抗体を使い、培養した大動脈平滑筋細胞での局在の違いを示した。この結果にアメリカ、マルケット大学のエジンガーらが興味を示し、1999年夏、共同研究でアメリカに飛んだ。

3　非筋細胞のミオシン

1980年になって、研究材料のウシ頸動脈が入手できなくなった。他の研究者によって、同じような研究がニワトリ砂嚢平滑筋で始まった。しかも大勢で。頸動脈平滑筋は諦めるしかなかった。1人で処理できる材料で、未踏のものとなると限られる。

アメーバをはじめ、粘菌、脳細胞のような筋肉以外の組織細胞にもアクチン‐ミオシン系が存在することが、1960年頃から報告されていた。血液が固まるとき、大役を果たす血小板の〝動き〟も基本的反応は筋細胞と共通の分子機構ではないかという考えが、私の非筋細胞研究の motive force になり、非筋細胞運動の研究材料として仕事を展開した。血小板は直径2〜3マイクロメータ（㎛）の小さい細胞であるが、核はなく、豊富な収縮タンパク質を含み、刺激に対して、骨格筋にも似た速さで瞬時に応答することから、非筋細胞で運動の分子機構を調べるには格好のモデルと考えた。筋細胞のように固定化されたアクチン繊維とミオシン繊維でできた収縮装置がないので、状況に応じて収縮装置の構築や解体が起こらなければならない。細胞という1つの袋の中で、運動の基本的反応は骨格筋と同じでも、他のたくさんの生理反応も同時進行しているので、調節機構に違いがあるというのは、言わば当然であろう。

〝動き〟の姿を見たことがない。まず、そこからと高鳴る胸に駆り立てられて、裸一貫は走査電子顕微鏡を貸してもらえそうな研究所を探し回った。ご好意があった！　夫の勤めている研究所である。ところが、一難去ってまた一難、静止血小板が得られない。注射針で血管に傷つけただけで形が変わる。凝固阻止剤を入れた注射器で採血は無理である。外科のお医者さんを頼み、血管に孔をあけて、ぽたぽた流れ出て来る血液を固定液に受けるとか、さまざまな試みの結果、ヒトの血液を諦め、ウシ血小板で試みた。図1aはその走査電子顕微鏡像である。円盤状で、表面はわずかに凸凹があり、放出反応の開口部分になる小孔が観察される。ADPやコラーゲンで刺激すると、瞬時のうち（5秒以内）に劇的な形態変化が起こる。円盤状から偽足を出した球状になり、さらに偽足を広げて基質に粘着し、やがて張り付いてシート状になる（図1b）。血管が傷ついたとき、このような形態変化で傷口を塞いでいるのだ。運動タンパク質軍団が総動員される。

血小板では、すでにミオシンの存在が明らかになっていたが、非筋細胞ではすでに5数種類ほどのミオシンが報告されていた。またしても、血液入手に苦労がある。大学から自転車で40分ほどの屠場に、灯油用20リットル入りのポリタンクを自転車の荷台に括り付け

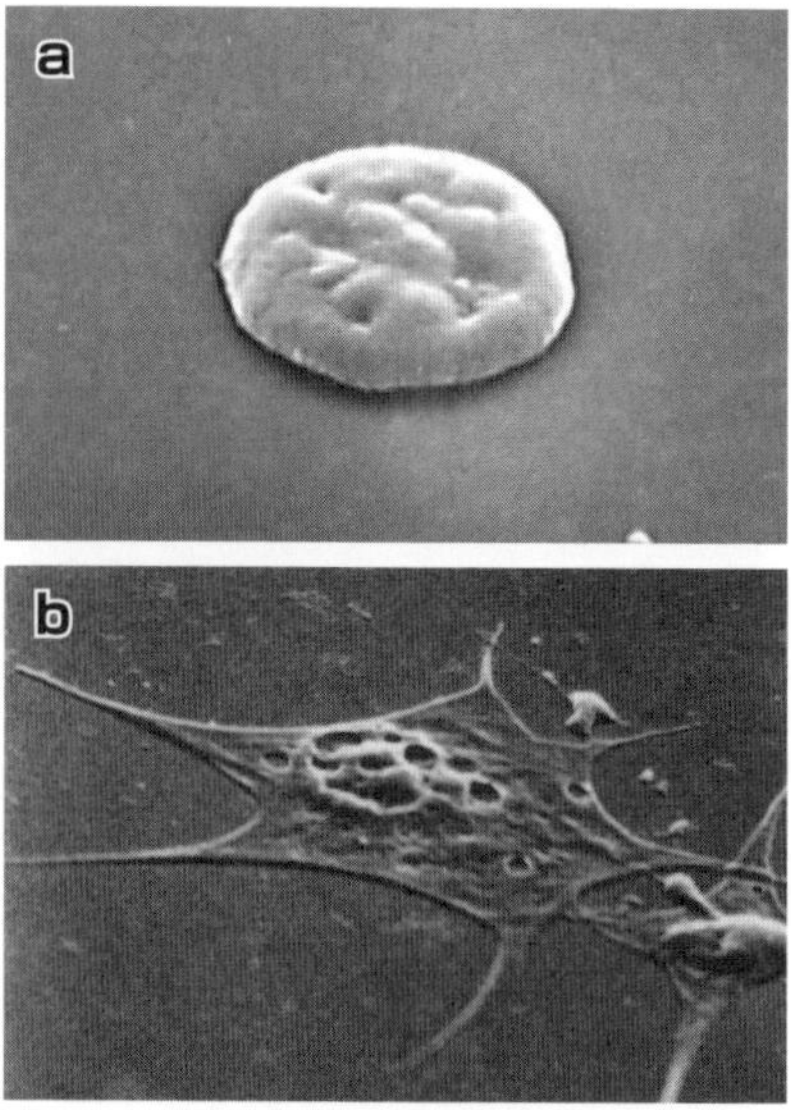

図1　ウシ血小板の走査電子顕微鏡像
a：静止血小板　b：活性化した血小板

て通った。夢はそんな苦労は熱意エネルギーに変えてしまう。

ブタの血液からミオシンⅡを取り出した。頸動脈ミオシンと同じペプチド構成であることを確かめ、生化学的解析結果も頸動脈ミオシンとまるで同じである。そこで、当時、非筋細胞のミオシンの分子形態はどの種類のミオシンでも報告されてなかったので、血小板ミオシン分子の姿を見たいという執念は、ますます増強するばかりであった。大阪大学の生物学科の電子顕微鏡室は共通利用で、研究材料も方法も違う人たちが、方法論の情報交換や技術協力の日常を過ごしていた。そこに、遺伝学教室の富沢純一先生（後に国立遺伝研究所所長）もおられ、ＤＮＡ分子の姿を眺めていられた。私は先生の手作りのモーターをお借りして、ミオシン分子の回転シャドウイングを開始した。先生は作業着にズック靴という出で立ちで、時も忘れるほど懸命に指導してくださった。

ところが残念なことに、電子顕微鏡写真にミオシン分子の姿を見るには心眼を必要とする結果であった。私は諦めなかった。低角度回転シャドウ法を試みることにした。幸運なことに、その装置は大阪大学の医学部にあった。だが、装置は多くの研究者が使用していて、空いている時間がほとんど無かった。研究内容を懸命に説明したところ、助教授の先生は「１分子を見る」ことは初めての試みであったようで、とても興味を持たれ、装置は夜中に借りられることになった。夜９時ともなれば、宝塚線の池田市から大阪市内中之島の医学部に向かって通い続けた。先生もその都度ご一緒してくださった。

見えた！　血小板ミオシンの電子顕微鏡像は、骨格筋ミオシンⅡの分子形態と酷似していた（図2a）。しかし、環境によって、2つの形態になる。1つは骨格筋ミオシンⅡの形態、他は軸が真ん中付近で折れ曲がった形態（図2b）。折れ曲がり型は骨格筋ミオシンⅡでは決して現れない形態で、すでに、東京工業大学の尾西らによりニワトリ砂嚢ミオシンで発見されていた現象と、よく似ていた。ミオシン分子の20kDa軽鎖のリン酸化がこの形態を調節していた。リン酸化されていないミオシン分子はほとんど単量体の折れ曲がり型で、収縮装置を作らない。血小板が活性化されると、ミオシン分子はリン酸化され、折れ曲がり型が消えて、安定な繊維が形成され、収縮装置が構築される。骨格筋のような常設の収縮装置を備えることができない細胞でのミオシン分子の一つの在り方である。しかし、非筋細胞のミオシ

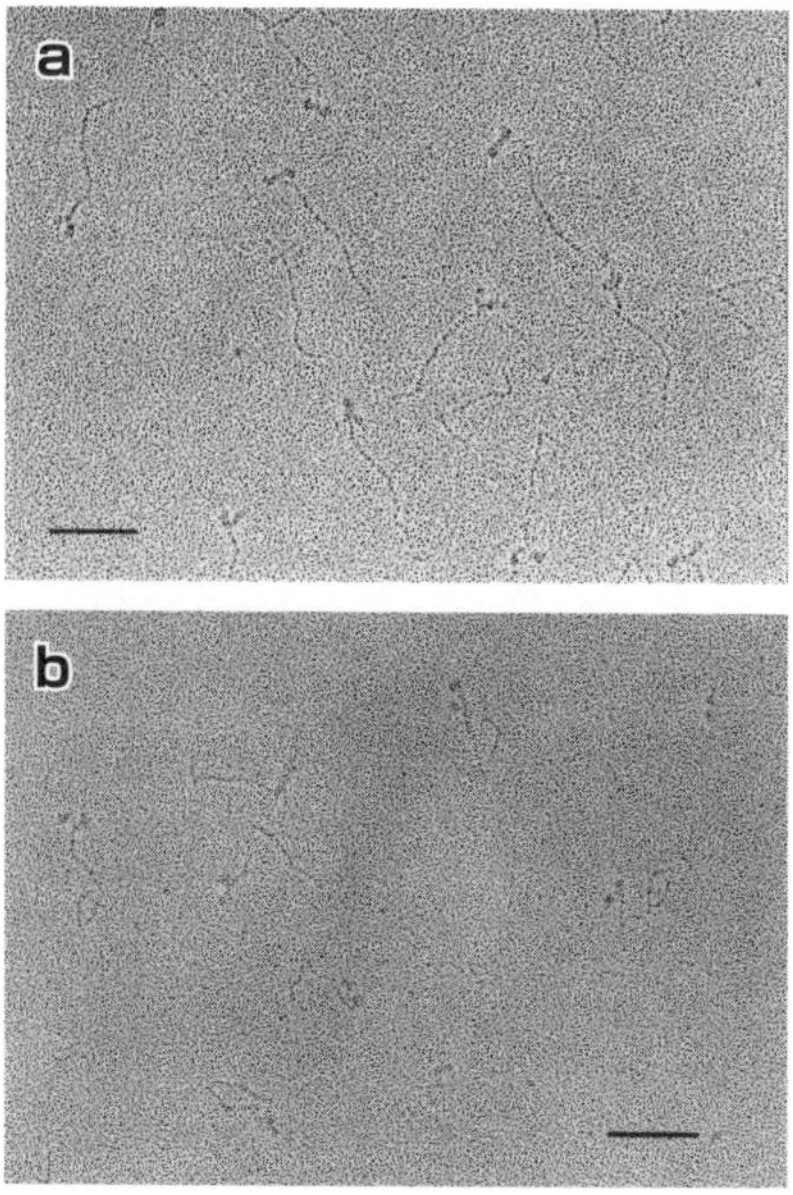

図2　ミオシン単量体の2つの形態
a：骨格筋ミオシンⅡの形態　b：軸が折れ曲がった形態

ン分子形態を見たいと張り切ったところで、とうに大企業のような研究軍団に追い越されていた。すでに、胸腺、血小板、甲状腺などの細胞から報告がだされていた。一人仕事では勝てないね。

血小板ミオシンのＡＴＰ分解の反応機構は骨格筋ミオシンⅡと基本的には同じであったが、アクチンとの結合によって起こるアクトミオシンによるＡＴＰ分解速度は骨格筋アクトミオシンよりかなり遅く、１／50くらいである。これはウシ平滑筋アクトミオシンでも同じであったが、アクトミオシンがアクチンとミオシンに解離する速度は骨格筋アクトミオシンにくらべて非常に遅いことが明らかになり、それが大きく起因していると考えられる。

骨格筋のミオシンのＡＴＰ分解反応はアクチンによって非常に高められ、ＡＴＰによるアクチンとミオシンの結合―解離反応が速い速度で起こっている。一方、平滑筋や血小板のアクトミオシンではアクチンとミオシンへの解離速度が遅いので、結局、結合―解離反応は遅く、ＡＴＰの分解反応が遅いと説明できる。骨格筋のように固定した収縮装置がなく、アクチン、ミオシン分子が乱雑に存在する細胞では、一時的な収縮装置を構築するためには強い結合が必要であることを示しているのかもしれない。

4 血小板の「動き」と収縮装置

血小板は生体内ではいろいろな仕事をしているが、最も重要なのは止血作用である。破れた血管から血が出ていかないように、傷口を塞ぐ働きである。血管内を循環している血液には、血液凝固の促進因子（凝固因子）と凝固を抑える抑制因子が含まれているが、平常は凝固因子は非活性の状態であるから、血管内では凝固は起こり難くなっている。このような環境では、血小板は円盤状（静止血小板）で流れている。血管が傷つくと、血小板は血管内皮のコラーゲン露出部分へ粘着し（コラーゲンは凝集促進物質）、円盤状から偽足を出した球形に変わり（形態変化）、顆粒内にある内容物を外へ放出する（放出反応）。内容物には活性化を起こすものが多く含まれているので、まだ活性化していない血小板に働きかける。偽足をからませ、血小板が互いに寄り集まり、連鎖反応的に集合する（凝集反応）。血管壁を収縮させる反応も加わり傷口を塞ぐ。

血小板にはアクチン、ミオシンが豊富にあり、アクチンは細胞内総タンパク質のおよそ20％も占める。生化学的測定では、静止血小板のアクチンの半分は重合体の繊維を作っているという報告があるが、電子顕微鏡でも、蛍光顕微鏡でもその構造は見当たらなかった。もちろん報告もない。細胞が小さいことや、静止状態の血小板の調製の難しさなどが原因している。

ウシの血小板では静止血小板が得られたので、アクチンの重合体（繊維）にだけ結合するファロイジンに蛍光を標識したローダミンファロイジンで染色を試みた。荷車の車輪のような整然とした構造が見えた（図３）。さらに、この構造がアクチンであることは電子顕微鏡でも確かめた。アクチン重合体にミオシンが結合すると特徴的な矢じり構造を示すことがすでに観察されているので、ミオシンを切断したH－メロミオシンを加えると（ミオシンでは生理的環境では重合する）、見えた！　車輪構造にH－メロミオシンの矢じりがあった。

しかし、多くの研究者は信用しなかった。投稿した論文は受け入れられず、何度も返ってきた。血小板の仕事は凝集であり、形態変化のとき、このような整然とした構造は邪魔である。アクチンは単量体か、それに近い小さい重合体であった方が考えやすいという論理だった。

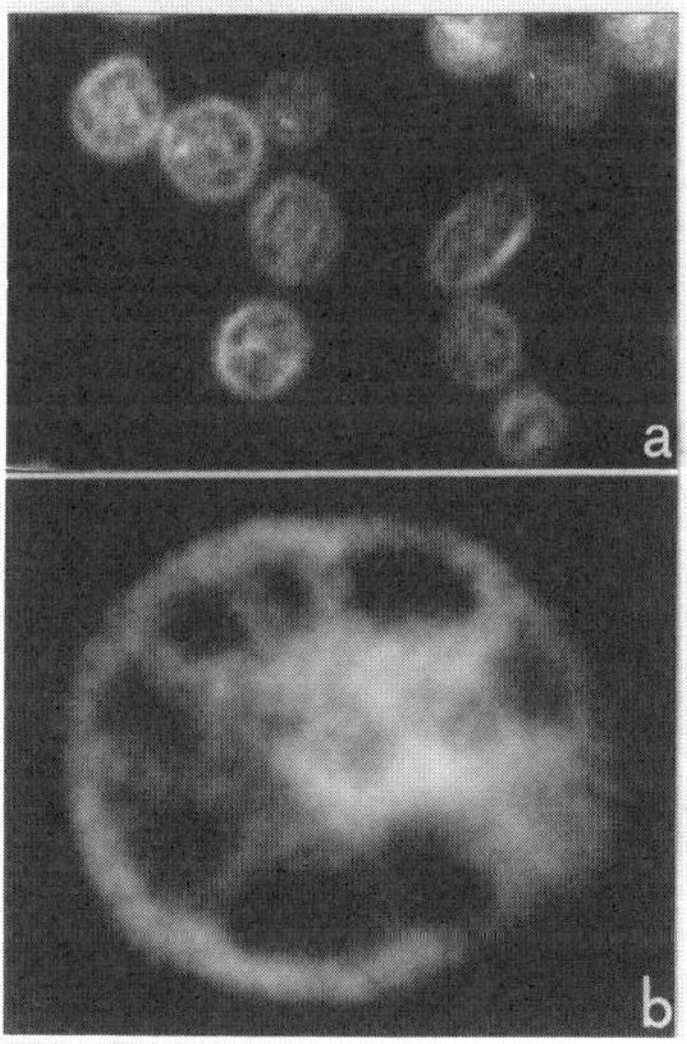

図３　ウシの血小板
a：アクチン繊維の蛍光顕微鏡像
b：コンピュータ処理像

そこで、国際雑誌の受付窓口ではなく、直接血小板を研究されている先生に原稿を送った。ドイツのマックス・プランク研究所の当時所長の Dr. K.Weber である。彼のいろいろな顕微鏡写真はあまりにも素晴らしく、誰もが拝むほどであった。しかし、彼の血小板のアクチンの蛍光顕微鏡写真は多くの研究者が言うように無構造で、真っ白い円盤で、まさに、おぼろ月のような染色像であった。それなのに、彼からすぐに「beautiful」の言葉を添えて、「原稿を国際雑誌の受付窓口へ送るから、いいか?」との手紙をもらった。こうして、静止血小板の車輪構造が公表されるまで、3年の歳月を経ていた（1990年）。その後、ハーバード大学の J.H.Hartwig らによって、ヒトの血小板で確かめられている。

それまで、静止血小板の円盤状の形態を支えているのはチュブリンというタンパク質の重合体である微小管のリング構造であるとされていた。ところが、微小管を特異的に壊す薬品のコルヒチンで処理して微小管を消失させても、血小板は円盤状を保っていた。アクチン車輪構造が支えていたのである。逆に車輪構造を壊しても円盤構造は維持されている。微小管リング構造も、車輪構造も同時に壊すと、円盤構造は消えてしまう。このことから、血小板の円盤構造は微小管リング構造やアクチンの車輪構造によって支えられていることが明らかになった。アクチンは収縮装置以外に血小板の細胞骨格の役割をしていることを明らかにした。

血小板が活性化すると、リング構造も、車輪構造もなくなる。アクチンは重合して、変形した血小板全体に分布する。アクチンの重合をおさえる薬物を加えると、血小板は活性化しないので、活性化にアクチンの重合が必須である。一方、活性化した血小板の初期には微小管は解体されるが、時間と共に再び重合して偽足に現れる。このことから、アクチン繊維が血小板の形態を動的につくりあげ、微小管はでき上がった形態を維持し、安定化する役割をしていると考えられる。ところで、「ミオシンは何をしているのか？」は解析できなかった。血小板のミオシン量は非常に少なく、静止血小板では重合体も検出できなかった。課題は残された。

5　血小板の誕生

教育職になると、研究はほとんどできなくなった。特に、これまでの研究材料はとてつもない肉体労働を必要としたので、諦めざるを得なかった。それでも研究熱は下がらなかった。となれば、研究テーマを変えるしかない。血小板の仕事から得られた知識を生かして、教育の合間にできる研究をと考え出したのが、培養細胞を研究材料にすることだった。

血小板の母細胞が巨核球であることがJ.H.Wrightにより明らかにされてから（1906年）、一世紀にもなるのに、巨核球から血小板が生み出される機構やそれらの調節の仕組みは明らかになっていなかった。その障壁は試料となる巨核球にある。骨髄からの採取、これが可能としても、得られる有核細胞105個あたり巨核球は1～5個という少量である。骨髄液も、高価な分離器も得難く、骨髄液から巨核球の分離は断念するしかなかった。ヒト巨核球系細胞株でモデル系の確立を試みることにした。しかし、巨核球系細胞株のほとんどが腫瘍由来であるため、成果の解析には常に　慎重性が求められる。

1985年、愛知県がんセンターの先生によってヒト巨核球系細胞株（MEG－01）が初めて樹立された。早速、MEG－01を使い、共同研究で血小板形成機序の解明にとりかかった。巨核球の分化成熟過程は非常に複雑で、MEG－01も素過程段階をくまなく発現できなかったが、細長い突起を伸ばし、血小板様粒子が産生されることを見つけた（1991年）。放出された粒子は2～4ミクロメーターの大きさで、楕円形で、細胞骨格のリング状構造、血小板の特徴的マーカーの糖タンパク質のGPⅡb/Ⅲa, GMP-140　も存在するが、活性化による偽足は見えても凝集はない。産生される粒子の量も非常に少ない。腫瘍由来細胞であるので、増殖能が盛んで、分化が起こり難い宿命であると考えた。見切りをつけ、仕事は振り出しにもどることにした。巨核球を含む骨髄液が手に入らない状況は変わっていない。そこで、臍帯血の未熟な細胞（幹細胞）を培養系で分化成熟させてみることにした。またしても臍帯血の入手も困難であった。大学の隣に大阪府立病院があり、そこの倫理委員会を通してお願いしたところ、半年ほどして許可が下り、ご好意に感謝して、なんとか血球分化成熟の幹細胞に近いCD34^{+}細胞の分離をスタートさせた。これは細胞表面にCD34抗原を発現していることが特徴である。一難去ってまた一難と向かい風にあおられながら、臍帯血CD34⁺細胞を1週間で17～45倍に増幅する系を確立するまでになった。

巨核球への分化成熟プロセスは大きく2つあり、はじめは前駆細胞の数を増幅する過程と、その後に細胞が大きくなる成熟過程が続く。増え続けている細胞は、10～15ミクロンの大きさで、2倍体（2N）の染色体で、分化能をもつ未分化細胞である。この細胞の分裂を停止させると、細胞質分裂や核分裂を伴わない染色体複製だけが起こる倍数体細胞になる。核の形は著しく変化し、染色体は32Nにもなり、最も成熟した巨核球では30～50ミクロンの大きさになる。やがて、成熟巨核球は細くて、長い細胞質突起を伸ばす。その突起を“proplatelet”といい、ところどころにくびれがあり、ちぎれて断片化したものが血小板になる（1976年、proplatelet説）。私は臍帯血CD34⁺細胞をトロンボポエチン（TPO、造血因子）存在下で培養し、proplatelet形成にいたるまでの過程を血小板特異的なタンパク質であるGPⅡb/Ⅲaと CD62抗体とチュブリン抗体を使って蛍光顕微鏡で解析した。ついに、臍帯血CD34⁺細胞はTPOを加えて10～12日後、proplatelet形成するin vitro系をつくることができた。図4aは巨核球からでている突起とちぎれたpropleteret、ところどころにリングを形成している（抗チュブリン抗体染色）。このリングサイズはヒト血小板の円盤サイズとほぼ同じである（図4b）。血小板特異タンパク質はドット状に分布している（図4C）血小板サイズにくびれている突起にも発現していて、血小板になる準備は整っている。位相差顕微鏡下で、培養中の突起はとてもよく動く。写真を撮るのに苦労するほどである。動きながらちぎれて血小板になるのだろうと、得意の忍耐で見続けるが、ちぎれるチャンスにほとんど出合えなかった。培養液中にはちぎれた断片を見ることはよくあるのだが。残念なことに、突起が作られる仕組みとちぎれる仕組みの仕事を残して、定年という決まりで研究に終止符を打つことになった。私はそこに収縮タンパク

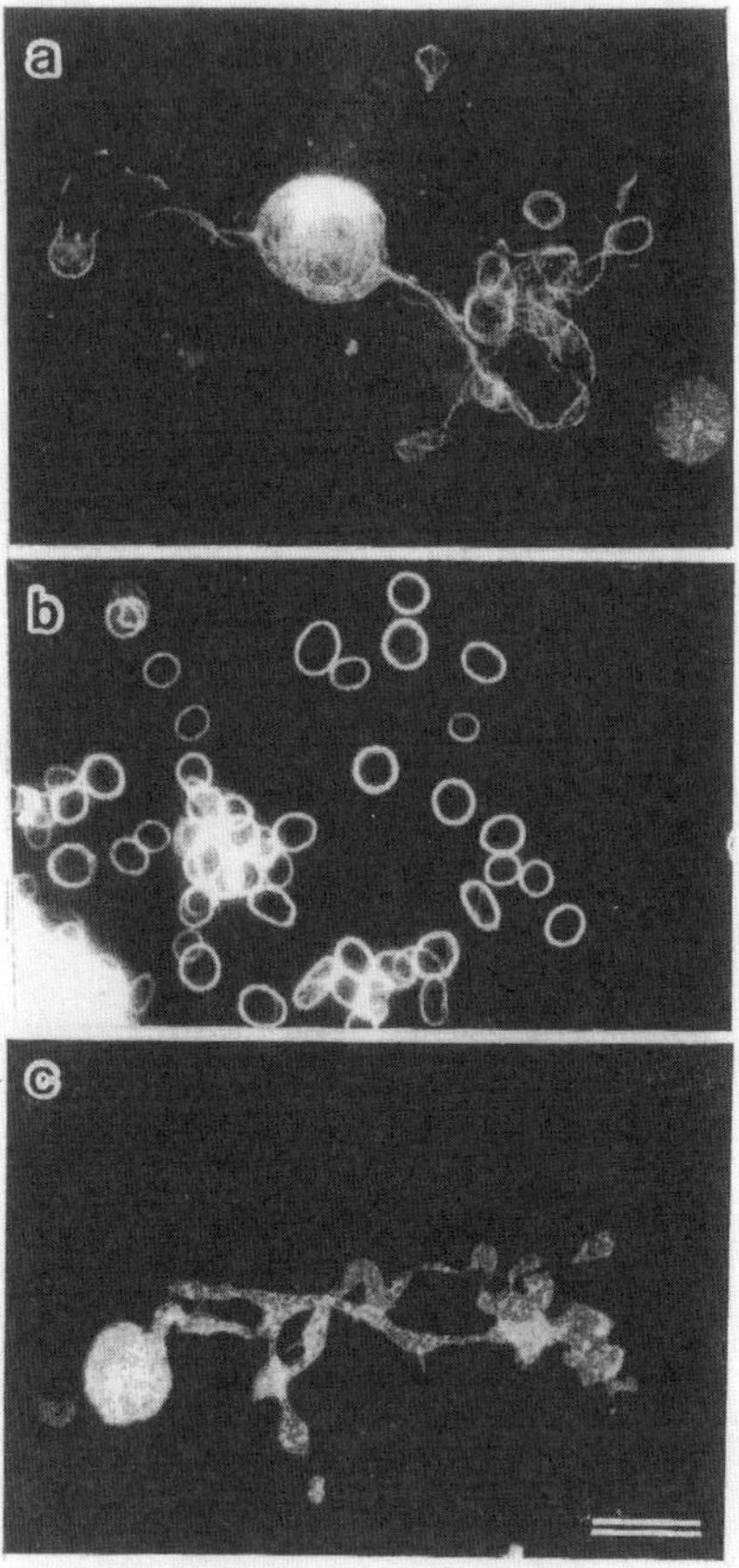

図4　ヒト巨核球の蛍光顕微鏡像
a：巨核球からでている突起とちぎれたproplateret（抗チュブリン抗体染色）　b：ヒト血液中の血小板（抗チュブリン抗体染色）　c：proplateret の GPⅡb/Ⅲa の抗体染色像

質が関与しているにちがいないと、まだ諦めずにいる（1999年「生物試料分析」22巻）。

臍帯血造血幹細胞から分化誘導し、proplatelet を形成するまでの培養系を作ることができた。血小板は骨髄造血幹細胞から分化成熟により産生されるが、山中伸弥先生たちによって樹立されたiPS細胞（induced puluripotentstem cell: 多能性幹細胞）からも血小板形成ができるのではないかという大きい期待ができた。近い将来、そうしてできた血小板が臨床現場で活躍する日がくるに違いない。一人研究の笑い話にしかなれなかった仕事も、基礎から積み上げ、堅いドアを次々と開けていったら、奥で役立てる笑いになれたんだ（その後、proplatelet 形成が起こることなしに血小板が産生されることが報告され、また、iPS細胞から血小板形成も報告された）。

6　プロテオグリカン（GPC5）

退職してしばらく、非常勤講師としてそのまま授業を続けていたが、トロント子ども病院で長男夫婦が研究生活をしていたので、カナダの子持ち女性研究者の状況を見ようとトロントに出かけていた。夫から突然「研究手伝えるか？」の問い合わせで、そそくさと帰国し、始めたのがこの仕事である。

2005年、大阪茨木市に独立行政法人医薬基盤研究所が、医薬品及び生物資源の開発研究を目的に創設された。厚生労働省の細胞バンク（JCRB細胞バンク）があり、疾患研究、創薬研究を支える細胞資源を収集し、品質管理し、保存して、研究者に提供する部署である。薬作りの都、大阪での産声、頑張らなくちゃ。

細胞は生物学では基本の基本で学んだが、あくまでも正常細胞であって、資源として保存する細胞には好奇心全開であった。品質管理の一つである染色体検査が私の日常業務である。バンクの細胞は染色体数、細胞特性、増殖能が保存中に変わらないことが求められる。私には、その安定性の維持をまず知ることであった。

細胞バンクは、研究材料の宝の山である。「これも面白い、あれも面白そうだ」と毎日が驚きと喜びの日々であった。まぶしい、立派な機械機器が立ち並ぶ。一人研究とはまるで違う。さらに、夫を含めた共同研究になった。4報の論文にまとめることができた。

1番目の研究は、保存細胞の不死化であった。細胞は分裂回数に限りがあり、長期培養するには特別の遺伝子を導入し、不死化細胞にする必要がある。国立成育医療研究センターの先生たちとの研究で、ヒト骨髄由来間葉系幹細胞に、ある遺伝子を導入して、寿命の延びた細胞株を樹立し、染色体数、特性の安定性を調べた。骨髄や臍帯血から分離された間葉系幹細胞は、骨、軟骨、脂肪細胞、心筋細胞にまで分化する多分化能を持つ細胞であり、すでに再生医療現場で寄与している。しかし、遺伝子の安定性については多くの懸念が持たれていた。我々の樹立した不死化細胞株は長い間、何代も繰り返し培養すると、13

番染色体の1本が優先して消失する現象が現れた。それでも、分化能は残っていて、増殖能は増加した。論文発表当時（2007年）、引用回数が非常に多かったと、情報社がわざわざ伝えてくれた。2006年、山中伸弥先生たちによって、多能性iPSが樹立され、再生医療分野は新しい展開を迎えていたので、〝幹細胞〟へ大きな期待が寄せられていたときである。しかし、移植細胞として利用するには基礎研究と臨床研究には、まだ、かなりの開きがあった。

2番目の研究は不死化した間葉系幹細胞はどのようにして13番染色体を消失するかを解析した。13番染色体の消失は細胞分裂期に娘細胞への染色体不均等分配、中期赤道面上の13染色体の整列遅延、娘細胞が両極に移動するとき、midbodyのところに、13染色体の停滞によって起こることが観察された。消失する染色体にマイクロサテライト変異があり、構造異常が示された。さらに培養を続けると13番染色体を2本持った4Nの異常細胞になった。腫瘍化の現れではないか？　と次へ（2009年発表）。

3番目の研究は不死化した間葉系幹細胞が長期培養でがんの一種である肉腫の性質を獲得した細胞に変化することを見つけた。これは変異細胞を免疫不全マウスに移植すると肉腫を形成することによって示された。次世代DNAシークエンサーで、全遺伝子発現変化解析した結果、分裂回数と共にがん抑制遺伝子、DNA修復遺伝子など多くの遺伝子に変化が現れたが、230回も分裂（300日以上）するとGPC5遺伝子（細胞表面に存在する糖タンパク質：グリピカンの遺伝子）が130倍も高発現していた。細胞増殖速度が速くなったことも特徴の一つである。この増殖はGPC5遺伝子のノックダウン（si-RNA）実験では阻害されることから、GPC5遺伝子が細胞の増殖に重要な働きをしていることが示された（2015年発表）。これは、薬事日報（2015、2016、2018）に掲載された。題：ヒト肉腫の形成過程を解析、間葉系幹細胞培養で変化観察、基盤研グループ。

4番目の研究は細胞表面に存在するGPC5が、細胞が動くとき、線維芽細胞増殖因子（FGF）の活性化に重要であることを蛍光抗体法で解析した。細胞が移動するとき、細胞の移動方向の先端突起のFGF受容体部位にGPC5が濃縮された。細胞分裂期にでも細胞表面だけではなく赤道面、ミドボディ、ブレブ（bleb）などへのGPC5のダイナミックな局在変動が見られた。GPC5遺伝子をノックダウンすると、細胞移動が抑えられた。これはGPC5が細胞運動を促進する機能をもっていることを示している（2021年発表）。

この仕事では、コロナが大流行して、海外からの試薬は入らない、研究室にも入れないなど、研究ノックアウトが長かった。ため息の日が何日も続いたが、共同研究者たちのお陰でどうにかまとめ上げた。GPC5の機能の解明はやっとスタートラインに着いたところなので、果てしなく遠い日であるように思うが、「そうだったんだ」と感動する日があることを心待ちにして私の研究は幕を下した。

おわりに

「フウーッ」と大きな一息と共に座り込む。「シューッ」と大きく蒸気を吐いて、終着駅に着いた夜行列車のように。子どもと研究を背負い、時間とのかけっこで走り続けた。「やっぱ、ビリやったかなあ。いやいや、ビリでも走り続けたんよ」

研究者の競争は運動競技のようにクリアにはいかない。国際学術論文の数、論文からの引用数とか、インパクトファクターなどで比較される。「ビリ」など決めようがない。研究者として生きていくには、まず研究成果を世に問うための学術論文として発表しなければならない。それが研究費の獲得、就職、職場での昇進に関わるので、研究者にとっては「やりたい研究」であろうが、「やらねばならぬ研究」であろうが、論文が業績とされる唯一の評価になる。

子持ちの研究者は、子どもを持たない人、子育てを丸投げできる人に比べたら、研究に割ける時間はかなり少なくなる。結果、論文数などで差が出て、研究費の獲得、就職、昇進が不利になる。中には子持ちでありながら、男性にも及ばないような優れた業績を出しているスーパーウーマンもいるが、稀である。子持ちの生命研究者で、スーパーウーマンでなくても、ラボ（laboratory、研究室）を持ち、標準的な男性研究者と変わらない研究者を何人か知っているが、多くは男性研究者と同じくらいの研究時間が持てる恵まれた環境にある人たちである。親御さんや、それに近い人たちが親代わりなっている。彼女らの一人に、いつか「赤ちゃんのおむつ替えてあげたことあるの？」と言って笑ったことがある。

さらに、好運な人は研究時間だけではなく、共同研究者にも恵まれている。多くはパートナーで、研究も子育ても、効率は抜群であるので、業績も抜群になれる。

一方、無理を頼める共同研究者も、親代わりの人もいない研究者はどう生きるかの「解」を見つけたくて走り続けた。産休とか、育休とか有り難い権利であるが、代替人、研究時間を考えると利用することはできない。そこで、ゼロ歳児から預けられる保育所をつくることと、小学校低学年で、下校後の止まり木の学童保育所をつくることが、私の最優先の仕事であった。研究時間はその運動にも割かれた結果、どんどんなくなったが、一時は子育てに生活を合わせ、自分の研究をレベルダウンした。それでも研究場所があり、研究費があり（教授が獲得したもの）、議論できる仲間に恵まれていたことで研究を繋げることができた。感謝の念にたえない。

このような好運のおかげで、論文は標準並みに出せても、ポストが研究生なので、授業料を払いながら、さらに、当時は研究費申請はできなかったので、貧困そのものであった。この点、いまのポスドクは給料もあり、研究費申請もできるようになりだいぶ改善されたが、限られた期間内に成果を出さなければという責任があり、子持ちの研究者や子どもを持ちたい研究者には、ポスドクも重い仕事になっている。

〝研究も子育ても〟を選択した者と〝研究も研究も〟を選択した者とを研究時間レベルで比較すると差は明白である。研究時間は実験を伴う理系の研究者には成果を決める大きなファクターである。

そこで、この研究時間を獲得するための親代わり的応援者がなく、夢を不発のまま抱え込みたくない場合、一時的に研究レベルダウンを選択せざるを得ないのではと思う。子どもは保育所頼みで、研究は時短で続けることだと思う。そのうち、〝研究も子育ても〟の時期は子どもの成長とともに〝研究も研究も〟に移行できるが、難題は職と昇進である。もう助教にはなれない。本人が「助教でいいからポストを得たい」と言ってもほとんど叶わなかった。年齢が決定要因になるからである。

新設大学の教授公募に応募したとき、研究業績、教育歴（時間講師）も設定基準を十分満たしているのに不採用になった。採用は業績や教育歴だけで決まるわけではないが、家庭婦人を直行教授するわけにはいかない、ステップを踏まなければならないとの説明があった。当時は無給研究者は経歴に入らなかった。教授になるには、助教─准教授（講師）─教授の階段を上れとのことであった。「それなら助教にしてほしい」は年齢でアウト。人事は魔物で、形式はこのようにうたっていても何で決まるのかわからないが。

母も姉も息子たちを案じ、電話の向こうから、いつも「かわいそう」の嘆き節を流してきた。時に怒鳴り、時に「頑張って」の応援歌も混じっているが。スイミング教室に行きたいと泣く次男を、付き添いができず諦めさせたり、病気の時に一人寝をさせたり、ゲーム機も買ってやれなかった。ハイキングの付き添い、発表会の参観…などなど、できなかったことだらけだ。思い出したら罪悪感で押し潰される。研究時間確保を優先して、息子たちに手を掛ける時間が、ついつい少なくなってしまった。心はかけていたつもりでも、繰り返し週一で熱を出したり、登園拒否をしたり、大事なものを隠して親を心配させたり、自由度99%の放し飼いにも似た子育てを訴えた。「ごめんね」と何度詫びただろう。これらの訴えがいとおしく、焦燥感を抱きながらも一時足踏みもした。息子たちは満腹すると、きまって「べったになるから学校に行って」と気遣ってくれた。親を恨み、憎んだ心を封じたり、爆発させたりしながら、息子たちは「さよなら」して出て行った。それぞれの世界で教育を受け、成長していく彼らを眺め、罪悪感との葛藤も薄らいでいく。たくさんの人生体験を積んで、子育て道と仕事道を懸命に走り続けた親を理解できる日がきっと来ると信じたい。

子どもを持った喜びや幸福感と、思う存分研究できない悔しい思いとは、ずーっと一緒だった。2つの道はどれも中途半端だったが、さまざまな問題の向こうには、明るい解の可能性も見えてきた。それはどっちも諦めずに走ってきたからできたことであり、罪悪感を背負いながらもこの人生は楽しかったよ、と言いたい。

夫は一度だけ、私が研究時間の少なさを愚痴ったとき、「眠っている時間はあるだろう」と言ったことがある。同じ生命研究者であるので、しんどさは百も承知していた。今はイクメンと言って父親が保育園の送り迎えなど珍しくないが、息子たちが育った時代は、父親の育児参加などほとんど見られなかった。息子たちは夫の週一のお迎えを飛び上がって喜んだ。母親が夜、研究に出るので、夜8時には帰宅して眠るまで彼らと付き合ってくれた。土、日曜日は野球ごっこで明け暮れた。天下一品のイクメン優等生であった。彼は激しい競争社会のド真ん中にいた。「足引っ張っているなあ」と、「つらかっただろうなあ」とわかっていても、私はおいそれと研究のブレーキを踏めなかった。謝罪してもしきれない。これを書き残そうと思ったのは、夫と2人の息子へ山ほど我慢をさせたことへのお詫びと、熱い励ましへの感謝をしたかったからである。子育ての苦しかったこと、楽しかったこと、悔しかったこと、嬉しかったこと、そして悲しかったことなどのいっぱいから、想いをこめた人間愛を学び、この尊い宝を、夫と共に穏やかな笑みで語り合える日があると思っている。

最後に、私の研究の基盤は故殿村雄治先生（大阪大学教授）の厳しくも温かいご指導から得られたもので、心からお礼申し上げます。

私の研究は多くの先生方の有意義な討論と励ましに支えられてきました。筋収縮では、故江橋節郎先生（東京大学教授）、故丸山工作先生（千葉大学教授）、故渡辺静雄先生（東京工業大学教授）、故盛田フミ先生（北海道大学教授）、片山栄作先生（東京大学教授）。細胞運動では、故黒田清子先生（大阪大学助教授）、石上三雄先生（滋賀大学教授）、石村和敬先生（徳島大学教授）。血小板産生では貴重な細胞株を頂いた斎藤英彦先生（名古屋大学教授）小椋美知則先生（愛知県がんセンター）、ありがとうございました。

また、私の研究を力強く励まし、助けてくださった野島元雄先生（愛媛医療技術短期大学学長）、故原一寿先生（愛媛医療技術短期大学教授）、故野々村禎昭先生（東京大学教授）、中村隆雄先生（大阪大学教授）、乾之治先生（大阪府立成人病センター研究部長）、山本泰望先生（大阪大学助教授）、ご温情に心より感謝いたします。

大阪大学理学部の研究室同僚の故芝田和子博士（元名寄女子短期大学教授）、井上明男博士（元大阪大学准教授）、竹中均博士（元杏林大学教授）、荒田敏明博士（大阪公立大学教授）、滝澤温彦博士（元大阪大学教授）、古川賢一博士（元弘前大学教授）、いつも有意義なコメントやアドバイスありがとうございました。

本書刊行のためお骨折り頂いた文芸社スタッフの皆様に厚くお礼申し上げます。

そして、二足のわらじの道を寄り添い、励ましながら走って頂いた保育園の先生方、学童保育の指導員の方、本当にありがとうございました。

また、大きい懐に息子たちを温かく抱き込んで面倒を見てくれた駆け込み寺の姉の家族、両親には、只々感謝しかありません。
悩んでいるリケジョの人たちが、たまたまこの本と出会い、何らかのお役に立てたら幸いです。

2023年8月

著者プロフィール

竹内 喜久子（たけうち きくこ）

1970年大阪大学大学院理学研究科博士課程修了。1972年学位（理学博士）取得。大阪府立看護短期大学、大阪女子学園短期大学などの非常勤講師を経て、1988年愛媛県立医療技術短期大学（現、愛媛県立医療技術大学）教授。1994年大阪府立看護大学医療技術短期大学部（現、大阪公立大学）教授〈2001年満期退職。その後非常勤講師として勤務〉。2005年４月から2020年３月医薬基盤研究所客員研究員。

著　書：“Muscle Proteins, Muscle Contraction and Cation Transport”(1972年　東京大学出版会　分担執筆)、『新生化学実験講座　第十巻　血管　内皮と平滑筋』(1993年　東京化学同人、分担執筆)、『分子生理学ノート』(1995年　学会出版センター、分担執筆)

あしたへ歩く　子持ち理系女子の葛藤のあゆみ

2023年12月15日　初版第１刷発行

著　者　竹内 喜久子
発行者　瓜谷 綱延
発行所　株式会社文芸社
〒160-0022　東京都新宿区新宿１－10－１
電話　03-5369-3060（代表）
03-5369-2299（販売）

印刷所　株式会社フクイン

ISBN978-4-286-24759-5　JASRAC 出 2307138－301